U0530114

无尽青春故事

这是我最好的作品

Time to Be Young

［法］马塞尔·普鲁斯特 等 著

鄢宏福 译

江苏凤凰文艺出版社

图书在版编目（CIP）数据

这是我最好的作品. 无尽青春故事 / （法）马塞尔·普鲁斯特等著；鄢宏福译. —— 南京：江苏凤凰文艺出版社，2024.5
ISBN 978-7-5594-8408-6

Ⅰ.①这… Ⅱ.①马… ②鄢… Ⅲ.①短篇小说 – 小说集 – 世界 – 近现代 Ⅳ.① I14

中国国家版本馆 CIP 数据核字 (2024) 第 008403 号

这是我最好的作品：无尽青春故事

［法］马塞尔·普鲁斯特 等 著　鄢宏福 译

策　　划	尚　飞
责任编辑	曹　波
特约编辑	俞延澜
装帧设计	墨白空间·Yichen
出版发行	江苏凤凰文艺出版社
	南京市中央路 165 号，邮编：210009
网　　址	http://www.jswenyi.com
印　　刷	河北中科印刷科技发展有限公司
开　　本	880 毫米 ×1230 毫米　1/32
印　　张	11
字　　数	245 千字
版　　次	2024 年 5 月第 1 版
印　　次	2024 年 5 月第 1 次印刷
书　　号	ISBN 978-7-5594-8408-6
定　　价	78.00 元

江苏凤凰文艺版图书凡印刷、装订错误，可向出版社调换，联系电话 025 – 83280257

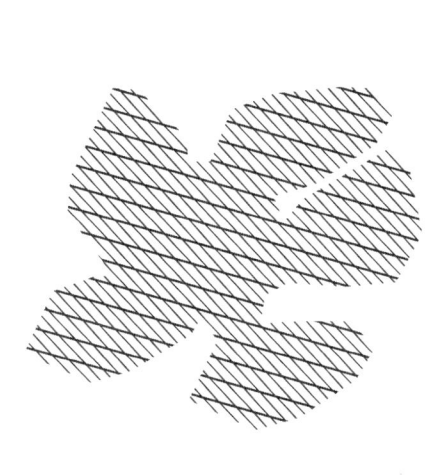

目 录

前言 ... i

第一部 日出

启蒙	[美]亨利·路易斯·门肯	2
贡布雷的晚安吻	[法]马塞尔·普鲁斯特	14
诺莫波营地	[美]路德威·白蒙	36
一天的等待	[美]欧内斯特·海明威	45
文字、爱和语言	[美]海伦·凯勒	50
隐秘的抽屉	[英]肯尼思·格雷厄姆	61
早年的回忆	[美]乔治·桑塔亚那	68

第二部 大山

男孩的天堂	[美]马克·吐温	84
父亲教我守时	[美]克劳伦斯·戴伊	98
十二	[美]布思·塔金顿	104
大山	[美]约翰·斯坦贝克	111
广阔的想象世界	[美]托马斯·沃尔夫	128
狂野的铃声响起	[美]沃尔科特·吉布斯	139
曼维尔的一位母亲	[美]玛乔丽·金南·罗林斯	145

地下经历	[美]埃德蒙·韦尔·史密斯	156
别哭,"我的小姐"	[美]詹姆斯·斯特里特	167
两个士兵	[美]威廉·福克纳	188
孩子们的抱怨	[美]乔治·吉恩·内森	206
一个小男孩的爱	[美]哈夫洛克·霭理士	213
儿时的哲思	[美]欧文·埃德曼	218
哈罗的考试	[英]温斯顿·丘吉尔	231

第三部 早春

最好的小礼物	[美]萨莉·本森	244
第一次舞会	[新西兰]凯瑟琳·曼斯菲尔德	253
早春	[美]斯蒂芬·文森特·贝尼特	262
十六岁的夕阳	[美]多萝西·坎菲尔德·费舍尔	280
大学时光	[美]詹姆斯·瑟伯	292
绿色隧道	[英]阿道司·赫胥黎	301
成年	[美]舍伍德·安德森	322

我们也曾年少，青春无比烂漫
欲要颠倒世界，心中许下宏愿
畅想伟大事业，只在谈笑之间
期待岁月流转，梦想一一实现

——加梅利尔·布拉德福于韦尔斯利

前　言

有人喜欢集邮。有人钟情收藏锡镴制品。我认识的一位高管喜欢收藏古老的乳白玻璃器皿。还有人喜欢收藏选举徽章、"共和国之军"绶带，或者斯塔福德郡出产的瓷鹿。据说，欧洲某个地方的富裕男性，过去曾像法国人收藏绘画一样收藏美女。有一段时间，因为手头拮据，我不再大量收藏全球名贵小提琴，如今看来倒是幸事。还有一段时间，我曾收藏东方小地毯。尽管时至今日，我依然能够分辨意大利的加斯帕罗·达萨洛提琴和德国马克诺伊基兴的阿玛蒂提琴，区分哈萨克地毯和古董沙鲁克地毯，但这类收藏——即收藏稀罕物品——自始至终没有引起我浓厚的兴趣。

我真正意义上的收藏是短篇小说。1931年，我在维也纳开始以收集短篇小说为业，此后的十四年里，作为《故事》杂志的主编，各种各样的故事打我手上经过，我渐渐觉得，故事好与不好，我一经眼便能认出。诚然，短篇小说仿佛小型的艺术品，但就像布哈拉绸一样，重点不在于尺寸；中提琴的曲调与大提琴一样丰富。至少，我以为如此。而且，我喜欢短篇小说。时至今日，依然如此。有时我也写上一篇。因此，从研究故事、地毯、提琴，再到展示自己的收藏，陶冶众人，不过是水到渠成。

当然，有谁乐意当文选编者呢？必须承认，编者一词指的是收集故事供他人阅读的人，至少，如果选集以图书而非杂志的形式呈现，一切顺利的话，他可以只编自己喜欢的东西。实际上，文选编者们只是想让选集比期刊更长久地流传。编者的类型各种各样。早期的文选编者（anthologist，这个词的前半部分源自"anthos"，意思是"花"，后半部分源自"legein"，意思是"采"）是真正意义上的文学收集者，他们搜集文学的花瓣、名言警句和优秀篇目，这些人已经故去。那是压花图书的时代，对这种东西的反感普遍被称作文选恐惧症，今天我们或多或少都有这种症状。后来，出现了综合性的文选编者，他们编选的对象从梵文到托马斯·伍尔夫无所不包，编选的规模卷帙浩繁。也有威廉·萨默塞特·毛姆这样的编者，他不仅遴选同时代的散文和诗歌精品，而且遴选其认为属于所有时代的散文和诗歌精品。还有伍尔科特[1]编选的《个人读者》以及《心爱集》。我认识的一位年轻女编者正在收集世界上最伟大的爱情故事，我的医生坦言他多年来一直在收集自己的活页诗选。

编辑一部选集，编者可以选择不同的途径。像我在编辑《这是我最好的作品》时一样，他可以简单地请作者挑选自己最喜爱的作品；他也可以像编选《两瓶佐料》一样，经年累月在自己的杂志上刊登个人喜爱的引人入胜的故事，之后再集结成书；他可以从一本期刊中采撷精品——例如《口袋故事书》；抑或首先形成了一种想法，然后按照自己、作者和业内专家的意见挑选作

---

[1] 亚历山大·伍尔科特（1887—1943），美国记者、作家。——译者注（本书中注释除特别说明外皆为译者注）

品,例如有关人类灵魂的选集《上帝之海》。作者、编辑和数十位其他专家一起促成了这部作品。

还有另一种选集,那就是作品的情感和主题似乎浑然天成的选集。当我们年少的时候,那欢乐、温柔、简单、魅力、青春、正直、美好的旧日时光……围绕这些主题,有大量的文学作品,而且作为编辑,编者多年来不断经手这类故事,以"青春"这样简单、明了、全面的关键词推出一部有关童年和青春期的作品——还有什么比编选这类故事更加自然而然呢?这样的想法让人难以克制。这一关键词确实囊括了故事的意蕴。这部选集散漫而自由,坦率而真诚,正如青春一样复杂、矛盾、喜忧参半;年轻而愚蠢,年轻而聪颖,抑或年轻而充满幻想;多愁善感,充满了"莫名的忧伤",迷失在既非六岁又非六十岁的悲喜剧中。简言之,这是一部青春之书。

在书写成人世界的小说中,故事往往反映人与人之间的交往,而故事的高潮就是谁和谁结成连理。本书中的故事往往表现出一种超越人际关系的共通意识。梅瑞狄斯[1]说过,世界就是金苹果,青春时对它的渴求司空见惯。这些作家都曾经历过孩提时代,对他们来说,孩子不仅是孩子,还是与世界对抗的个体;世界也不只是我们肉眼可见的世界,而是充满形形色色的成人的世界,是充满神灵与渴望的世界,是充满深深绝望与奇特窘境的世界。这个世界可以被坦然接受,可以被彻底拒绝,它有时十分严肃,有时滑稽有趣,有时愚蠢可笑,有时一无是处。

---

1 乔治·梅瑞狄斯(1828—1909),英国作家,代表作包括《利己主义者》。

每个人都曾年轻，

（我的来自爱达荷州的姑祖母伊丽莎曾说）

但对不同的人，时间不尽相同……

我的姑祖母伊丽莎可能会喜欢这本书，因为她始终年轻。她是个吃苦耐劳、朴实无华的人，婚后早年在新西兰度过，她丈夫在新西兰克赖斯特彻奇建造了那儿的第一座监狱。造化弄人，他竟成为这座监狱的第一位客人，因为他是个精力充沛的人，由于庆祝过头犯下罪行。伊丽莎自己也是个精力充沛的哲学家；她相信人生充满渴望与欲望，在她那个时代是年轻人的知音。她偶尔出现在我遥远的童年故事中，她的形象并不丰满，艺术价值并不凸显，就像荒野中的一声呼喊；我从来没有对她做出公道的评价。她九十三岁时与世长辞。她从来不戴眼镜。直到她去世的那天晚上，她一直都身体健康、精神矍铄，毫无疑问，如果不是那天晚上发生意外，她将依然健在。那天半夜，她像往常一样起床翻找冰箱的时候，从楼梯失足滑了下去。

这部选集的范围相对有限。入选作家都是这个时代的作家，没有收录诸如《薄伽梵歌》年代的内容。所谓"这个时代"指的是年代最远只到马克·吐温；部分作者已不再年轻；他们的青春已经远去；还有许多新面孔，他们或将成为明日之星。

本书的结构十分简单。第一部分是"日出"，中间是"大山"，最后一部分是"早春"。这些故事饱含深情，包括许多有关纯真年代的可爱片段。有的欢乐，有的温柔，有的怀旧。本书呈现的是孩子们新鲜的青春世界，是成长中灵魂的探索，也是青春年代的爱与社会意识的觉醒。

寻找作者并不难。尽管许多作家自诩坚强、刚毅，但实际上，他们中间有许多人书写过温柔的童年。甚至可以就此玩个游戏：检视一下当代作家，看哪些作家不只表现关系复杂的成人世界；哪些作家似乎从未有过童年，没有留下任何童年风格和童年性质的作品。

本书中的有些故事带有真实的自传性质，有些沉浸在记忆之中。其中包括托马斯·沃尔夫讲述年轻人的阅读世界。哈夫洛克·霭理士十岁的时候，触碰到一个小女孩的手，之后对诗歌产生了热情。然而，有些自传故事让人感觉有虚构的成分。我们真的相信温斯顿·丘吉尔揭示的全部事实，说他在哈罗学校上学的时候曾请另一个孩子帮他做拉丁文作业？我们真的相信门肯家人所说的，这位"巴尔的摩圣人"三岁的时候就已经十分擅长斯宾塞体书写？

没关系。故事也好，自传也罢，这些作品总体上是真实的。对事实进行艺术加工并不算是撒谎。名人的童年就像在彩色面纱背后的舞蹈。但马克·吐温在叔叔位于密苏里州的农场的见闻（从这位幽默作家自传节选的十分出彩的几页内容），能让所有曾经爬树摘过果子或者在农场吃过饭的人，找到逝去的童年时光的影子。

"我能看见，"怀旧的克莱门斯[1]写道，"秋天树木披上彩妆，紫色的橡树，金色的山核桃，深红色的枫树和漆树，当我们在林间耕作时，能听到落叶发出沙沙的声响。我能看见成串的蓝色野葡萄挂在枝叶间，我还记得那味道和芳香。我知道野黑莓的样

---

1 塞缪尔·朗赫恩·克莱门斯，笔名马克·吐温。

子,记得它们的味道,还有木瓜、榛子和柿子;我能感受到,当我们在结霜的清晨牵着猪一起去找山核桃的时候,风儿吹过,树上的果子如雨点般落下的情景……我知道一旦被山核桃皮染了衣服很难洗掉,肥皂水无济于事,为了洗掉污渍不知伤了多少脑筋。我知道枫树汁液的味道,知道什么时候采收,知道如何开槽和安放导管,知道如何熬制,知道怎么偷熬好的枫糖,知道偷来的枫糖比正当得来的糖味道好在哪里,至于那些不明就里的家伙,随他们怎么说吧……"

在或许堪称世上最怀旧的书《追忆似水年华》中,有着所有接受过晚安吻的人逝去的童年。"那一晚的经历已经是许多年前的事了。"普鲁斯特写道(那天晚上斯万先生来拜访,自传作者当时还是个孩子,没有得到晚安亲吻就被叫去睡觉),"当晚我看着父亲端着蜡烛上楼,烛光映照的那面墙壁现早已被拆除。对我自己而言,我曾以为许多事情我会永远铭记,但实际上很多记忆早已烟消云散,新的建筑相继出现,与之相伴的便是新的痛苦与欢乐,这些对当时的我来说都无法预见,就像对现在的我来说,旧时的许多东西很难理解。距离父亲对母亲说'你去陪孩子吧'已经过去多年,这种时光再也不曾出现。但是近来,如果我细心聆听,我越来越清楚地听到我当年的啜泣声,在父亲面前我竭力忍住哭泣,但只剩下母亲在场的时候又忍不住哭出声来。实际上,这啜泣从未停止过:只是现在我身边的生活越来越安静,所以我又能听到它的声音,就像是修道院的钟声,白天完全湮没在市井的喧嚣之中,让人以为钟声已经停止,直到夜深人静的时候人们才又听到它的鸣响。"

但是这本有关生活的选集内容不仅是记忆,无论往事多么令人回味。本书的目的不是说教。文选编辑也不是哲学家。

实际上，一些有趣的家伙曾经年轻过：门肯曾是个胖乎乎的孩子，有时人们对他瘦弱的母亲说："天哪，姑娘，那孩子是你的？"詹姆斯·瑟伯大学期间遇到过许多问题；还有单身汉乔治·吉恩·内森，向孩子和大人提供如何相处的建议，他的建议或许是二十世纪最合适的建议。

编者希望这本书是想象力的避难所，它收容的是新奇的青春视野。它是孩子第一次见到日出。它是克劳伦斯·戴伊戴着他的第一块笨拙的手表，那是一件传家宝，根本不适合男孩子戴，尽管这块表让他在父亲面前变得守时。它是欧文·埃德曼的"儿时的哲思"，他写道：我怀疑许多道德哲学家的探索是在十三岁的时候由于意外的不安而开始的，由于某个男孩小时候发现他所认识的好人身上有许多瑕疵，这个男孩就开始探索"美好"，因为他发现外人有关于美好的不同标准，远远超过他的想象。

一位智者曾说，青春是如此美妙的东西，可惜它要浪费在年轻人身上。尽管青春短暂，但作为一个收藏故事的读者，你肯定可以从本书中发现，青春并不总是被浪费。青春得到体验，得到再创造。作为编辑和故事收藏者，我知道我收到了有关童年的大量优秀作品。其中许多我都曾在《故事》杂志上刊印。其中许多故事的作者很年轻，有些年龄不超过十六岁。这卷作品中的一位英国作家肯尼斯·格雷厄姆著有三本书，表面上是为儿童写作的作品，但一位评论家说："这些书并不适合儿童阅读，而是为了让成人回忆。"格雷厄姆先生保留自己的意见。他说，他的作品是为了儿童而写的，因为儿童是"真正活着的人"。其他收录的作家大多数有自己的孩子。也有几位终身未婚。普鲁斯特厌烦噪声，必须在墙壁四周镶了软木的房间里工作——他似乎对任何像婴儿这样难以预测的人和事物都会感到过敏。有两位年轻的男作家正在陆军服役。众所周知的三位已经放弃家庭生活的出色的单身汉中，包括两位哲学家桑塔亚纳和埃德曼，和一位沉浸在戏剧这个虚幻世界里的评论家乔治·吉恩·内森。

这部选集中的故事来源较广，包括图书、杂志以及作者已经绝版的文件。有些内容此前从未以印刷字体出现过。我认为，这些故事都很出色。它们诚恳、真实。它们抒情，充满青春的激情，抑或在回忆的时候十分坦诚。其中包括海伦·凯勒发出的第一个音节，这打开了她的语言世界，让失明的她找到安慰；包括路德威·白蒙的小女儿勇敢地忍受小女孩营地的折磨的故事、詹姆斯·斯特里特的男孩和一条猎鸟犬的故事、萨莉·本森穿着盛装的少女和圣诞树下的玩具娃娃的故事，还有《早春》中离奇而令人不安的故事。

本书的末篇是一朵鲜少被采编的文学之花。舍伍德·安德森有时被视作简单而野蛮的作家（这并不正确）。这篇故事叫《成年》，它讲述了年轻的乔治·威拉德的故事，他十八岁的时候决定离开俄亥俄州温士堡，离开之前，他胆怯地拜访了村里的一个女孩。他们笨拙地谈心、走路，直到最后，莫名其妙地，像孩子一样开始赛跑……"他们就这样跑下小山。黑暗之中，他们玩闹起来就像两个天真无邪的小青年。期间，海伦向前飞速跑动的时候，绊倒了乔治。他一边扭动一边大声喊叫，大笑着从山上滚下来。海伦在他身后追着跑。有一个片刻，她在黑暗中停了下来，不知道她的脑海里闪过什么样的女儿家的想法。两人来到山麓的时候，她抓住他的胳膊，静静地依在他身旁。由于某种他们无法解释的原因，两人都从这安静的傍晚得到了自己想要的东西。男人或者男孩，女人或者女孩，他们在这一刻体验了某种东西，这东西让当代世界男女的成熟生活变得可能。"

我们都曾年轻。在某种程度上，我想本书就是对这一事实的证明。我的姑祖母伊丽莎肯定会喜欢这本书。它让我想起年轻的时候在爱达荷州见到她时她给我的建议：

> 只要记住（这是她对我说的话），
> 当你老的时候，你可能已经老态龙钟，
> 所以，年轻的时候，就要活出青春的样子。

惠特·伯内特

第 一 部

日 出
SUNRISE

启蒙

作者 | 亨利·路易斯·门肯

亨利·路易斯·门肯（Henry Louis Mencken, 1880—1956），美国记者、评论家、语言学家、作家。

主要作品：《美国语言》(*The American Language*)、《偏见集》(*Prejudices*) 等。

启　蒙

　　我第一次对人类赖以生存的宇宙产生意识的时候，正坐在母亲腿上，对明亮的灯光感到惊叹，这些灯光有红有绿，但大多数就像发出明亮黄色火焰的煤气灯。时间是1883年9月13日星期四晚上，我过完三岁生日第二天。地点是美国马里兰州巴尔的摩市巴尔的摩街368号，父亲的雪茄工厂二楼前窗外的窗台。窗台被一块牌子隔离开来，牌子上写着伟大的传奇："奥古斯特·门肯兄弟公司"。场景是"金莺组织"[1]第三次也是最后一次夏夜嘉年华，该组织在次日早上就因面临巨额赤字不得不无限期休止，从此以后就被整个人类遗忘。

　　当然，年幼的我对"金莺组织"一无所知，对生我养我的美国也一无所知，尽管美国赋予了我各种自由，美国陆军和海军保卫了我的安全。脱离深不可测的虚无深渊后，我只知道，我刚闯入的世界似乎十分精彩。越过我父亲工厂的招牌窥视它对我依然柔弱的骨头来说太过艰难。因此我对妈妈发出了窘迫的信号，被她拉回膝上，我随即酣睡起来，直到灯光熄灭，家里的婴儿车推

1　金莺组织是成立于1910年的美国慈善机构。

着熟睡的我回到家里。

你可以理解，我从历史学家那里了解到了后续的细节，但我完全凭着自己的记忆，清晰地记得那晚的灯光。这不仅是我最早的记忆之一，也是我印象最深刻的记忆之一。我不相信心理学家的理论，说什么如此年幼时经历的事情不可能回忆起来，只是从家人的聊天里得到的印象。诚然，即使最出色的记忆力也无法逾越某个界限，但我敢肯定，在我身上，最早的记忆是在我过三岁生日的时候。要问我是否记得有一次，可能是在我两岁之前，我和邻居家的男孩一起玩捉迷藏游戏，我跑到铁丝网后面躲着，被他发现的时候我一脸惊讶——要是问我这件事，我会坦白承认我完全不记得，我只记得我可怜的母亲爱把它当作趣事来讲，最后每当她开始讲这件事的时候，我都会躲到地窖里。我也不记得自己洗礼时的情景（我听说，在我洗礼时，我父亲一个劲地催促牧师，结果却自讨苦吃），因为我当时只有几个月大。但是，世上所有的心理学家，这些像煤矿工人一样轮班的人，都不能说服我，让我觉得我不是完全靠自己的力量记得这些灯光。

这些灯发出闪光，然后熄灭，雾气再次降临。尽管几个星期之后我们就搬到霍林斯街上的新房里，在那里住了许多年，但是搬家的事我全然没有印象。我不记得三岁九个月大第一次穿上裤子的情形，尽管这是个非常重大的时刻，让人感到无比自豪和光荣。但渐渐地，随着我的意识日臻清晰，我的记忆里开始出现星星点点的事情，出于这样或那样的原因，这些事情长久保留下来。我只依稀记得，大约1885年一艘游船的甲板，游船的汽笛声震耳欲聋，还有切萨皮克湾宽阔的灰色水面。我清晰地记得父亲将我带到一家服装店，店内的弧光灯明亮耀眼，彼时弧光灯在世界上还是新奇事物，我在店内见到堆积如山、款式优雅的星期天礼服，回家的时候父亲给我买了一件，臀部勒得很紧。我记得一顶带飘带的草帽，记得一只名叫"小指头"的猫，记得我哥哥查理，那时他还是个穿着罩袍的小孩儿，一个炎热的夏夜他像美洲狮一样嚎叫，母亲把家里所有的药都给他服下，在他身上搜寻不法之徒的别针。我还记得，我进入神奇的科学世界的启蒙课，当时我的实验对象是一条蚯蚓，实验过程是在阳光下将蚯蚓放后院的人行道上，看多久之后它会被烤死。我记得一个昏暗的冬日下午，母亲读书给我听，书上讲的是头脑简单的西蒙去集市的冒险经历。趁她喝茶的间隙——我记得茶香令人心旷神怡——我把鼻子贴在结霜的窗户玻璃上，看着点灯人沿着街道点亮联邦广场的路灯，心里在寻思集市是什么东西。母亲读给我的故事书里，是凯特·格林纳威[1]可爱、多彩的世界，直到今天，我闭上眼睛仍然能够看到那幢小木屋，男孩和女孩在村里的绿地上嬉戏，淡蓝色的天空万里无云。

我小时候长得很胖，臀部像驳船，长着明显的双下巴。1880年9月12日星期天上午9点，C. L. 布登博恩医生接引我来到这个世界，他的工作显然很出色（但我听说，过程有些艰难），尽管一张保存至今、日期标记为10月2日的收据显示，他对一次分娩收取的费用只有十美元。那时，喂养幼儿的学问与细菌学和社会公正一样处于发展早期，但毫无疑问，我摄入了大量卡路里和维他命，简直摄入过量。有一张我十八个月大的照片，照片里的我看起来就像各家牛奶公司在星期天报纸的凹版印

---

[1] 凯特·格林纳威（1846—1901），英国著名插画家。

刷版面刊登的照片一样，充分激起了它们养殖的奶牛的热情。若不是在我出生之前马里兰州已经废除了食人习俗的话，我倒是可以充当一顿大餐。

多年以后，母亲常告诉我说我的体型经常引起大家的注意，尤其是与她形成鲜明的对比，因为母亲身材苗条，个头中等偏矮，再加上蓝眼睛金头发，她看起来比实际年龄还要年轻。有一次，母亲带我坐马车去个什么地方，路上遇到一个老人，他瞠目结舌地盯着我和她看了一阵，然后惊叹道："天哪，姑娘，那孩子是你的？"随着我开始四处奔跑，肥胖也随之消失。从六岁开始，我变得十分清瘦，但到了二十几岁的时候，我又胖成了球。到了三十岁，我第一次接受减肥治疗，后又放弃治疗，偷偷喝起了啤酒。

我幼儿时期的记忆开始逐渐丰富和清晰，主要是在霍林斯街的后院里。尽管整个街区只有一百英尺宽[1]，我们的后院却格外宽敞。在我只有二十个月大的时候，我和哥哥查理一起来到这里。我上学之前大部分时间都在这里玩耍。后院是一片神奇的荒地，给人带来无数的发现和陶醉。即使是冬天，我们也几乎每天都在里面游荡，身上穿戴着当时年轻人穿的厚而粗糙的上衣、外套、连指手套、裹腿、帽子、衬衫和衬裤。每次下大雪的时候，我们就在雪地上打滚，造雪屋、建城堡、堆雪人，在雪地上涂出各种花体和图案。自维尔姆冰期以来，男孩们就是这样玩耍。春天，我们挖虫子，观察知更鸟；夏季，我们捉蝴蝶，拿石子打麻雀；秋天，我们用落叶生篝火。从三月到十月，我们总是能让母亲的

---

[1] 1英尺约合0.3米。

菜园变得"寸草不生"。

十九世纪八十年代，霍林斯街几乎仍然是乡村，附近有大量闲置土地，几个街区以外就是开阔的乡野。我们家对面街上就是联邦广场宽阔的绿地，广场上有鱼池，有铸铁建造的希腊神殿，里面是一处喷泉，还有一处广场管理员的小砖房办公室兼工具房，房子小得像茅房。向西一个街区远，在我们楼上的窗户视线所及的地方，就是牧羊人教堂宏伟而神秘的建筑群，身着长袍的修女在通道和巷弄间往来穿梭，一堵高高的石墙将它与世界分隔开来。我们的后院里，有一株桃树、一株樱桃、一株李树和一株梨树。梨树一直活到现在，依然与1883年的时候一样郁郁葱葱、生机盎然，只是比那时又长高了三十英尺，树干长得老粗，树枝已经伸进了邻居家的院子。我和哥哥常常迫不及待采下生硬的樱桃，等到最早一批果子成熟，我们已经吃坏了几次肚子。桃子、梨和李子熟得更晚，在等待水果成熟的日子里，我们嚼桃树干上流出的桃胶，将包在里面的果蝇和六月甲虫吐到猫儿"小指头"身上。

铺砖的人行道上方是葡萄架，有六株长得非常茂盛的葡萄藤，到了秋天，结有许多甘甜的康科特葡萄。我和哥哥从葡萄露出绯红就开始吃，西巴尔的摩的麻雀也来分享，但最后剩下的葡萄依然能够装满几个大洗碗盆，母亲和一个雇来的女孩会花一个下午将葡萄煮熟，然后装进玻璃瓶，盖上锡盖。出于这样或那样的原因，我和哥哥对于费尽艰辛制作的葡萄果酱一点都不喜欢，但我们整个冬天都得将就着吃，因为它就像甘菊茶一样，对我们的身体有益。我不记得有桃子酱、李子酱或是梨子酱这类东西；很可能那些果子在成熟之前就被我们消灭殆尽。葡萄之所以逃过一劫，是因为有些葡萄长得很高，就像与狐狸有关的寓言中描绘的一样。之后的几年，我们通过高空作业摘下高处的葡萄，就不用再吃葡萄酱，但这样做的代价是肚子又会多疼几回。

但是，后院的亮点并非葡萄架，也不是果树，而是凉棚。这座凉棚是洛可可式样的，占地一百英尺见方，有高耸的尖顶，上面覆着锡，下面铺着木地板，有华美的金属栏杆，栏杆上还有螺旋拼花。这座凉棚由我的外祖父阿布豪设计建造，外祖父是技艺出众的细木工，屋里的许多家具也出自他手。他制作的每一样东西都经久耐用，到了很久以后的二十世纪，我雇了一群工人拆除凉棚，他们用铁撬棍和尖嘴镐大汗淋漓地忙活了半天。在十九世纪八十年代的时候，这座凉棚就是家里的"王座厅"和"审判席"，至少夏天如此。晴朗的星期天上午，在这座凉棚里，父亲和他住在隔壁的弟弟亨利一起喝啤酒，品尝他们的雪茄工厂生产的新配方烟草，讨论顾客的信用，以及劳工煽动者的罪恶。作为一家之长，祖父门肯会定期来到这座凉棚里，坐在里面决定在他的管辖范围内的大小事务。

母亲是个辛勤的园丁，她在霍林斯街居住的四十二年里，拔除的杂草数量不下百万。在我的记忆里，她下园子干活时会换一身衣服，包括一件格子棉布裙，一顶旧式罩帽——这头饰到了十九世纪已经过时。裙子和罩帽挂在厨房门后的钉子上，旁边的架子上是各式小铲子，以及剪刀之类的工具，其中少不了一大团麻绳。我和哥哥查理到了快要上学的年纪，被母亲派去帮忙除草，但我俩谁都分不清杂草，因此我们被调到房子前面，霍林斯街鹅卵石中间生长的只有杂草。那里的杂草十分繁茂，要阻止杂草蔓延并不容易。我们隔三岔五拿一把破旧的菜刀除草，经常割到自己的手。我们都很不喜欢这份工作，于是除草变成了强制劳动。也就是说，当我们犯错的时候就会派上用场。我记得最严重的处罚是除草一个小时，而这只有犯下偷吃姜汁饼干、爬梨树、揪住猫的后腿将它倒挂起来，或是撒下弥天大谎这样严重的罪行才会用到。

查理长得比我结实，因此也更凶狠。在我们的童年时光里，若是公平打斗，他可以轻松战胜我，或者在所有情况下，他都能拖住我。霍林斯街上禁止内战，但我的祖父门肯住在只有三个街区远的费耶特街。他并没有旗帜鲜明地反对，除非他正在睡午觉。我记得有一天，八到十个孙子辈的孩子一起去他家，场面顿时开始失控。一开始是或多或少还有些体面的枕头大战，但很快就开始使用可怕的武器，包括各种桌椅板凳。房子里乱作一团，肯定会给家里的小摆设造成巨大损害，这些小摆设都是俾斯麦中期的样式。祖母和保利娜姑姑看到祖父灰蓝色眼中的神情，一开始假装很好玩，但是，当一尊硕大的瓷器便壶从三楼楼梯上滚落下来，客厅里的黑色麻布沙发断了一条腿时，她们尖叫着冲进来，手里拿着几截柴火棍，祖父则及时制止了大伙儿。

我和查理很喜欢保利娜姑姑，她格外热情，在巴尔的摩人中间是出了名的炸面圈能手。当她来了创作的灵感，实际上她经常产生这种灵感，她就做上许多，装满一个大的锡质煮衣锅，然后传话到霍林斯街，说费耶特街有惊喜等着大家。到费耶特街一路是上坡路，但我和查理总是一路跑过去，手牵着手，假装我们是急速奔驰的马儿。一个小时或者更长时间之后，我们回到家里，对晚饭完全失去了胃口。人类亘古以来就十分注重仪式感，在这享用美味的时候也不例外。待查理吞下五六个炸面圈，正喘息着准备擦掉脸上沾的油和糖的时候,保利娜姑姑总是会问他:"味道怎么样?"他总是会回答说:"还想吃。"这一问一答到底是两人的原创还是来自什么专利药品年鉴或者别的出处,我不得而知,但他们每次都是这样问答,令人难以忘怀。

在那个天真烂漫的年代,孩子们没有幼儿园可去,没有游乐场可玩,也没有像"恶魔岛"儿童乐园之类的地方消遣,我和哥哥只是随性地游荡,直到上学。霍林斯街对孩子们而言十分安全,因为街上没有多少车辆,少数的车辆也都速度不快,鹅卵石路上驶来一辆马车,从一个街区外就能听到。早年的时候,后院足够我们玩耍,雨天就去地下室,但之后我们渐渐开始到街上玩耍,后来再到街对面的联邦广场,我们在那里学会了当时流行的各种游戏。几年前,我碰巧穿过广场,在广场上遇到一位戴牛角边眼镜的女士正在教一群小女孩做"编玫瑰花环"游戏。看到这一幕,我突然之间就来了脾气,我简直想抓住这位女士把她丢进金鱼池里。我小时候,根本不需要花费公共预算聘请颐指气使的人教小女孩做游戏。她们可以互相学习——自从尼安德特人开始,人类就是如此。

尽管如此,我们玩游戏总是能玩出新花样,至少在细节上有所创新。我们男孩子玩追逐印第安人的时候,只是模仿苏美尔人追逐阿卡德人,不过我们使用的短柄小斧的确是个创新,割头皮的仪式也别出心裁;而且,我们的恶魔"坐牛"和"打在脸上的雨滴"[1]有着人类的外形,对苏美尔的男孩们来说,就像亨利·沃德·比彻[2]或者约翰·沙利文[3]一样陌生而不可思议。我们合唱的

---

1 "坐牛"和"打在脸上的雨滴"是两位印第安酋长的名字。
2 亨利·沃德·比彻(1813—1887),美国牧师,曾任《独立报》《基督教联合会》编辑。
3 约翰·沙利文(1740—1795),美国将军、政治家,联邦党成员,曾任新罕布什尔州州长。

歌曲主要源自英国，但它们都随着岁月的流逝而退化了。下面就是我们在1885年前后歌唱"国王威廉"的儿歌：

威廉国王是詹姆斯国王之子，
他在皇家比赛中取胜；
他胸前戴一颗星，
叫作战争的生命。

"皇家比赛"是什么意思，我们从来都不知道，也没有过问，我们也不明白"战争的生命"的含义。有个男孩喜欢玩的游戏，叫作"塞巴斯托波尔大战"（读"巴斯托"的时候带有浓重的口音），从表面上看，它肯定不会比克里米亚战争古老，因为塞巴斯托波尔显然就是塞瓦斯托波尔，但它毫无疑问来自罗马时代。这个游戏只有当附近有建筑或者摊铺工程，有成堆的沙子的时候才能玩。我们会把这些沙子做成一个个环形的壁垒，筑成一条友好的沟槽，然后在壁垒上插上俗丽的棉纸旗帜，旗帜通常都是自制的，旗杆用柴火条充当，棉纸来自巴尔的摩和卡尔霍恩街的牛顿玩具店，这家玩具店为西巴尔的摩的男孩和女孩们服务了70年，直到1939年春才关闭。街区的女工做了面粉糊，将纸固定在旗杆上。

所有年纪稍小的男孩都为塞瓦斯托波尔的驻军贡献了锡兵，包括印第安人。这些士兵和平地站在一起，没有任何进攻或防御的企图。它们的主人在晚上将它们带走，但这些旗帜仍然留在那里，直到雨水将塞瓦斯托波尔冲走，或者清晨送奶工的马儿将它踩扁。一个街区有两三名送奶工。女孩们也参与了旗子的制作，但她们不能拍打和制作城墙，也不能触碰锡兵。的确，对于那个时代的小女孩来说，如果她对军事表现出任何兴趣，就会像玩跳青蛙或嚼烟草一样有失体面。大一点的男孩们也站得远远的，尽管他们随时准备保卫塞瓦斯托波尔不受入侵者的袭击。锡兵只适合小孩子玩。年纪稍大的孩子则不太喜欢这些迟钝而幼稚的模拟物，类似于布娃娃和纸船。这些年纪较大的孩子更喜欢全副武装、真刀实枪地打斗。

在我们家神圣的垃圾堆里，有一份我1883年的笔迹标本——一张纸上的两个签名现在已经变成了暗淡的棕色，一个小而整洁，另一个大而花哨。它们有些令人难以置信，因为那时我只有三岁，但它们就在那里，日期出自我母亲之手，非常清晰。也许是她引导着我粗短的手指写的。在同一收藏中还有另一个标本，日期为1887年1月1日。这时我的书写开始变得轻松自如，尽管还算不上优雅。母亲还教我许多其他常见手艺——例如钉钉子、折纸船、削铅笔。她甚至还教我穿针线，有一段时间，我还希望自己补袜子，自己补裤子的后裆，但我始终不会用顶针，所以不得不放弃。打结是另一种让我困惑的艺术。直到今天，我还不会打领结，尽管我一次又一次求教名师，包括乔·赫格希默[1]和保罗·帕特森[2]这样的行家。我去参加聚会时，总得请人帮我系领带。我常常把领带挂在脖子上赴会，然后不得不向女主人求助。

这种在灵巧方面显示出的无能一直困扰着我，常常让我感到相当尴尬。在学校里，我从来没有学会正统握笔姿势：我的笔迹

---

1 乔·赫格希默（1880—1954），美国作家。
2 保罗·帕特森（1900—1956），美国政治家，曾任俄勒冈州州长。

令教授们满意，但写字的姿势让他们恼怒，我遭受了一些粗暴的对待，直到他们最终放任我自生自灭。后来，我学会了砌砖，也熟练地做了一些粗糙的木工活，但我从来不能胜任任何类似于细木工的工作。因此，我没有继承外祖父阿布豪的任何技巧。我在那个领域的所有基因都来自父亲，他可能是世界上双手最笨拙的人。

我不记得小时候父亲教过我什么，他连玩弹珠都没有教过我。他有时会吹嘘年轻的时候男孩子玩的各种游戏他都玩得得心应手，但他又总是补充说他年纪大了（我六岁的时候他三十一岁），受够了欠款、孩子们的吵闹、不知感恩的雪茄制造工人，以及推销员和簿记员，他将这些技巧忘到九霄云外。他也比不上母亲，在我学会认字之前的那些年月，母亲给我讲了许许多多的故事，唱了许许多多的歌曲。我听到父亲唱过的唯一的歌曲是：

雨下了四十天，
雨下了四十晚，
烟囱里酸菜往外窜。

很明显，这首歌唱到这里并没有结束，可是他从来没有唱出后面的歌词。他唯一会讲的童话就是一个人造了一座锡桥。我只记得童话故事里，这座桥是锡质的，每次我和哥哥听到都会感到惊讶。我们想弄明白这怎么可能，因为一说到锡，我们就会想到番茄罐头。可是，我们从未得到答案。

贡布雷的晚安吻

作者 | 马塞尔·普鲁斯特

马塞尔·普鲁斯特（Marcel Proust，1871—1922），法国小说家，意识流文学的先驱与大师。

主要作品：《追忆逝水年华》（À la recherche du temps perdu）。

贡布雷的晚安吻[1]

晚上我上楼睡觉的唯一安慰是母亲会在我上床之后来到卧室给我一个晚安吻。但这个晚安吻稍纵即逝：随后她又立即下楼，因此，听到她上楼梯，听到她缀有草编饰带的蓝色棉布裙在装着两道门的走廊上发出窸窣的声响，对我而言便是最痛苦的时刻。我格外珍爱这一个晚安吻，以至于我希望它来得越迟越好，从而延缓母亲出现之前的那一段时间。有时候，吻完之后，母亲开门出去，我真想叫她回来，对她说"再亲我一次"，但我知道那样的话她会不高兴，因为在我的乞求和烦扰之下母亲所做的这点让步，总是令父亲感到恼怒，父亲觉得这个仪式实在荒唐，她本来就想让我改掉这个习惯，更不要说等她已经走出门外之后还让她回来再亲一次。看到母亲不悦的表情，片刻之前她所带给我的所有平静都会烟消云散。此前，她俯下身，慈爱的脸庞凑到我的床头，就像圣餐仪式上的圣体一样，我的嘴唇能深深地感受到她的存在，我继而得到入睡的勇气。母亲在我房间待的这段时间虽然短暂，但十分甜蜜。一旦有客人来家里吃饭，母亲就根本不会上

---

[1] 本篇目节选自《追忆逝水年华》。

楼来。我们的"客人"主要是斯万先生。除了一些路过的陌生人之外，他几乎是来我们在贡布雷的家里的唯一客人。有时他来家里吃晚饭（但吃饭并不多见，因为他的婚姻并不幸福，我们家里人不太想招待他的妻子），有时饭后他会不请自来。这些晚上，我们一家人围坐在房前大板栗树下的铁桌旁。我们能听到园子另一头传来响声，这种声音不像家里人进门根本不按铃时发出的那种叮咛咣啷的冗长冰冷的声音，响亮而又吵闹，简直震耳欲聋，而是客人进门时按动椭圆形的镀金门铃发出的两声羞怯的声响，每个人都会立刻惊呼："有人来了！还能是谁？"大家都知道来客只可能是斯万先生。我的姑祖母想做个表率，她努力让自己说的话显得自然一些，她大声地告诉大家不要窃窃私语；陌生人进屋之后最不想看见的就是大家正在说什么不想让他听见的话；然后大家会派外祖母去侦查一番，外祖母总是很乐意找借口在花园里兜上一圈，乘机偷偷掐断一两棵玫瑰花树上的枝丫，让花树看起来更加自然，就像理发师给男孩理完发之后，母亲会抚摸男孩的头发，让他显得更加自然一样。

我们都待在原地不动，等着外祖母回来报告敌情，仿佛有许多入侵者可能会来一样。然后，外祖父很快会说："我能听到斯万的声音。"的确，因为我们不想招来蚊子，园子里灯光很暗，因此只能通过声音分辨来客是谁，很难辨认他的相貌：他长着鹰钩鼻，一双绿眼睛，额头很高，头发几乎是红色的，梳成布雷桑式样。我会若无其事地溜开，告诉他们把果汁拿出来；外祖母很看重这一点，她认为大家最好不要让任何事情显得不自然。尽管斯万先生比我外祖父年轻许多，但他们十分亲近。斯万的父亲是外祖父的好友。他父亲是个优秀而古怪的人，似乎遇到一点小事就会心思不宁。每年我都能听到外祖父在桌子上讲好几遍老斯万先生的故事，每次讲得都一模一样，说他妻子去世之后，他日夜守候在她的床边。外祖父许久没有见到他，于是匆忙赶到贡布雷郊外斯万家，将哭成泪人的他劝到一边，趁机将尸体入殓。他们在花园里转了一两个弯，花园里有些阳光。突然，老斯万先生抓住我外祖父的胳膊哭喊道："哦，亲爱的老伙计，我们是多么幸运，能在这么美好的时光里一起在这里散步！你看看这些树木多美——看看我新栽的山楂树，还有新挖的池塘，你可还没有为此祝贺我。你看起来闷闷不乐。你感受不到这微风吗？啊！不管怎么说，活着多好呀，我亲爱的阿梅代！"突然，他又想起亡故的妻子。或许是他觉得很难解释，为什么在这样的时刻，他还会任由一种幸福的感觉将他占据，他只是做了个手势，每次他遇到疑惑不解的问题他都会习惯性地做出这个手势：他挥动一只手，擦干眼睛，擦拭眼镜。对于丧妻之痛，谁都无法安慰他，但在他比她多活的这两年时间里，他常常对我外祖父说："真是有些滑稽；我经常想起可怜的妻子，但每次又不能想得太多。""经常做，每次做一点，就像老斯万一样。"这句话成了我外祖父的口头禅，不管遇到什么事他都会说这句话。我觉得外祖父比我更有判断力，我把他的话当作金科玉律，他一直引导我原谅那些我本来想大肆谴责的冒犯，如果外祖父没有说下面这句话，我会以为斯万的父亲是个怪物。外祖父说："但是，不管怎么样，他有一颗仁慈的心。"

多年来，小斯万经常来贡布雷看他们——他结婚之前尤其如此，我姑祖母和外祖父母确信他已经与家族的社会关系彻底断绝往来，或者，他们无论如何也不会想到，眼前这个化名斯万的客人，就是赛马俱乐部最尊贵的会员之一，是巴黎伯爵和威尔士亲王最要好的朋友，还是圣日耳曼上流社会名声煊赫的人物，但他们的无知情有可原，就像诚实本分的旅店老板，不知道自己接待的是大名鼎鼎的强盗。

家里唯一不希望斯万到来的人就是我。因为家中来了客人，或者只有斯万先生一人来家里的晚上，母亲就不会上楼到我卧室。当时，我不和家人一起吃晚饭，而是吃完晚饭后到花园里，待到九点向家人道一声晚安，然后上楼睡觉。但有客人来访的晚上，我吃得比大家更早，饭后在桌子旁边坐到八点，就必须上楼睡觉；母亲平时给我的脆弱而又珍贵的晚安吻，我会从餐厅带回卧室，带着它脱去衣服，完好无损地保存它，不让它消散挥发；这样的夜晚，母亲吻我的时候我得格外小心，我得当着家人和来客的面，迅速抢走它，抓住它，根本没有时间专注；就像头脑有毛病的人在关门的时候尽量心无旁骛，这样一来一旦发病，他们就能用关门那一刻的回忆来战胜它。

门铃轻声响起的时候，我们一家人都在花园里。大家都知道来的是斯万，但大家你看看我我看看你，最后派外祖父去打探一下。"你们得郑重感谢他送的酒，"外祖父警告他的两个弟妹说，"你们都知道这酒多好喝，而且他还送了一大箱呢。"

"好了，都别嘀咕了！"我姑祖母说，"客人来了，看到你们窃窃私语会怎么想？"

"啊！斯万先生来了，"父亲喊道，"我们来问问他明天天气怎么样。"

斯万结婚之后，我们家人的表现可能会让他觉得有些不自在。因此母亲觉得这时她说句话能消除这种感觉。她抓住时机把斯万拉到一边。我则跟在母亲身边，因为我觉得几分钟之后我就得把她留在餐厅里，一个人上床睡觉，而且今晚与平时不同，她没法上楼吻我。

"唉，斯万先生，"她说，"快跟我说说你女儿，她是不是也像他爸爸一样，已经很有品味啦？"

"来吧，来跟我们一起到走廊上坐吧。"外祖父说着走上前来。母亲只得把话放到一边，尽管她的努力受到挫折，她又想起一句别的话来，就像伟大的诗人一样，诗歌韵脚不会成为他的羁绊，反而会让他成就伟大诗篇。

"这个话题我们等会儿单独再聊，"她几乎是在斯万先生耳边低语，"只有做母亲的才能理解。我相信她母亲同意我的观点。"

于是全家人都围坐到铁桌边。我本不愿去想接下来几个小时，当我一个人待在卧室无法入睡时必须承受的痛苦：我尽力说服自己，这并不重要，因为第二天早上我就会忘记，将注意力转移到别的事情上，像踏上一座桥梁般越过脚下恐怖的深渊。但我的脑海被这种预兆完全占据，就像我投向母亲的眼神一样愈加强烈，完全容不下别的想法介入。有一些想法进得来，前提是它们能留下美或是有趣的东西，让我分心或者感到疑惑。我就像通过局部麻醉在手术过程中意识清醒但没有感觉的外科手术病人，我可以背诵我喜欢的诗句，观察外祖父和斯万先生谈论奥迪弗雷-帕斯基埃公爵，但就是对任何事都提不起兴致……

我的目光一直离不开母亲。我知道等大家坐到桌上，他们不会让我一直待到晚饭结束，母亲为了不惹父亲生气，不会允许我在大庭广众面前像平时在卧室一样亲她一番。我暗下决心，等大家在餐厅里开始吃喝，等我觉得时机来临，我会倾注所有情感亲吻母亲，这一吻必定十分短暂而隐蔽：我会仔细看准亲吻的位置，很庆幸有这么充裕的时间准备，我要充分享受我的嘴唇亲吻母亲脸颊那短暂的一刻。仿佛一位画家，只能在调色的短暂时间内观察模特，然后凭借记忆和事先完成的初稿作画。但是今晚，在餐铃响起之前，外祖父残忍而又不自觉地说："小家伙看起来困了。让他上楼睡吧。而且，今晚我们会吃到很晚。"

我的父亲在履行约定方面不像外祖母和母亲那么一丝不苟，他接着说："对；去吧，睡觉去。"

我本来打算此时此刻去亲吻母亲，但正在这时，餐铃响了。

"打住，打住，别管你妈。你已经说了好几遍晚安。别整这些没用的东西。上楼去吧。"

因此我必须放弃这临终的圣餐离开，必须"违心地"爬上每一级台阶。说"违心"，是因为我心里想着回到母亲身边，因为她还没有吻我，让我在吻的陪伴下离开。我曾一遍又一遍怀着沮丧的心情上楼，那令人讨厌的楼梯散发出清漆的味道，让我每晚都会感到的痛苦更加明显，甚至让我感觉更加残忍，因为在这种嗅觉的刺激下，我的理性更加难以抵抗。当我们睡觉的时候感到剧烈的牙痛，就像我们一次又一次尝试从水中救起一个小女孩，或是我们反复诵读莫里哀的诗句，醒来会是一种巨大的安慰，这样我们的理性才能理清牙痛和人为的英雄主义或者抑扬顿挫的假象。当我闻到楼梯那特殊的油漆味——它比任何精神上的渗透毒性更强——我更加迅速地感到一种痛苦，那就是我必须上楼回到卧室。

我一回到卧室，就得堵上窗户，拉上百叶窗，摊开被褥，挖掘自己的墓坑，裹上尸布睡衣。卧室里放了一张铁床，因为夏夜里，罩着帷幔的四柱床上太热。在我将自己埋进铁床之前，我突然有了反抗的冲动，想尝试一下囚犯惯用的伎俩。我写了一张便条给母亲，说我有要紧的事，希望她上楼来见我，具体原因便条上不便说明。我担心姑祖母家的女厨弗朗索瓦丝不愿替我送信，我们住在贡布雷的时候，她经常照看我。我怀疑，她可能会觉得，厨师当着客人的面送信给母亲，无异于剧院的门房给正在台上演出的演员递送便条，简直令人难以想象。不过，能不能办，弗朗索瓦丝自有她的原则，这些原则严格、翔实、具体，不容商量，简直就像古代的典律一样，残忍起来会下令屠杀嗷嗷待哺的婴儿，仁慈起来又禁止"用母山羊的奶炖羔羊肉"，抑或杜绝"食用动物大腿上的筋"。

弗朗索瓦丝会固执地拒绝我们的某些要求，从这一点来看，她的"典律"已经足够应对上流社会的各种复杂场景，而她的成长环境和人生经历不可能让她具备这种见识；因此，我们只能断定，她身上隐藏着一种高贵而又神秘的法兰西传统，仿佛手工业城镇里那些古老的建筑依然诉说着昔日的繁华，化工厂的工人生产劳作之地周围仍有"泰奥菲尔遇到圣母仙灵"或者"埃蒙四兄弟乘坐神马逞威"的精美雕塑。

此情此景，弗朗索瓦丝的法典不容她——除非家里发生火灾——为了我这个微不足道的孩子下楼去打扰陪着斯万先生的母亲，因为弗朗索瓦丝不仅尊重家人（还有死者、牧师和王室成员），而且尊重家里的客人；这种尊重放到书上，我或许会觉得十分感人，但从她的嘴里说出来，却又总是令人气恼，因为她说话的腔调总是严肃而又温和。今晚她的语气更加让我恼怒，因为她把请客吃饭看得太过神圣，不愿去打扰主家和客人。但我为了争取一丝成功的机会，毫不犹豫地对她撒谎说不是我想写信给母亲，而是母亲在我上楼之前吩咐我帮她找样东西，然后务必给她捎信，否则她肯定会生气上火。我想弗朗索瓦丝不会相信，因为她的感觉异于常人，像原始人一样灵敏，她会第一时间甄别我们难以察觉的征兆，发现我们试图向她隐瞒的真相。她端着信封足足看了五分钟，仿佛只凭着纸张和笔迹就能揣测信里的内容，或者确定该参照她典律中的哪一条款做出判罚。然后，她无可奈何地走了出去，脸上的表情似乎在说："谁家摊上这样的孩子，可真是倒霉！"

过了一会儿，她转来告诉我，大家正在吃冰饮，她暂时不好打搅，等到端上洗指钵的时候她会想办法把便条送给母亲。于是，我的焦虑顿时平息下来；现在，我不必像之前一样得等到明天才能见到母亲，因为我的便条——尽管我的这个伎俩毫无疑问会让母亲生气，因为在斯万先生眼里传递纸条实在荒谬至极——会神不知鬼不觉地被带进母亲所在的房间，就像我本人在她耳边窃窃私语一样；那间餐厅本来将我拒之门外，对我格外冷淡——片刻之前加了炒坚果的冰饮和洗指钵之类的东西对我而言显得十分无聊，因为母亲只是独自享用，我并不在场——这时餐厅却朝我敞开大门。读到我的便条时，母亲对我倾注的关注，会像成熟的水果流出蜜汁一样，滋润我饥渴的心田。现在我和母亲已经不再分开；我们之间的障碍已经不复存在；我们又被紧密联系在一起。而且，不仅如此，母亲一定会来看我。

经过了这一阵痛苦的折磨之后，我想象着如果斯万先生看到我写给母亲的便条，他肯定会猜出我的用心，定会放声大笑；但另一方面，后来我渐渐知道，这么多年来他也经历了类似的痛苦，或许在那种情况下没有谁能像斯万先生一样理解我的心情；对他而言，知道自己心爱的人在某个地方享乐，自己既不在场又不能前去——这种苦恼源于爱情，从某种意义上说这是命中注定的感受；就像降临在我头上的痛苦一样，一旦这种痛苦在爱情进入人生之前占据了一个人的心灵，它就必须顺其自然，等待爱的来临，它将漫无目的、不受约束地飘荡，并无特定的对象，直到今天或者明天，我们将这份心情用在孝顺父母，抑或爱护同伴上面。当弗朗索瓦丝回来告诉我说她将把便条交给母亲时，我内心的喜悦，斯万肯定感同身受：这只不过是心爱女子的一个朋友或者亲戚给我们带来的不切实际的喜悦。当我们来到女方家或是剧院这些能见到女方的地方参加舞会、聚会或是"首映"，这位朋友或是亲戚看到我们在门外踟蹰，急切地期待着与对方沟通。他认出我们，热情招呼我们，问我们有何贵干。当我们编造故事说有重要的信息要交给他的亲戚或者朋友，他向我们保证，这件事再简单不过，他将我们带到门口，信誓旦旦地说五分钟之后就带对方下楼。我们对他是多么感恩戴德——就像此时此刻我对弗朗索瓦丝充满感激一样——这个心地善良的中间人，只消一句话，就能给我们带来快乐，让我们感受到帮助、仗义甚至是喜悦，刚才我们还以为舞会上都是些性情乖戾、拈花惹草的坏蛋，他们嘲笑我们，甚至骗走了我们心爱的女人。从和我们热情搭讪的这位朋友来看（这位朋友也是神秘活动的宾客之一），其他宾客也不至于多么邪恶。在心上人尝试不为人知的快乐这不可捉摸又令人煎熬的时间里——看吧，我们真想把墙挖个洞，直接钻进去。看吧，在整个时间跨度中，这一刻与其他的时刻同样真实，却又更加重要，因为这一刻有我们的心上人身在其中；在这一刻，我们的朋友去告诉她我们在楼下等她。很有可能，聚会期间其他的时刻不会有什么本质上的不同，不会有什么令我们感到痛苦的其他内容，因为这位心地善良的朋友已经向我们保证说："当然，她肯定会很高兴下楼来！她和你聊天肯定比无聊地待在上面有意思。"哎！斯万已经从亲身经历中知道，当一个女人发现她并不喜欢的男人死缠乱打一直追她到舞会，她会多么恼怒，尽管中间人热心帮忙，他又会显得多么无助。到头来，这位心地善良的朋友多半只能空手而归。

我的母亲并没有出现，也没有顾及我的自尊（这得看她是否会配合我之前编造的谎话，说她想知道我有没有帮她找到某样东西），她让弗朗索瓦丝转告我，"她什么都没说"——我经常听到旅店的门房、赌场的听差之类的人对某个可怜的姑娘说同样的话，而姑娘则惊讶地回应说："什么？他什么都没说？不可能。你真的把我的信传到了吗？好吧，我再等等看。"当门房提出要给她点一盏煤气灯，她总是会拒绝说不用麻烦，她继续静静地坐在那里，只能听到门房和跑堂的人谈论天气，然后门房就留意到时间，打发跑堂的人把顾客的酒拿去冰镇；因此，当弗朗索瓦丝说要给我泡杯茶或者留下来陪我，我拒绝了她的好意，让她回用人间去，然后我躺到床上，闭上眼睛，尽量不去听家人在花园里喝咖啡时发出的声音。

但过了几秒钟，我意识到在我给母亲写了便条之后，在我冒着惹恼她的风险如此接近她之后，在我见到她之前我根本不可能入睡。我的心痛苦地怦怦直跳，我强迫自己保持镇定，接受这个不幸，却平添了心中的痛苦。然后，突然之间，我的焦虑缓和下来，一种强烈的幸福感涌遍全身，仿佛病人服下特效药之后药物开始发挥作用，疼痛消失了一样：我下定决心，不见到母亲绝不睡觉，决定不惜一切代价在母亲上楼睡觉的时候去亲吻她，哪怕这样做肯定会让她在很长一段时间里对我生气。现在，我的痛苦已经化作平静，我保持高度警惕，无比期待，同时感到对危险的渴望和恐惧。

我悄无声息地打开窗户，几乎一动不动地在床脚边坐下来，因为我担心楼下的人能听到我的动静。窗外万籁俱寂，仿佛期待着什么降临，唯恐惊扰了月光：月辉之下，所有景物都投下长长的黑影，让它们显得更加细长，仿佛一幅地图被舒展开来。该动的地方自然在动——板栗树叶在风中颤动。这种微小、完整、细致而又柔和的颤动，与整个场景并没有一丝不协调的地方，但又没有完全在背景中消失，而是十分醒目。在这寂静之中，远处传来一阵声响，那肯定是镇子另一端的公园里传来的声音，这声音微弱而清晰，像是音乐学院交响乐团完美演奏的轻音，每一个音符都像是从距离音乐厅很远的地方传来，但又清晰可辨。音乐会上的听众，包括外祖父母的姐妹们（有时斯万先生会给她们订座），经常侧耳倾听，仿佛他们听到正在行进的军队从远处接近，但还没有拐到特雷维斯街。

我心里很清楚，在父母面前，我已经将自己置于十分不利的境地，后果的严重程度外人根本无法想象。外人或许会以为，后果充其量只是做出一些丢人的事之后遭到惩罚，但是，在我接受的教育中，错误的分类和其他孩子的不一样，有些错误格外严重（否则我就不会被严加管教了）。时至今日，我发现这些错误都有一个共同特点，那就是不懂得克制自己的冲动。但是从来没有人对我明说，没有人解释我受到冲动诱惑的原因。因为一旦这么做，就可能让我相信我受到诱惑是情有可原，或者说让我认为我根本无法抵制这种诱惑。然而，我可以通过事前感受到的痛苦，抑或通过事后受到的责罚认识到这种错误。我明白，我刚才的所作所为，与我之前受到责罚的错误如出一辙，而且性质更加严重。如果母亲上楼睡觉的时候我出去见她，她看见我这么晚还没睡，只为了在走廊里再跟她说一声晚安，第二天我在家里肯定住不下去，他们肯定会把我送回学校。这一点毫无疑问。那么好吧：就算等会儿我不得不从窗户跳下去，我也坦然接受命运的安排。现在我只想见到母亲，向她道一声晚安。我已经在这条路上走得太远，根本不可能回头。

我能听到父母陪着斯万先生离开的脚步声；关门的声音表明他的的确确已经离开，我便悄悄溜到窗边。母亲问父亲龙虾做得怎么样，又问斯万先生是否添了一次咖啡腰果冰饮。"我觉得冰饮味道一般，"母亲说，"下次我们得换个口味。"

花园里只剩下父亲和母亲，他们单独坐了一阵，然后父亲说："哎，我们上楼睡觉去吧？"

"听你的，亲爱的，我倒是一点儿都不困。不知怎么回事，应该不关咖啡冰饮的事——咖啡不浓，还不至于让人失眠。我看见用人间里的灯还亮着：可怜的弗朗索瓦丝还在等我，我得让她帮我解开衣钩，你先去换衣服上床吧。"

母亲打开了从客厅通往楼梯的格门。这时我听到她上楼来关她房间的窗户。我悄悄溜进走廊。我的心剧烈跳动，我简直无法挪动脚步，但至少心跳不是出于焦虑，而是出于恐惧和欣喜。我从楼梯井里看到母亲手里蜡烛的灯光在往楼上移动。然后，我看到母亲本人：我一下投进她的怀中。霎时间，她惊讶地看着我，还没意识到这是怎么回事。然后，她的脸上露出愠怒的表情。她一言不发。说到这儿，以前我犯过比这轻得多的错误，她便一连几天不跟我说话。如果母亲跟我说上一句话，这虽然意味着她不会不理我，但对我而言会显得更加恐怖，因为比起严厉的惩罚，沉默甚至愠怒相对而言都还很轻。

这时她要是说一句话，肯定会在表面上看起来十分平静，就像主人打定主意辞退用人时的口气；送儿子参军的时候，母亲才会亲吻儿子，如果只是生几天的气，母亲就不会吻儿子。但母亲听到父亲从更衣室出来的声响，为了避免出现因为父亲看到我引发的"场面"，母亲由于生气而略带喘息地说："赶快跑！别让你父亲看到你像个疯子一样站在这里！"

但我再一次乞求她"来我房间跟我说一声晚安"，我一边说，一边看到父亲手里的烛光已经照到楼梯旁边的墙上，与此同时，我也想以此来挟母亲，因为母亲不希望父亲看到我还站在那里，如果她再这么耽搁下去，父亲肯定会发现我。我希望母亲做出让步，答应我说："你回房间。我等下来。"

但是为时已晚：父亲已经来到我们面前。我不禁喃喃自语一句他们并没有听见的话："完了！"

然而，我并没有完蛋。以前，更加开明的母亲和外祖母允许我做的事情，父亲总是不准我做，因为他从来不管什么"原则"，因为在他眼里根本不存在什么"人的权利"。有时我们出去散步，出于根本不相关的原因，或者在根本没有原因的情况下，他会在最后一刻不准我去，就像今晚，时候还早他就突然来一句："赶快去睡觉吧；别找什么借口！"不过，正因为他没有原则可循（用外祖母的话说），也就不存在坚持原则。他有些生气和惊讶地看了我一阵，母亲不无尴尬地向他道明了原委，他对母亲说："那你带他去吧。你刚才说你还不困，那就在他房间里待一阵，我不需要什么。"

"可是，亲爱的，"母亲有些羞怯地说，"我困不困不是关键。我们可不能惯着这孩子……"

"惯着他倒不存在，"父亲说着，耸了耸肩膀，"你也看到了，这孩子很不高兴。不管怎么说，我们又不是看管犯人的。到时候他病了，更麻烦。他房间里有两张床，让弗朗索瓦丝帮你铺一下大床，你今晚就在他房间里睡吧。我去睡了。我可不像你这么焦虑。晚安。"

我不可能向父亲表示感谢，那样的话他会觉得我多愁善感，会因此生气。我站在原地，一动也不敢动。他依然站在我们面前，身材魁梧，穿着白色睡衣，头上戴着粉色和淡紫色的印度克什米尔羊绒头巾，自从得了头痛病之后他就开始戴头巾，他站在那里，就像斯万先生送给我的那幅版画中的亚伯拉罕一样，这幅版画是根据贝诺佐·戈佐利的原作绘制的，表现的是亚伯拉罕告诉萨拉她必须离开伊萨克。那一晚的经历已经是许多年前的事了。当晚我看着父亲端着蜡烛上楼，烛光映照的那面墙壁现早已被拆除。对我自己而言，我曾以为许多事情我会永远铭记，但实际上很多记忆早已烟消云散，新的建筑相继出现，与之相伴的便是新的痛苦与欢乐，这些对当时的我来说都无法预见，就像对现在的我来说，旧时的许多东西很难理解。距离父亲对母亲说"你去陪孩子吧"已经过去多年，这种时光再也不曾出现。但是近来，如果我细心聆听，我越来越清楚地听到我当年的啜泣声，在父亲面前我竭力忍住哭泣，但只剩下母亲在场的时候又忍不住哭出声来。实际上，这啜泣从未停止过：只是现在我身边的生活越来越安静，所以我又能听到它的声音，就像是修道院的钟声，白天完全湮没在市井的喧嚣之中，让人以为钟声已经停止，直到夜深人静的时候人们才又听到它的鸣响。

那天晚上，母亲一直待在我的房间：本来我已经铸下大错，等待着被逐出家门，但父亲和母亲却做出了让步，即使我有出色的表现也很难得到这样的奖赏。尽管当时父亲对我表现得如此宽容，他对我的管教依然有些任性随意，不管我的功过是非，这就是他的性格，因为他的行为通常都是随性而发，并没有太多深思熟虑的计划。或许，对于他打发我去睡觉这样的行为，并不能说他比我的母亲和外祖母更加严厉，因为他的性格在某些方面与我不太一样，与母亲和外祖母更是迥然不同，这种性格使得他无法理解我每天晚上过得多么凄惨，这一点母亲和外祖母十分了解；但她们都很爱我，不想让我经受这种痛苦，她们希望能教我克服这种痛苦，从而减轻我的多愁善感，增强我的意志。父亲对我则是另一种爱，不知道他有没有母亲和外祖母那样的勇气，因为一旦他发现我不高兴，他就对母亲说："你去安慰他一下吧。"

母亲整晚都待在我房里，看起来她并没有打算责备我，这大大超出了我的意料。当弗朗索瓦丝（她看到母亲坐在我身边，牵着我的手，让我由着性子哭，肯定已经猜到发生了什么不同寻常的事情）对母亲说："夫人，少爷在哭什么？"母亲回答说："噢，弗朗索瓦丝，他自己还不知道：这是他神经紧张了。快帮我把大床铺一下，完了你也去睡吧。"于是，有生以来第一次，我的错误并没有受到惩罚，而是被当成公开的无意识的缺点，这种神经紧张的状态并非我的过错。我感到一种慰藉，不必在痛哭流涕的时候还感到有所顾忌；我可以不带任何负罪感地流泪。当着弗朗索瓦丝的面回到这种人性化的状态，我感到无比自豪。就在一个小时前，母亲拒绝上楼来我的房间，还冷淡地让我去睡觉；而这种状态让我突然有了成年人的自尊，让我感受到一种青春期的痛苦，让我的眼泪彻底解放。我本来应该感到高兴，但实际上我并不高兴。我意识到，母亲刚才第一次对我做出让步，这对她而言必定十分痛苦，这是她第一次降低了对我的期待，她用尽全部勇气，第一次承认自己被打败。我意识到，如果说我战胜了她，我取得了成功，就像在疾病、痛苦或者年龄上取得成功一样，那么我只是成功地让她放松了意志，成功地改变了她的判断；这天晚上开创了一个新纪元，必定成为日历上一个黑色的日子。如果我有勇气的话，我本来应该对母亲说："不，我不需要你；你不能睡在这里。"但我知道母亲的身上有一种实用的智慧，用今天的话说叫作现实主义，与外祖母身上激进的理想主义有所不同。我知道既然事情已经过去，母亲更想让我享受她温馨的陪伴，不想再去打扰父亲。当然，那天晚上，当母亲温柔地坐下来牵着我的手，擦拭我的眼泪时，她美丽的脸上又闪耀着青春的光芒。但正因为这个原因，我觉得这一切本不应该发生；与这种我以前不曾体味的温柔相比，她的愠怒让人更容易忍受；我感觉像是用不虔诚的手指在她的灵魂里偷偷划下一道皱纹，让她的额头出现了第一缕白发。想到这里，我又伤心地哭起来，随后，我看到从来不允许自己心软的母亲突然被我的眼泪征服，自己也差点落下泪来。她看到我留意到这一点，笑着对我说："哎，我的小宝贝，我的小心肝，再这样的话，妈妈也要像你一样不懂事了。看吧，既然你睡不着,妈妈也睡不着,我们可不能像这样干傻事。我们得做点儿什么。我把你的书拿来吧。"但卧室里没书。"我把你外婆为你准备的生日礼物书拿来怎么样?你可想好了,到生日那天没有新书作为礼物你可别失望。"

我高兴还来不及呢,母亲找来一大堆书,书用礼物纸包着,只能看到四四方方的一个包裹,但就是这样简单粗略地看一眼,就知道要比去年的新年礼物颜料盒和前年的新年礼物蚕宝宝要好得多。这些书是《魔沼》《弃儿弗朗索瓦》《小法岱特》和《笛师》。后来我听说,外祖母一开始挑的是一本缪塞的诗集、一本卢梭的作品和一本《印第安娜》;尽管她相信轻松的阅读就像甜品和糖果一样不够健康,但她觉得天才的思想对孩子心灵的影响总不会比乡下的新鲜空气对孩子身体的影响更坏。但父亲听说外祖母要送我的书的书名之后,就觉得她不可理喻,于是外祖母又只身一人返回茹子爵市的书店,因为她担心我生日的时候无法及时拿到礼物(当天天气酷热,她回到家里身体很不舒服,医生警告母亲不能让她再这么做),她在店里选中了乔治·桑的四本田园小说。

"亲爱的,"她对母亲说,"我可不想让孩子读些乱七八糟的东西。"

的确,外祖母从不买那些在精神方面缺乏营养的东西,她格外注重那些能让我们摆脱单纯的物质享受的东西。即便她要送人"实用"的礼物,比方说一把扶手椅、一套银餐具或是一根手杖,她也会挑选古色古香的款式,仿佛经过长期废弃不用,它们已经超越了实用本身,更适合用来教育我们古人的生活方式,而不是满足当代人的生活所需。她喜欢在我的房间里挂上古代建筑或者美丽风景的照片。但是尽管它们的内容都有其自身的审美价值，在购买时她总会觉得这些通过机械复制的照片显得庸俗而又功利。她无法彻底消除它们的商业气息，但又尝试着将其减到最小，让它们保持艺术本身的面貌，比方说，保留艺术的"厚度"：她不要沙特尔大教堂、圣克鲁大喷泉或者维苏威火山的照片，反而会询问斯万先生有哪些伟大的画家画过相关画作，她宁愿送我柯罗绘制的《沙特尔大教堂》、于贝尔·罗贝尔的《圣克鲁大喷泉》或透纳的《维苏威火山》拍成的照片，因为这些画作到底更富艺术气息。但是即使摄影师被禁止直接拍摄杰出的建筑作品或大自然之美，而都由杰出的艺术家来描绘，当摄影师复制艺术家的阐释时，也就又恢复了庸俗。我的外祖母会尽力推迟接触庸俗的时刻。她会咨询斯万先生，这幅画有没有刻成版画，如果可能的话，她对旧版画更感兴趣，且不说有些版画的原作现在已经无法见到，例如莫冈临摹过《最后的晚餐》，后来原作因为修复行为反而变形失真。必须承认，在送礼物的时候融入艺术考量，结果不总是令人愉快。提香有一幅画，据说背景画的是环礁湖，我通过这幅画得到的威尼斯的印象肯定不如从常见的照片里得来的准确。我们家人已经数不清（我的姑祖母借这件事跟外祖母拌嘴）外祖母送给新婚的老少亲戚朋友多少张扶手椅，这些椅子通常在第一次坐上去的时候就会散架。但外祖母会认为，对于一件能够反映出昔日的繁荣、欢乐和奇特想象的家具而言，太关注坚固耐用不免过于庸俗。这些椅子能满足一种我们已经不再适应的物质需要，就像一些古语一样对她具有很大的吸引力——从那些语言表达中，我们依然能够得到比喻的联想，但当代人对语言的粗糙使用已经使得这些比喻的精妙之处消失殆尽。正是基于同样的道理，外祖母作为生日礼物送给我的这几部乔治·桑的田园小说，就像是储藏室里堆放的古董家具，里面充满了许多已经不再使用的表达，这些表达十分形象，只能在乡下的方言里觅得踪影。外祖母青睐这些书，就像她青睐有哥特式鸽舍的房子或者各种能陶冶性情的东西一样，这些东西能让人产生一种怀古的情绪，开启现实世界里无法企及的旅途。

母亲坐在我的床边。她挑的是《弃儿弗朗索瓦》，这本书红色的封面和令人费解的标题让我觉得既独特又神奇。我还不曾读过真正意义上的小说。我听人说乔治·桑是一个具有代表性的小说家。有了这种认识，我就期待着《弃儿弗朗索瓦》中包含着无法形容但又引人入胜的内容。这部小说的叙述方式，能吸引读者的好奇或者引起读者的怜悯，某些表达方式又能打动读者，让读者感到悲伤，有经验的读者会发现这些都是小说中的"常用手段"，但对我来说却又十分新奇——因为对我而言，一本新书并不是一类事物中的一个，而是像一个活生生的人一样，它无与伦比，它的存在具有不可替代的价值——这正是《弃儿弗朗索瓦》令人陶醉的独特之处。在对日常的柴米油盐的叙事之中，在平淡无奇的思想和简简单单的用词中，我却听到，或者说偷听到一种美好而奇特的声调与节奏。"故事"展开：对我而言越来越晦涩难懂，因为当时，我一个人阅读的时候，经常是一边读一边想象着迥然不同的情景。这个习惯导致我读书的时候有很多地方都不理解，再加上母亲大声读给我听的时候略去了许多爱情的场景，不解之处变得更多。因此磨坊的妻子和小伙子之间关系的变化，那种只有爱情的滋生可以解释的变化，对我而言便显得神秘而难以理解，我以为这个问题的答案就藏在那神奇而又悦耳的标题"弃儿"之中。不知为何,这本书的封面上,"弃儿"这两个紫色的字显得十分鲜亮诱人,就悬在那个男孩的头上。即使母亲不是一个忠实的朗读者,她也是一个令人尊敬的朗读者,她在朗读的时候,能体悟到作者真实的情感,语气简洁,音色甜美而温柔。她在生活中也是这样,如果摆在她面前的不是艺术作品,而是她同情或者敬佩的男人和女人,她在说话的时候会特别注意自己的声音、动作,遇到孩子刚刚夭折的母亲她就竭力避免欢快的语调,遇到风烛残年的绅士她就绝口不提往事或者纪念的日子,遇到年轻学者她就竭力避免谈论日常琐事。乔治·桑的散文到处散发着慷慨和高尚的气息,在外祖母的教导下,母亲认为这些品质在人生中具有至高无上的地位(后来我却告诉她,这些并非书中至高无上的品质),因此,当她大声朗读乔治·桑的散文时,她努力避免声音里表现出任何软弱或者情感,这些软弱或者情感可能会阻碍作品语言强大的气势。她的朗读极尽温柔和甜美,仿佛这些词句专门为她的嗓音而写就,完全在她的掌控之中。她的声调恰如其分,她的口音和蔼可亲,这口音先发制人,完全支配了词句,但又超越了词句本身。她朗读的时候,用这种方式化解了原文中刺耳的成分和略显突兀的动词时态,在朗读过去未完成时和一般过去时之际,慷慨大方中带着甜美,柔情蜜意中带着忧郁。她引导着一个句子结束,另一个句子开始,音节时缓时急,尽管句子长度不一,她读起来却步调一致,让原本平淡无奇的散文有了生命,读来连绵不息,深情款款。

我的痛苦得到了抚慰,我尽情享受这个有母亲在身边陪伴的温馨之夜。我知道这样的夜晚无法重复。我的最强烈的愿望,也就是让母亲在我房里陪我度过最黑暗的钟点,超越了常规,也不符合家人的期望，今晚的让步只是难得的特例。明天晚上我又将被痛苦俘虏，母亲不会再来陪伴我。但当这痛苦的风暴平息下来，我已经无法体会到它的存在；而且，明晚还是很久以后的事。我提醒自己，我仍然有思考的时间，尽管时间并不能赋予我权力，尽管未来并不以我的意志为转移，有些事情看起来并非不可避免，这只是因为我还有眼前这片刻的安宁。

诺莫波营地

作者 | 路德威·白蒙

路德威·白蒙（Ludwig Bemelmans, 1898—1962），美国作家、插画家，生于奥地利。1954年因绘本《玛德琳的亲爱小狗》(Madeline's Rescue) 获凯迪克奖。

主要作品："玛德琳"系列（Madeline），包括《玛德琳的亲爱小狗》等6部。

诺莫波营地

第一次在城里走了一圈之后,芭芭拉回到基多的大都会酒店,冻得嘴唇发青,小拳头紧紧攥在一起。米米带她钻进被窝,我出去给她找衣服,帮她抵挡厄瓜多尔皮钦查省的寒风。风雪服倒是用不上,天气还没冷到那个地步,我找到一些小女孩穿的衣服,买回酒店之后,芭芭拉挥手说不愿意穿。这孩子只有四岁半,但她却知道自己想要什么。她坐在床上,胸前露出麻疹留下的斑点,说她就算冻死也不穿眼前这些衣服。

接下来几个星期她卧床养病的时候,我不得不给她设计外套。我绞尽脑汁画了许多时装图纸,都是些非同一般的外套,还配了帽子。我从旧杂志上把纸娃娃剪下来,把我设计的外套粘上去。芭芭拉相中了一款类似三层披肩的设计,就像弗朗茨·约瑟夫时代维也纳出租马车车夫经常穿的服装。

"就是它了,"她说,"这个最适合。"

芭芭拉康复之后,我们就拿着设计图去找裁缝。巴勃罗·杜克·阿里亚斯先生的商店正对着旧金山广场。商店就像一家室内农场。鸡群围着缝纫机到处跑,有时还从阿里亚斯先生的首席裁剪师坐的低台上越过;店里还养有一只猫、一条带了崽的狗、一只鹦鹉，活脱脱一个动物园；植物则包括插在干花瓶里的纸折玫瑰，放在油印的圣母玛利亚画像和《圣安东尼的诱惑》的照片中间的小架子上。

芭芭拉警觉而怀疑地打量着这家女装店，但她让阿里亚斯先生给她量了尺寸。他研究了我的设计，然后我们一起——裁缝、芭芭拉、太太和我——去唐阿方索·佩雷斯商店购买布料。我们发现了一种像是英国旅行袋内衬的布料。这种布料产自厄瓜多尔，大家都很喜欢。

外套要一个星期才能做好，我们每天都去查看进度。最终，芭芭拉穿好衣服站在镜子前面，对结果很满意。这件衣服花了7.5美元，不包括我花费的时间和精力。二月份回纽约的时候，这件衣服很暖和，发挥了很大的作用。

芭芭拉是有幸进入被铸铁栅栏围起来的格拉梅西公园内玩耍的七十五名或者一百名儿童之一[1]。在公园里玩耍的还有一个家境殷实的五岁小女孩，她性格诚实，一头深色头发，名叫露丝。有一天露丝和芭芭拉在一起玩，两人成了朋友——三月的一天，两人第三次见面，当时芭芭拉穿着我设计的衣服，小露丝对芭芭拉说："你穿着这件衣服就像'雾都孤儿'。孤儿才穿这种衣服。看起来可真丑。不知道你为什么要穿这种衣服。"

那天下午芭芭拉去露丝家玩，她参观了露丝的衣柜。回家的路上她便不再穿那件"雾都孤儿"外套，而是把衣服夹在胳膊下面，然后藏到房间的橱柜里。

接下来的一个星期里，她就在我面前不停地软磨硬泡、撒娇

---

[1] 格拉梅西公园是纽约曼哈顿区的一家私人公园，只有生活在附近每年缴纳园费的人才能进入。

打诨,一定要我给她弄一件新外套,尽管春天已经来临,格拉梅西公园里的树木都已经吐出绿芽。当然,这件衣服跟露丝的那件一模一样,只是更新罢了。

现在,芭芭拉和露丝成了知心朋友。她们一起坐在板凳上,看着布斯先生[1]的雕像左边的一个石瓮。两个小伙伴在这里想出了另一个计划。她们想一起参加夏令营。小露丝去年已经参加过一次,她向芭芭拉描述了营地里有趣的丛林生活。芭芭拉对露丝说她想去,但她害怕孤独,她从来没有离开爸妈一个人去哪个地方。

"噢,"露丝说,"到了第三天你肯定会忘记爸妈这回事啦。"

芭芭拉回家之后心里就一直装着这件事。

我们选择的营地照管着一百名女孩。营地位于阿迪朗达克山上,有自然流淌出来的井水,孩子们睡在半平房式的房间,宣传册上说,十个水龙头直接通到平房前面,孩子们自己在水龙头上洗漱。早上七点半吹号起床,孩子们自己做家务。

看到宣传册上的这些内容,我就在想,没有什么比让我们的宝贝在阿迪朗达克山上早上七点半起床,在冷水龙头上洗漱更好的了。

当我告诉芭芭拉,她将有幸成为诺莫波营地的一员时,她高兴得手舞足蹈。在印第安语中,诺莫波的意思是"明亮的土地"。营地生活期间,孩子们的用品要标上名字,需要的用品清单如下:

---

[1] 埃德温·布斯(1833—1893),莎士比亚《哈姆雷特》最伟大的表演者之一,19世纪美国著名悲剧演员。

游泳衣 2 件

浴鞋 1 双

厚浴帽 2 顶

棉质脚踝袜 4 双

棉内裤 4 条

睡裤 3 条

浴袍 1 件

网球鞋 1 双

手帕 6 条

运动衫 2 件

卧室拖鞋 1 双

雨鞋 1 双

网球拍 1 只

网球 3 个

盥洗用品

披风 1 件

雨帽 1 顶

马裤 1 条

床单 3 件

枕套 3 件

深色毯子 3 条

浴巾 3 条

毛巾 3 条

床垫套 1 件

干洗袋 1 个

行李袋 1 个

折叠刀和折叠勺各 1 把

带柄杯子 1 只

缝纫材料

《圣经》1 部

此外还有以下特殊装备：

1 条诺莫波华达呢短裤

1 双诺莫波棕色牛津鞋

2 件诺莫波白衬衫

2 套诺莫波制服

1 条诺莫波绿色领带

1 件诺莫波绿羊毛衫

2 双诺莫波脚踝袜

所有用品都被装进一只绿色的军用大旅行箱中，放在汽车后座上。

两个月露营的成本相当高，基本相当于在豪华酒店住这么久的价格。此外还有餐费，还有在餐厅买别的东西的零花钱，加上诺莫波营地艺术和手工作坊用到的材料费。

我们到达的时候，营地内洋溢着兴奋和愉快的气氛。负责营地的夫人无比热情地接待客人，像豪生酒店的女迎宾一样；辅导员们到处蹦蹦跳跳。小露丝前一天已经来到营地，她牵着芭芭拉的手，带她去了5号平房。我查看了一下房子旁边的出水口。小屋是个松散的棚子，建在支柱上，南北两个方向是开放的，没有窗户，但有由木块固定的大百叶窗。屋内摆放着六张小铸铁床，就像孤儿院里的床一样；屋外鸟儿鸣唱，树木葱茏。

这间屋子的地板由一排没有刷漆的木板钉成，透过木板缝隙能看到下面的土地。我们还查看了食堂和医务室。负责芭芭拉的辅导员向她展示怎么铺床，怎么扫地，怎么倒垃圾桶——她只负责这三件家务。芭芭拉做得津津有味。

下午三点左右，营地夫人过来说："请在天黑之前离开营地。这样对孩子们会好些。"

于是我们向芭芭拉道别。她很勇敢。她说完"再见"，背对着我们的汽车，一边走一边挥手。她朝5号房走去，刚走到冷水龙头的地方，她突然转过身，小脸上满是泪水，她走回来，抓住她妈妈说她不想待在营地。

我不知道我是从哪里来的勇气，因为我的心几乎要碎了，但我牵起芭芭拉的手，递给营地夫人，夫人将她抱在肥胖的胸前。我把米米带到车上，开车离开了营地。一个小时之后我们打电话给营地，夫人说芭芭拉哭了一刻钟。"现在这个小宝贝正在娱乐厅里玩得很开心呢。她和小露丝一起坐在大火堆旁，听着《彼得和狼》。你们一点都不用担心她——从现在开始，请一定不要来看她。"

第二天，我待在酒店里，心想儿童营地真是个骗人的好把戏，它比开酒店可是划算多了。

想象一下像萨沃伊广场酒店[1]这样的酒店，客人自己带三床毯子和床单、浴巾、枕套，自己铺床，自己倒垃圾，自己到楼下中央公园的冷水龙头上洗漱，然后默不作声地吃你放到他面前的健康饮食！晚上不是出去到竞争对手那里去消费，而是静静地坐着听《彼得和狼》或者在酒吧里做手工——大家都穿戴着印有萨沃伊广场酒店标志的帽子、鞋和外套！

十天之后，我们回到营地，期间我们写了九封信，收到芭芭拉的辅导员写的四张卡片。在对芭芭拉进行一番大肆夸奖，说她是个多么高兴、多么幸福、多么听话的孩子之后，夫人派人把芭芭拉叫过来。

她穿过滴着水的树林，从雨中走来，头戴诺莫波雨帽，身穿诺莫波绿毛衣和披风，孤零零的，神情看起来比"雾都孤儿"还要凄惨。见到我们，她顿时流下两行泪水，直到外面的雨停了，她还在不停哭泣。阳光照耀着飘浮的雾气，她眨着哭得通红的眼睛。

我们来到屋外的一处游乐场，有那么一刻我们走到一边商量该怎么办，芭芭拉身边突然围满了小伙伴。夫人带着责备的眼神看着芭芭拉和她的辅导员，这个辅导员还是个少女，我的眼神几乎无法从她的诺莫波毛衣上移开。夫人说："你该不会想撒娇从我们这里跑开吧？"

芭芭拉的表情是除了埃尔·格列柯的绘画之外我见过的最痛

---

[1] 萨沃伊广场酒店位于纽约曼哈顿，酒店高约130米，33层。

苦的表情。她哭喊道:"我不喜欢这里。我想和爸爸妈妈一起回家。我想回家。我不喜欢这里。我想回家。"

我们把她带到车里,我用法语对米米说,在这种情况下我们最好让她跟我们一起回家。我说话的时候,芭芭拉的手紧紧抓着连接汽车折叠式车顶的皮带,说:"你们不用说法语,我知道你们在说什么。你肯定说的是'我们发动汽车,把芭芭拉推出去,像上次一样开车跑路'。"——她接着说:"我晚上做梦梦见你们,但我醒来你们不在那里,早上,住在我旁边的一个小女孩哭了,我也哭了。露丝说去年她第一次来的时候也哭了,但她妈妈把她丢在那里,从来都不去看她,现在她已经习惯了,但我不会习惯的,因为我每天晚上都梦到你们。早上太冷了,我还得扫地倒垃圾。"

显然,她根本没有去水龙头旁洗漱。她看起来灰头土脸,头发乱蓬蓬的。她说:"我们一个星期洗两次澡,洗澡要到湖里去,湖水很凉。我想回家。我不喜欢这里。我想和爸爸妈妈一起回家。"

一个男人走到车跟前笑着说,"我是营地负责人范·科特兰太太的丈夫,我可以向你们保证,你们不在的时候,芭芭拉是这里玩得最开心的小女孩。她成天唱呀玩呀。我想你们要是把她带走,那肯定是个严重的错误。"

我告诉他,我们要把她带走。芭芭拉松开带子,那个男人说:"我干了二十七年,这样的事之前只发生过一次。"

芭芭拉身上散发出一股大蒜的味道和头发的馊味。他们中午吃的是肉糕。等我们打定主意,天色已经黑了下来,我们留下来吃晚餐。天又开始下雨,雨天的阿迪朗达克山营地无比潮湿和荒凉。吃晚餐的走廊有风,每一阵风吹来,都会刮起一片帆布。菜单上有加了融化奶酪的吐司,温热的大米布丁吃起来像胶水,每餐都有一杯牛奶。

我们把可怜的露丝一个人留在了营地,营地夫人和她丈夫再次向我们保证说,这是二十七年来第二次发生这样的事情。

一天的等待

作者 | 欧内斯特·海明威

欧内斯特·海明威（Ernest Hemingway，1899—1961），美国作家、记者，1953 年因《老人与海》(*The Old Man and the Sea*) 获普利策小说奖，1954 年获诺贝尔文学奖。

主要作品：《老人与海》、《太阳照常升起》(*The Sun Also Rises*)、《丧钟为谁而鸣》(*For Whom the Bell Tolls*) 等。

一天的等待

我们还没起床,他来到我们的卧室关窗户,我留意到他似乎病了。他浑身颤抖,脸色苍白,走起路来动作迟缓,仿佛每走一步都感觉到疼痛。

"怎么了,沙茨?"

"我头痛。"

"你再去睡会儿吧。"

"不。我没事。"

"你回床上去。等我穿好衣服去找你。"

但是等我下楼时,他已经穿好衣服,坐在火堆旁边,这个九岁的小子看起来一副病态,忧心忡忡。我拿手摸了一下他额头,发现他发烧了。

"你到楼上躺着吧,"我说,"你病了。"

"我没事。"他说。

医生来了之后,给孩子量了体温。

"多少度?"我问。

"一百零二。"[1]

---

[1] 指102华氏度,约合38.9摄氏度。后文的104华氏度合40摄氏度,102.4华氏度约合39.1摄氏度。

楼下，医生开了三种药，是三种不同颜色的胶囊，并留下了服药说明。第一种是退烧药，第二种是泻药，第三种是中和体内酸性的药。医生说，流行感冒病菌只能在酸性环境中存活。他似乎对流行感冒了如指掌，说只要体温不超过一百零四就没问题，还说最近流感正在轻度流行，如果不染上肺炎就不会有危险。

回到房间，我把孩子的体温和吃药的时间都记了下来。

"要不要我读书给你听？"

"你愿意读就读吧。"孩子说。他脸色惨白，黑眼圈很明显。他静静地躺在床上，一副超然物外的样子。

我给他读了霍华德·派尔的《海盗集》，但可以看得出他根本没听进去。

"你感觉怎么样，沙茨？"我问他。

"这会儿还跟之前一样。"他说。

我坐在床尾，一个人读了起来，等着喂他吃第二种药。本来他可以睡觉，但当我抬头时，发现他看着床尾，表情十分古怪。

"你怎么不睡会儿？到时间我会叫你吃药。"

"我还是不睡的好。"

过了一会儿他对我说："爸，你没必要陪我，如果你忙的话。"

"我不忙。"

"不，我的意思是你没必要等我，如果叫你烦的话。"

我想他可能有点儿困，所以十一点钟给他喂完药我就出去了一会儿。

天气晴朗而寒冷，地上的雪已经上冻，光秃秃的树干上、灌木上、柴堆上、草地和土地上都覆上了一层冰。我牵着爱尔兰塞特犬到路上和上了冻的溪边散步，但是路上很滑，站立和行走都十分不便，这只红色的小狗跌跌撞撞，我自己也重重地摔了两跤，其中一次把猎枪掉到地上，在冰面上摔出去老远。

一处高高的土堤上长满灌木丛，下面是一个鹌鹑窝。我们把鹌鹑赶了出来，在它们跑到土堤顶上消失之前，我打死了两只。有些鹌鹑跑到树上，大多数都钻进柴堆中，因此必须爬上结了冰的柴堆使劲跺脚，它们才会钻出来。还没等你在又滑又松的柴堆上站稳脚跟，它们就窜了出来，我瞄准射击，打中两只，放空了五枪。回家的路上，我发现屋子旁边还有一窝鹌鹑，很高兴改天还有鹌鹑打。

回屋后，他们告诉我说孩子不准任何人进他屋子。

"你们不能进来，"他说，"不能传染给你们。"

我走到他身旁，看到他还是像我离开之前一样躺在那里，脸色惨白，但脸颊烧得通红，目光呆滞，紧紧盯着床尾。

我给他量了体温。

"多少？"

"差不多一百。"我说。实际上是一百零二点四。

"之前是一百零二。"他说。

"谁说的？"

"医生说的。"

"你的体温没问题，"我说，"不用担心。"

"我不担心，"他说，"但我忍不住不想。"

"不用想，"我说，"放心吧。"

"我是放心了。"他说着，眼睛直直地盯着前方。很显然，他认准了什么事情。

"把药喝了。"

"你觉得有用吗?"

"当然有用了。"

我坐下来,摊开《海盗集》开始读,但我可以看出他没听进去,于是我停下来。

"你看我还能撑多久?"他问。

"什么?"

"还要多久我会死?"

"你不会死。你这是怎么了?"

"不,我会的。我听到他说一百零二度。"

"一百零二度人不会死。这是怎么说话呢。"

"别骗我,会死的。在法国的学校里,同学们告诉我四十四度以上人就会死。我已经烧到一百零二了。"

原来,从早上九点到现在,他一整天都在等死。

"可怜的沙茨,"我说,"可怜的沙茨哟。这两种度数就像英里[1]和千米一样。你不会死的。法国温度计单位不一样。他们的温度计正常体温是三十七。我们的正常体温是九十八。"

"真的吗?"

"当然啦,"我说,"这就像英里和千米一样。你知道吧,就好比我们开车时速七十英里相当于他们多少千米。"

"哦。"

但他紧盯床尾的目光逐渐变得缓和。他紧绷的精神也放松下来,最终,到了第二天,他就变得十分轻松,遇到鸡毛蒜皮的小事也能轻易哭出来。

---

[1] 1英里约合1.6千米。

文字、爱和语言

作者 | 海伦·凯勒

海伦·凯勒（Helen Keller，1880—1968），美国作家、教育家、社会活动家。

主要作品：《我的一生》（The Story of My Life）、《假如给我三天光明》（Three Days to See）等。

文 字、爱 和 语 言 [1]

我记忆里最重要的一天是我的老师安妮·曼斯菲尔德·沙利文来我家的那天。它给我的生命带来的无法衡量的改变，着实令我惊奇不已。这天是 1887 年 3 月 3 日，离我七岁还有三个月。

在这个不同寻常的下午，我傻傻地站在走廊上，心里充满无限期待。从母亲的手势和大人们来来往往的情况，我隐约猜到家里有不平凡的事情发生。于是我走到门口，在台阶上等候。下午的阳光透过走廊上茂密生长的金银花，照在我扬起的脸上。时值甜美的南方春季，花儿刚刚绽放，我的手指几乎是情不自禁地在我熟悉的藤叶和花朵上摩挲。我无法预料我的未来会出现奇迹还是惊喜。几个星期以来，愤怒和痛苦一直侵袭着我，我在与它们的缠斗中感到深深的倦怠。

你是否有过雾天出海的经历：白色的迷茫将你笼罩，一艘大船紧张而焦虑地利用测深绳摸索前行，你的心怦怦直跳，等待着即将发生的一切？在我开始接受教育之前，我就像那艘船，只是我缺少了指南针和测深绳，也无从知晓港口在何方。"光！给我

---

[1] 本篇目节选自《假如给我三天光明》。

光!"这是我发自灵魂的无声呼喊,就在这个时刻,爱的光芒照耀在我的身上。

我感觉到有脚步接近。我伸出手,以为是母亲。有人拉起我的手,抓住我,将我紧紧拥在怀里,这个人将向我揭示一切奥秘,不止如此,她将向我敲开爱的大门。

老师来的第二天早上,她把我带到她房间,送给我一只娃娃。这只娃娃来自博金斯盲校的孩子们,劳拉·布里奇曼[1]给它穿了衣服;但这些细节我后来才知道。我拿着娃娃玩了一会儿,沙利雯小姐在我的手心里缓慢地拼写出"娃娃"这个词。我立即对这种指尖游戏来了兴趣,试着模仿起来。最终,我成功地拼出这个单词,脸上露出孩童的快乐和自豪。我跑到楼下的母亲身边,伸出我的手,拼写了"娃娃"。我不知道我拼写的是单词,也不知道这个单词是否存在;我只是像猴子学人一样移动手指。接下来的日子里,我就用这种难以理喻的方式学会拼写许多单词,包括"别针""帽子""杯子",还有"坐""站""走"几个动词。老师来了几个星期之后我才知道每样事物都有名称。

有一天,我正在玩一只新娃娃,沙利雯小姐把我的大布娃娃放到腿上,拼写了"娃娃",想让我明白两个玩具都是"娃娃"。当天早些时候,我们就"杯子"和"水"展开了争论。沙利雯小姐想让我明白"杯子"是"杯子","水"是"水",但我总将它们混为一谈。绝望之中,她暂时放下这个话题,一有机会便重新捡起来。由于她一遍又一遍捡起话题,我很不耐烦,抓起新玩具娃娃,狠狠扔在地上。摔破的玩具娃娃碎片散落在我脚边,我感

---

[1] 劳拉·布里奇曼(1829—1889),美国第一位接受英语语言教育的盲聋儿童。

到十分得意。在这鲁莽的行为之后我既没有感到遗憾，也没有感到后悔。在我寂静而又黑暗的世界里，强烈的伤感或者温柔的感觉都不存在。我感觉到老师把娃娃碎片扫到壁炉旁边，我的心中涌起一阵满足感，所有的不悦烟消云散。她拿来我的帽子，我知道我要到温暖的阳光下去。如果说没有语言的感觉也可以称作想法的话，这个想法令我欢呼雀跃。

我们沿着通往水井亭的小路往前走，亭上金银花的香气吸引了我们。有人正从井里打水，老师把我的手牵到喷口下面。冰凉的水流从我的手上滑过，她在我另一只手上写下"水"这个单词，第一遍写得很慢，随后又快速写了一遍。我静静站在原地，全神贯注于她手指的动作。突然，我感觉到一种模糊的意识，仿佛突然回忆起什么东西——一种恍然大悟的感觉。不知怎么回事，语言的谜题就此解开。这时我开始明白"水"指的就是从我手上流过的那种美好而又凉爽的东西。这个单词唤醒了我的灵魂，给我带来光明、希望、快乐，让我获得自由！诚然，学习路上充满了各种障碍，但这些障碍都可以扫除。

离开水井亭之后，我开始急切学习。任何事物都有名称，每个名称都能激发新的思想。回到屋里，我触摸的每一件物品似乎都迸发出生命。这是因为我带着陌生而又全新的视角看待一切。一进门，我想起我毁坏的娃娃。我摸到壁炉旁边，捡起娃娃碎片。我想将它们拼凑起来，但这种努力只是徒劳。然后我的眼里充满泪水。我意识到自己的错误，有生以来第一次感觉到悔恨和悲伤。

那天我学会了许多新词。这些词我已经无法一一回忆起来，只记得"妈妈""爸爸""妹妹""老师"这几个词——就像亚伦的神杖一样，它们让我的世界绽放出花朵。当这不同寻常的一天结束，我躺在床上时，我成了这个世界上最开心的孩子，我回味着这一天的惊喜，有生以来第一次开始憧憬新的一天到来。

我已经拿到了所有语言的钥匙，我渴望着使用这把钥匙。听力正常的孩子不需要专门努力就能习得语言，从别人口中说出的词他们不费任何力气就能自然而然地学会；但对于耳聋的小孩来说，只能一点一点，痛苦地吸收。但无论过程如何，结果十分神奇。我们从事物的名称开始，一步一步地前进，直到我们最终穿越艰难险阻，从磕磕巴巴地识别第一个音节，到理解一句莎士比亚诗行的深刻思想。

起初，老师给我讲解新的知识，我鲜少提问。我的想法很模糊，词汇相对有限；但随着我的知识不断增长，学到的词汇越来越多，我的知识面随之拓展，我会不断回到同一个话题，期待获得更多知识。有时，新学的词能激起我的印象，让我想起之前深深印记在我脑海中的经历。

我记得有天早上我第一次问"爱"是什么意思。此前我已经学会很多词汇。我在花园里发现了几朵最先开放的紫罗兰，摘下来拿给老师。她想亲吻我，但当时除了母亲之外我不喜欢别人亲我。沙利文小姐用胳膊温柔地抱着我，在我的手上写下"我爱海伦"。

"爱是什么意思？"我问道。

她把我拉得更近。"在这里。"她指着我的胸口说，这是我第一次留意心跳。她的话让我十分疑惑，因为当时我只能理解摸得着的东西。

我闻了闻她手中的紫罗兰，一半用词汇一半用手势问她：

"爱是花香吗?"

"不。"我的老师回答说。

我又陷入沉思。温暖的阳光照在我们身上。

"这是不是爱?"我一边问,一边指着温暖的阳光,"这是不是爱?"

在我看来,没有什么比太阳更美,阳光照耀万物生长。但沙利雯小姐摇摇头,对此我感到非常疑惑和失落。我感到很奇怪,老师无法向我展示爱。

一两天后,我正在按照对称的方式串联大小不一的珠子,先是两颗大的,然后三颗小的,再是两颗大的。我穿错了许多地方,沙利雯小姐耐心地反复指出我的错误。最终我发现了一处很明显的错误,立即集中精力听讲,想着怎么穿这珠子。沙利雯摸着我的额头,着重拼写了"想"这个词。

忽然之间我明白这个词的意思是我脑子里正在进行的过程。这是我第一次有意识地学习抽象概念。

此后很长时间——我想的不是膝盖上的珠子,而是根据这一心得思考着"爱"的含义。那天是阴天,下了一阵暴雨;突然之间,南方的骄阳露出脸来。

我又问老师:"这是不是爱?"

"爱像是太阳出来之前天空中的云朵。"她回答说。然后她用比这里的表达更简单的语言对我解释,因为当时我还无法理解下面这些表达:"你知道,你摸不到云朵,但你能感受到雨滴,你知道在炎热的天气里花儿和干渴的大地多么渴望雨水。你也摸不到爱,但有爱的地方你就能感受到甘甜。没有爱,你就不会开心,也没有心情玩耍。"

这美丽的真理突然在我脑海里绽放——我感觉在我的灵魂和他人的灵魂之间展开无形的纽带。

从我接受教育开始，沙利雯小姐就尝试着像对其他孩子一样跟我讲话，唯一的区别是她将这些话写在我手上而不是说出来。如果有些表达思想必需的词汇我不知道，她就提醒我，即使我有些跟不上她的节奏，她还是鼓励我们进行对话。

这种过程持续了几年时间。即便是简单日常对话中也有不计其数的成语和表达，耳聋的孩子不可能在一个月，甚至两三年的时间里学会。听力正常的小孩通过不断重复聆听和模仿学习，他在家里听到的对话会刺激大脑，促使他自觉地使用语言表达思想。这种自然的思想交流能力耳聋的孩子完全不具备。我的老师意识到这一点，于是她弥补了我缺少的这种刺激。她尽可能地逐字向我转述她听到的内容，告诉我如何参与到对话中。但过了许久我才开始积极参与，又过了更长时间，我才学会在适当的时间说出适当的内容。

聋人和盲人觉得很难学会对话的礼仪。对于一个既聋又盲的人来说，难度更是可想而知。他们无法分辨说话人的腔调，少了别人的协助，他们无法对声音的强弱进行区分；他们更看不到说话人的表情，而表情正是说话人的灵魂所在。

我在1890年春学会说话。我一直有发声的冲动。我常常将一只手放在喉咙上，另一只手感受嘴唇的动作，通过这样的方式练习发声。我对任何发声的东西都会感到好奇，我喜欢触摸发出叫声的猫和狗。我也喜欢把手放在唱歌者的喉咙上，或者在别人弹钢琴的时候把手放在琴上。在我失去视力和听力之前，我学说话的速度很快，但自打生病之后，我便不再说话，因为我失去了听力。我过去曾经整天坐在母亲腿上，双手放在她脸上，因为我喜欢感受她嘴唇的动作；我也嚅动嘴唇，尽管我已经忘记怎么说话。朋友们说我笑起来哭起来的声音都很自然。有一阵我发出了许多声音和单词的音节，不是为了交流，而是因为我内心有一种强烈的欲望要练习发声器官。我仍然记得"水"这个词的意义。我发的是"谁"。等到沙利雯小姐开始教我的时候，这个音也越来越不清楚。等我学会用手指拼写这个单词之后，我就干脆不再发音了。

我很早就知道身边的人与我的交流方式不一样；甚至在我知道聋人也可以学会说话之前，我就对自己已经掌握的交流方式感到不满。一个完全依赖手语字母表的人总会感到处处受制。这种感觉开始让我觉得恼怒，让我有一种令人烦恼、渴望前进的缺失感。我的思想常常像鸟儿的翅膀一样上下翻动。我坚持要使用嘴唇和声音。朋友们劝我不要妄想，恐怕那到头来只是奢望。但我坚持己见，接下来一件偶然发生的事让我冲破了这个障碍——我听到了拉格恩海尔特·卡塔的故事。

1890年，劳拉·布里奇曼的一位老师拉姆森太太刚从挪威和瑞典回来，她来看我，给我讲了拉格恩海尔特·卡塔的故事。她是挪威的一名聋盲女孩，学会了说话。拉姆森太太一讲完这个女孩的成功故事，我就变得心急火燎起来。我也下定决心要学习说话。我变得焦躁不安，直到我的老师带我去找霍勒斯曼学校校长萨拉·富勒小姐，听她的意见，并寻求她的帮助。这位可爱而又善良的女士提出要亲自教我，我们从1890年3月26日开始教学。

富勒小姐的方法如下：她让我的手轻轻从她脸上滑过，在她发音的时候让我感觉她舌头和嘴唇的位置。我急切地模仿每一个动作，一个小时就学会了六个音：M、P、A、S、T 和 I。富勒小姐总共给我上了十一次课。我永远也无法忘记我第一次说出完整句子"天气暖和"时的惊喜。诚然，那只是几个破碎而又结巴的音节，但它是人类的语言。我的灵魂冲破了枷锁，获得了新的力量，通过这几个支离破碎的语言符号我触碰到一切知识和信仰。

对于一个耳聋的孩子来说，当他发出他从没有听过的声音——当他冲出了寂静的囚笼，走出了没有爱的声调、没有鸟鸣、没有音乐的死寂世界——那种惊喜的快乐、那种发现的喜悦难以忘怀。只有这样的人才能理解我对着玩具、石头、树木、鸟儿、动物说话时的急切心情，理解在我的呼唤下米尔德丽德跑到我身边或者我的狗狗们听我的命令时我内心的喜悦之情。对我而言，用直接的语言表达，不需要翻译是一种难以言状的恩惠。当我说话的时候，我的言语里洋溢着幸福的思想，而我的手指可能根本无法表达。

但是必须说明，在这么短的时间里我并没有获得真正的对话能力。我只是学会了语言的片段。富勒小姐和沙利雯小姐能理解我，但大多数人只能听懂百分之一的内容。也不是说，学会这些只言片语之后，剩下的内容我就无师自通。如果没有沙利雯小姐过人的天赋、不懈的坚持和无私的付出，我根本无法掌握自然语言。起初，我不分昼夜地练习，才使身边最亲近的朋友们能理解我；之后，在沙利雯小姐的不断帮助下，我才能准确发出每一个声音，并将这些声音组成成百上千种组合。直到今天，她每天还在帮我纠音。

所有聋人学生的老师都知道这意味着什么，只有他们能够理解我必须面对的特殊困难。我完全依靠手指识别老师的唇形；我只能依靠触觉感受喉咙的颤动、嘴巴的移动和面部的表情；但是这种感觉经常出错。这时，我就得重复这些单词和句子，有时一连几个小时，直到我感觉自己的声音产生了同样的震动。我的方法就是练习、练习再练习。失落和疲惫是家常便饭；但转念一想，我很快就能回家，在亲人面前展示我的成就，我就备感激励，我急切地期盼他们对我取得的成就感到开心。

"我妹妹以后能听懂我说话了。"这种想法能战胜所有的障碍。我过去常常热情洋溢地说："现在我不是哑巴了。"想到我能跟母亲聊天，能从她的嘴唇读出她的回应，我就感到无比快乐，所有的苦恼便一扫而空。我惊奇地发现，与用手拼写相比用嘴说话是多么容易，我不再依赖手语字母表作为交流媒介；但沙利雯小姐和有些朋友仍然用字母表跟我说话，因为这样比读唇更方便快捷。

或许这里我得解释一下我们如何使用手语字母表，因为没有切身体会的人可能并不明白。手语字母表通常给聋人使用。对我阅读或者讲话的人用手拼写，我则轻轻地将手放在她的手上，但又不能妨碍对方的移动。手的位置很好识别，就像正常人用眼睛观察一样。我感觉到的并不是一个一个的字母，就像正常人阅读的时候看到的不是单个字母一样。不断的练习使得手指变得非常灵活，我的有些朋友手速飞快——速度相当于专业打字员的速度。当然，拼写的动作已经成为写作中无意识的行为。

等我学会说话之后，我迫不及待地回到家里。最幸福的时刻终于到来。回家的途中，我不停对沙利雯小姐讲话，不是出于需要而讲话,而是决心通过练习提升水平,直到最后一刻。没等我反应过来,火车已经停在塔斯坎比亚车站,全家人都站在站台上。如今,想起当年的那一幕,我依然难掩泪水:母亲将我紧紧拥入怀中,仔细聆听我说的每一个音节,激动得浑身颤抖,说不出话来;小米尔德丽德抓住我一只空着的手,一边亲吻一边手舞足蹈;父亲在沉默中表露出自豪和慈爱。仿佛以赛亚的预言在我身上应验:"大山小山必在你们面前发声歌唱。田野的树木也都拍掌。"

隐秘的抽屉

作者 | 肯尼思·格雷厄姆

肯尼思·格雷厄姆（Kenneth Grahame，1859—1932），英国儿童文学作家。

主要作品：《柳林风声》（*The Wind in the Willows*）等。

隐秘的抽屉

　　这张被人遗忘的老写字桌就放在一间很少使用，也几乎没人进来的房间里，房间肯定是旧时的闺房。桌子上已经褪色的织锦缎、残存的玫瑰色和蓝色瓷片，以及平坦的桌面上放置的一口盛着百花香的大碗——这只碗呈蓝白双色，碗盖上有奇特的小洞，散发出旧世界的香气——都流露出一种淑女的气质。当代女性往往鄙弃这种过时的古董，她们喜欢在房子的中心位置写信算账，既能关注车道上的情况，又能留意装病偷懒的仆人和调皮捣蛋的孩子。这些前辈女士——我有时想——可能和孩子们更加意气相投。但尽管对孩子们来说，很少有什么私密的地方，他们也很少进这间房来。说实在的，这间房里根本没有孩子们想要的东西。只有一些镀金的长腿椅子；一架旧竖琴，据说伊丽莎姨妈在很久以前曾经弹过；有一个角柜，上面摆了几件瓷器；再就剩这张写字桌。除此之外还有一点，这间屋子给人一种私密感——它能让入侵者感觉到他正在入侵——能让人感觉到在他进屋之前，有人刚在这些椅子上端坐，在写字桌旁写字，或是在把玩瓷器。对于这间令人舒适、人见人爱的老房间，用"鬼屋"这么强烈的字眼并不合适；但毫无疑问，这个房间独据一隅，十分僻静。

第一个让我注意到这张老写字桌的人是托马斯叔叔。一天下午，他没事在房子里翻腾，喊我跟在他身边——他这个人，一向讨厌一个人待上哪怕一分钟——这时他的目光留意到这张桌子。"嗯，谢拉顿[1]！"他说。（这位叔叔对许多物件都略知一二，尤其是各种术语。）他放下盖板，检查一遍文件格和布满灰尘的镶板。"镶嵌工艺一流，"他继续说，"整体做工不错。这东西我熟，肯定还有个暗屉，不知道在哪儿。"听他这么一说，我屏住呼吸，凑上前去。他突然说："天呐，我得去抽支烟！"他突然溜到花园里，将我一个人撇在一边，感觉像是将我已经端到嘴边的杯子夺了下来。我心想，抽烟这个习惯多么神奇哟，无论一个男人身处法庭、军营还是果园，这习惯像恶魔一样突然将他攫住，让他放下手头的一切，乖乖就范！我在想，等我成年以后，是不是也会如此？

但我无暇多想。我整个人还沉浸在"暗屉"这几个神奇的音节上，听到洞穴、地板门、活动板、金条、银锭、西班牙银元这些词便会无端激动的那道心弦，此时被触动了。"暗屉"本身就能让人打起精神，谁听说过暗屉里没有藏着东西呢？而且我急需一笔钱！我心里盘算着一堆想要实现的愿望。

首先，我想送给乔治·詹纳威一支烟斗。乔治是玛莎的未婚夫，他是个牧羊人，是我的好伙伴。上次他去集市给玛莎买礼物时——正常的牧羊人都会给爱人买礼物，他专门给我买了一条玩具蛇。这条蛇是木头做的，蛇身通过木片粘连在一起，拿在手

---

[1] 托马斯·谢拉顿（1751—1806），家具设计师，18世纪英国三大家具制造商之一。

中能左右摆动身体；绿底黄斑，应该是新做的，油漆尚未干透，摸在手上黏糊糊的，有股味道；下巴用红色法兰绒粘上了蛇信。我很喜欢这条玩具蛇，每天晚上睡觉都放在枕边。后来，玩具蛇脊椎连接处脱落，整条蛇散了架，像其他玩具一样寿终正寝。我觉得乔治对我很好，去集市还想着我，所以我想给他买支烟斗。年初天气寒冷，到了产羔的时节，他就搬到地处偏远、天气寒冷的丘陵，住在一间装了轮子的小木屋中，成天只能对着那些毛茸茸、默不作声的羊儿。他和玛莎结婚之后，玛莎每天步行两英里给他送饭。吃完饭，或许他可以抽我送给他的烟斗。无论是对他们还是对我来说，这看起来都很有田园生活的韵味。但一支好的烟斗，一支能配得上这种生活方式的烟斗，少说也得十八便士（玛莎说的）。而且我还欠爱德华四个便士。他倒没有开口向我索要，但我知道他也急着用钱，他得还钱给塞丽娜，后者想存够两个先令，在哈罗德生日的时候给他买一只装甲舰——英国海军"尊严"号，现在我们国家正急切需要它的保护，可它却无所事事地躺在玩具店的橱窗里。

此外，村里有个男孩抓到一只松鼠宝宝，我可从没养过小松鼠，他开价一个先令，但我知道九便士现金就够——尽想着这些事情有什么用呢？我有很多愿望，找到价值半个金镑的金条我也能花得出去。现在，我唯一的希望就在这个神奇的抽屉里，但此刻我却站在这里，任由时间流逝！至于从道德层面讲，"发现"的东西能否"据为己有"，我根本没有考虑。

我朝写字桌走去的时候，房间里鸦雀无声，似乎笼罩着期待的气氛。当我掀开桌子盖板时，一股淡淡的鸢尾根的香味扑面而来，与黄色和棕色的陈年木头融为一体，颜色和香味已经浑然一体，密不可分。在此之前，百花香也已经与老织锦的色调谐然一致，合二为一。我的手指急切地在空文件格和轻轻滑动的抽屉里摸索。我从没见过哪本书上写过有关解密写字桌的内容；但如果我能在没人帮助的情况下取得成功，必将得到更大的满足。

对于那些不达目的誓不罢休的人，命运从来不会让他失望，总会给他带来一些小小的赏赐。用了不到两分钟，我就找到一个锈迹斑斑的纽扣钩。这真是了不起。在婴儿室里有一个男女共用的纽扣钩；但大家都没有属于私人的特制纽扣钩，想借就借，不想借就不借。我小心翼翼地将这个宝贝揣进兜里，继续搜寻起来。另一个抽屉里有三枚老旧的外国邮票，一看就知道我发了一笔横财。

经过这一段令人激动的时刻，我又翻找一番，但并没有收获。我把所有抽屉都抽出来，从前到后一寸一寸仔细摸了一遍抽屉光滑的表面，手指并没有触到任何按钮、弹簧或是凸起。写字桌毫不屈服地站在那里，坚决地守护着它的秘密，如果它真有秘密的话。我开始感到疲惫和沮丧。这已经不是托马斯叔叔第一次表现出浅学无知，他似乎将我引领到一条漆黑的小巷，巷子里传来嘲弄的回响。还有没有必要继续坚持下去？到底有没有宝贝？我的心里开始回想过去遇到的各种挫折，生活似乎充满了各种失败和落魄。幻想已经破灭，我的心情十分低落，我停下来，走到窗边。屋内的光线暗淡下来，阳光似乎聚集到天边的地平线上，等待日落。楼下花园远处，托马斯叔叔将爱德华倒着抱在怀中，拍打他的身体。爱德华一边大笑不止，一边对着肚子胡乱挥舞着拳头；他口袋里的东西撒落到草坪上，就像小丑表演一样。一两个钟头之前，叔叔也和我玩了同样的游戏，但不知怎么这似乎已经是十分久远的事情，仿佛与我没有任何关系。

一条紫色的云带缀在天边；云带下面，南向和北向，目光所及之处，一抹金色展露出来，沿地平线伸展开来。遥远的地方传来号角清晰尖细的声响，仿佛是那抹金色的晚霞发出的声响，仿佛金色变成肉眼可见的声音。这音乐和色彩又刺激了我已经开始消散的勇气。我准备再做最后一次努力。这一次，幸运之神似乎对她在我身上玩弄的把戏感到羞愧，她终于做出让步，松开了紧攥的拳头。我的手刚碰到那顽固的木头，就听到一声类似叹息，又好像啜泣的声音，暗屉弹开了。

我把暗屉抽出来，拿到窗边，在昏暗的光线下检视起来。我已经不抱什么希望，也没有太多期待，但看了一眼我的心就凉了半截。抽屉里没有金条和银元，让我当上哪怕一个星期的基督山伯爵。屋外，远处的号角停止了声响，金色的晚霞已经变成淡黄，一切都寂静下来。屋内，我自信的城堡就像纸牌屋一样坍塌，我的财富之梦随之化作泡影，我整个人被笼罩在一种失望的情绪之中。

然而，当我仔细查看这个虚幻的抽屉里有限的物品时，我的心里又涌起一丝暖意，我意识到冥冥之中有一种血脉传承。抽屉里有两个已经失去光泽的镀金徽章——显然是海军徽章——上面有我不认识的君主肖像，肖像应该是从古老的印刷品上剪下来，然后手工上色的，而且上色的手法差不多跟我一样笨拙；有一些外国铜币，比我收集的一些铜币更厚，做工更加粗糙；还有一张单子，上面记载了发现鸟蛋的地点。此外，还有一个雪貂口套，一卷散发出淡淡香气的柏油绳！嗬，我竟然意外地发现了一个男孩的宝库。这个幸运的小家伙肯定也发现了这个暗屉，于是他把自己的财富一件一件珍藏在此。然后——发生了什么？当然，现在这些无价之宝为何会被遗忘已经无人知晓，但穿越这虚无的时空，我似乎触摸到这位小伙伴的手——他几岁了？或许他早已作古。

我将抽屉原封不动地塞进锈迹斑斑的写字桌，听到弹簧发出咔嗒一声，我的心里也感到一阵满足。或许，有朝一日，另一个男孩会打开这个弹簧。我想他肯定会同样感到新奇。我正准备开门出去时，听到从走廊尽头的婴儿室传来一阵喧嚣和喊叫，这说明出门打猎的人儿已经归来。从喧闹的架势判断，今晚的菜谱上肯定会出现熊肉。一分钟之内我就会融入其中，融入那温暖、灯光和笑声之中。但对我而言，徘徊在这个往昔世界的房间，是多么遥远的时空之旅！

早年的回忆

作者 | 乔治·桑塔亚那

乔治·桑塔亚那（George Santayana，1863—1952），西班牙裔美国自然主义哲学家、诗人、作家、美学家，美国美学的开创者。

主要作品：《美感》（ The Sense of Beauty ）、《诗与宗教的阐释》（ Interpretations of Poetry and Religion ）等。

早 年 的 回 忆

我对童年的印象十分零散,它们有时无缘无故出现,仿佛梦境一样。说实在的,有时我怀疑这些印象兴许是梦的残片,并非真实的记忆。但果真如此的话,这些梦又是从何而来呢?对于自传而言,记述这些印象并非不合时宜,这些梦或许比真实的记忆更有价值,因为它们揭示了我年轻的思想如何成长,受到了哪些影响,以及在哪些方面发生了变化。

这些印象都是视觉印象。我记得在地板上玩的西班牙纸牌里的"J",当时我穿着有白色和蓝色格子图案的小罩袍。我记得在客厅的角落里爬来爬去,记得保姆扶我起来。我还记得睡眼惺忪地坐在母亲膝上,抚弄她颈上两股长金链上能够上下移动的搭扣。母亲戴着宽大的花边领,身穿丝绸长袍,她称之为"六色裙",因为黑色的底子上点缀着细小的六瓣花,每个花瓣颜色都不相同,包括白、绿、黄、棕、红、蓝。衣服和颜色显然对我有巨大的引力:我对衣服的关注可能受到别人的影响,因为我听到妇女们不停地谈论薄绸,但它确实符合我的兴趣。我一直对衣服颇为关注,对自己的衣服也很精心。在那些天真无邪的日子里,我对衣着颇有心得:我对夏装上系着的一条普通蓝色腰带十分鄙视,而光滑清新的丝绸格子则让我感觉十分舒适。我还记得另一次经历,时间肯定更早。有天晚上,在抱我上床睡觉之前,母亲把我抱到窗边,让我坐在她胳膊上,拉开紧贴玻璃的蕾丝窗帘。在房屋对面奥纳特大楼的塔顶上,一颗闪亮的恒星悬在天际。母亲指着窗外对我说:"那颗星星的背后是佩平。"佩平是她深为悼念的第一个孩子,他在那颗星星的背后。当时,她的话既没有让我惊讶,也没有给我留下深刻印象,但母亲说话的腔调和方式却深深刻印在我的记忆之中。她很少讲话,从来不情绪化,但这与她的过去有着深刻的联系,在那一刻,也让我置身其中。

另一组记忆可以追溯到我三岁之前,当时哥哥罗伯特还在家里,后来我三岁、他十二岁的时候,他就离开了阿维拉[1]。我俩住在母亲房间后面的一个小房间,旁边隔着课室。我记得我们的枕头大战,记得我们一起玩游戏时,罗伯特心地善良,对我这个小弟格外呵护。爸妈不准他偷吃我的食物,但有时他会伸出舌头,希望我用叉子喂他一小块,有时我也不会让他失望。对我而言,这种举动既让我得到心理平衡,又显得我宽宏大量。我之所以记得它,这两方面的原因都有。还有我晚餐吃的油炸脆土豆煎蛋卷,现在依然很想吃但很少吃得到;还有白色的餐巾、黑色和红色的桌布。我记得的第一个玩具是罗伯特还在阿维拉的时候,他的家教阿尔萨斯人施密特先生送给我的:那是一只灰色天鹅绒老鼠,拧紧发条后可以在地板上跑动。最后,我还清楚地记得罗伯特离开的情景。我们一家老小去车站给他送行,因为父亲要送他

---

[1] 阿维拉是西班牙卡斯蒂利亚-雷昂自治区的一个小城。

到伦敦，届时父亲的一位表兄拉塞尔·斯特吉斯（一位信奉福音教派的少校，修着络腮胡，长着匀称的小腿）会带他去美国的学校读书。但在我脑海里浮现的并不是一朝分别再见无期的伤怀：我的记忆里只有年轻罗伯特的背影，我跟在他后面，因为我们只能排成一列往前走。他穿一件灰色长外套，肩上披着编织斗篷或是披风。我依然清晰记得他肩膀上方的灰色帽子，以及从帽子下面逸出的卷曲的棕色头发。我当时是在走路还是被抱在怀里我已经没有印象。在这些清晰而确定的直觉中，自我仍然超然物外。这种自我对于所作所为还没有意识。

在阿维拉的时候，罗伯特需要一名阿尔萨斯家教（他也教家里的女孩儿们），这看起来有些奇怪。但父母的婚姻状况使然，只得做出并不稳定也并不令人满意的妥协。父亲和母亲有一段时间住在马德里，我就在马德里那套公寓里出生。但马德里的气候十分糟糕，夏天酷热难耐，冬天寒风刺骨，因此夏季就得再找一个住处，但房子比较贵，对我母亲来说，社交往来也很令她反感。而且，她得回波士顿去。我父亲清楚这一点，但总是寻找各种借口推脱。最终，母亲自己偷偷安排好一切，一天下午瞒着父亲，带上孩子们坐上去巴黎的快速列车。到了巴黎，母亲收到父亲的抗议。抗议措辞十分严厉，再加上他严词威胁（至少他有权留下我），于是我们只好折返。两人达成一致意见，我们得留在阿维拉。但罗伯特和女孩儿们在阿维拉能接受什么样的教育呢？什么都别指望！于是，就得请个家教，不知怎么找到一位年轻的阿尔萨斯人，他似乎各种条件都能满足。他的母语是法语和德语，会说一点儿英文，而且很快就会学习西班牙语。他的要价比较合理，性格也无可挑剔。于是家教施密特先生就寄宿在一楼一个贫穷的寡妇家里，我们每天在屋后面有阳光的小房间里上课，这里变成了课室。我不知道智慧女神密涅瓦如果没有中断她的工作，会编织出什么样的理想主义的蜘蛛网；但是没过多久，爱神丘比特从敞开的窗户上的花盆上飞进来，将学问之丝线缠作一团。尽管这是普法战争前夕，年轻的施密特充分展示了一个纯正德国人的多愁善感和矢志不渝。他相信纪律和缜密，觉得有义务用德语开展德国地理教学。因此，他会在念哈尔茨山和大卫巨人山这两个拗口的发音时，在苏珊娜耳边夹着法语低声说道："我强烈地爱着你。"当时苏珊娜还不到十六岁，如此一来，家教必须走人，对此他觉得很不公平。他写下一封长信解释说他可以娶苏珊娜为妻，还说他想到美国去，在那里成家立业——但实际上他一无所有。

正是因为在家里开展国际教育的努力付诸东流，即刻送罗伯特去美国读书才变得十分紧迫，这样一来，我和大哥罗伯特就一别五年。两年之后，母亲和姐妹们也相继离开。离开的情形我依然没有印象。但她们走后，叔叔圣地亚哥、婶婶玛丽亚·何塞法和他们的女儿安东妮塔来和我们一起住，我的人生便揭开了崭新的篇章。那些情景、那些人、那些事情至今依然历历在目。我没有什么深刻的感受，许多事情也不太明白，但这些经历却影响了我的思想，在我的心中树立了一种现实的准则。那种拥挤、紧张、分裂而又悲哀的家庭生活对我而言，依然是真实生活的样貌：疑惑、单调却毫无意义。与那些认为人生错付的人不同，我对它没有憎恨，也没有反抗。它没有带给我苦痛。我就像一个被不同的陌生人辗转推动的婴儿，既没有受到太多打扰，也没有受到过度忽视。我的眼睛和耳朵渐渐习惯了这个世界各种质朴的真相，这些真相没有因为要让我接受教育而特别加以选择，也没有为了保护我的利益而刻意有所隐藏。

说实在的，玛丽亚·何塞法婶婶真是个和蔼可亲的女人。她在厨房里的时候最是自在，硕大的蓝色围裙罩住了她大半个裙子，我永远也无法忘记她做的辣椒炒蛋和大块软蛋糕的美味。她来自哈恩地区，说话有一种明显的安达卢西亚口音和夸张的修辞，令人感到颇为舒适。她说的每一个词都带有附加词缀，她无尽的悲伤或爱恋中流露出全部的激情。她几乎不会识字写字，她太过单纯和谦逊，以至于不经意间她的女儿安东妮塔已经长到七个月大；从这一点任何人都可以猜出她结婚的原因。对我叔叔来说，这桩婚姻出乎意料，他不甘如此。他太过年轻，女方太过普通；但既然这个可怜的女孩已经有了麻烦，他就不失尊严地做出补救；尽管他可能做出了很大牺牲，如果他能力过人或者志向远大，那么贫穷倒还不难忍受。贫穷并非他们面临的全部困境。当最糟糕的时光过去之后，我发现婶婶在格拉纳达和她的一个制革的哥哥住在一起。那是 1893 年夏，我通过直布罗陀海峡到了西班牙。我和母亲经常给玛丽亚·何塞法婶婶寄些补助，这样一来她在她哥哥家至少能受到欢迎和尊重。制革厂占据了一栋老房子的院落，可能属于摩尔人，阳台上晒着皮革。我婶婶的哥哥，为了尽东道之谊（我之前没有去过这座城市，也没有城市导览），带我去参观大学，我还真没想到要去参观大学。大学图书馆里有一个大型地球仪。我们两人之间的话并不多，为了消除尴尬，我说我要向他展示一下从美国来到这里的行程。我正指给他看，他问我："西班牙在哪里？——什么，就这么大点儿地方？我以为是这里。"他指着非洲说。我突然意识到在他之前的许多伟人也分不清非洲和西班牙。但我没有深入探讨这么复杂的观点。这个时候，我的婶婶自然已经变得苍老、肥胖、衰弱，但她依然从容，并且格外安静。她已经做出足够的反抗，这已经是她人生悲剧的第五幕，一切风暴都已经平息。但还有一重考验等待着她。她的哥哥先她而去，她不得不回到哈恩地区附近她出生的村子，从此以后，我们再也没有收到她的信件。

我当时只有五岁，母亲并不想把我交到玛丽亚·何塞法婶婶手中，但母亲离开的主意已定，不容更改。这个主意非常主观，没有考虑到具体情况和后果。她的离开已经拖延太久，现在她必须付诸行动。而且，尽管这看起来比较荒谬，她对我父亲的亲戚们颇有好感，他们对她却并非如此。她几乎从不谈论他们，但当她真的谈起他们，语气却又十分亲切，甚至不无同情。她像信任一位老女仆一样信任玛丽亚·何塞法。这种信任十分明显，因为玛丽亚·何塞法对我的照顾无可挑剔。而且，还有安东妮塔，要不是她的恋爱和婚姻，她会比她母亲更能逗我开心。安东妮塔为人和善，她和苏珊娜是好朋友，模样长得俊俏，尽管她朴实无华，并没有接受多少教育，但她有一种潜在的深沉，让人觉得她并非无足轻重。我母亲很喜欢她，给她买过许多漂亮衣服。但她即将成年，心里整天想着情事。我记得她第一个公开的恋人是帕斯家几兄弟中最年轻的小伙儿，帕斯一家算是阿维拉最富有的资产阶级家庭。我以为他和安东妮塔之间的交往已经超出了当地恋人之间的习俗。他来到家里，这一点就坏了规矩：恋人通常只能在公开场合见面，不能脱离长辈的视线，或者只能隔着窗户说话，女方坐在窗格子上或者坐在阳台上，而男方则站在街上。这叫作"说情话","拔鸡毛"[1],也叫作"谈爱"。我们的房子有一处大阁楼,可以从父亲的房间或者画室上去,我们在阁楼里画画。屋顶的一个大梁上挂了一架秋千,我想是专门为我挂上去的。这对恋人会到阁楼里来,是来欣赏我画画,抑或是专门钻我不在阁楼的当儿,我倒不得而知。很明显,家里的气氛开始变得紧张起来。有天傍晚(灯光亮着),我们正坐在英格尔斯咖啡馆,婶婶突然站起身,她显然非常生气,把安东妮塔和我推出侧门,一走进旁边的门廊,就对安东妮塔一阵拳打手抓,用只有她能说出的狠话一顿臭骂。我所知道的情况是,这个可怜的女孩当时正看着某人。毫无疑问,在我现在看来,她正看着帕斯家那小子,他则正坐在另一张桌上跟别的女孩调情。无论如何,婶婶气得发狂,身体一阵抽搐,砰的一声摔在石头地板上。她倒下的时候,就像女主角和被谋杀的英雄倒在舞台上一样。事情的结局倒也还好,因为我并没有听到关于整个事件的更多消息。安东妮塔和帕斯的恋情自然告一段落,他们再也没有到阁楼上来,我继续在那里安静地荡秋千。这时,她又交了一个新男友。

他为什么来阿维拉我并不知道,或许是因为一件重要的案子,因为他是个律师,从外表上看倒是个人物,黑色的卷发油光鲜亮,长着银色的络腮胡,肚子略微凸起,戴着显眼的金链,上面悬着印章,垂在肚皮上。他是个鳏夫,带有两个小女儿,他年龄不大,不到四十岁。人们谈论的是他辉煌的前景,而不是他精彩的过去,他还有一位依然美丽的母亲,我和我父亲曾在马德里拜访过她。她在闺房里,或者更精确地说是在与闺房相连的凹室

---

[1] 传说19世纪有一个女仆被主人吩咐宰杀家禽准备晚餐,结果女仆在窗户里和她的情人调情,耽搁了晚饭,主人责备她怎么回事,她振振有词地回答说拔鸡毛耽搁了时间。

接待了我们，因为她还在床上，但已经精心打扮好了接待客人。她的床单上有漂亮的蕾丝荷叶边，床罩是红色锦缎，她身穿清新的长袍，戴着一顶漂亮的小帽子，两条黑色的大辫子从双肩垂下来，辫子尾端扎着妖艳的蓝丝带结。她和我父亲的聊天内容我并不明白，但我感觉从没见过如此奢华的住所，到处是地毯，到处是窗帘，到处是软垫，宗教和古玩物件俯拾即是。

有了这样一位母亲，拉斐尔·维加斯人生起步时一定坚信自己杰出而时尚，如果他有客户，他肯定坚信客户应该付给他丰厚的费用。他也不可能不成为一个淑女杀手，他不仅有必要的风度和神态，还有必要的气质。因为他不是庸俗的放荡者，而是真诚的女性情人，他要求征服并独占他的征服对象。他可能喜欢后宫，但他鄙视妓院。无论老少，他在女士身上取得的成功都是巨大的，在某种意义上是当之无愧的，因为他对她们的钦佩是真诚的。他是真正坠入爱河了，这一点可以从他先后向我两个身无分文的堂姐求爱并结婚上看得出来，其中第一个便是安东妮塔。在这两起婚姻中，只有爱是他的催动力。但对她们来说，这似乎是一场令人眼花缭乱的婚姻，意味着可以进入更高的社会阶层，意味着体验从未尝试过的奥秘。

婚礼是在凌晨秘密举行的。一旦他秘密的婚礼日期和地点被人发现，就会有人摇铃吹号为再婚的人闹新房。因此要尽可能保守秘密。只有直系亲属到场，直到婚礼最后才给昏昏欲睡的客人提供一杯巧克力，然后新婚夫妇就消失在某个不为人知的藏身之处。当然，我也去了现场，大半夜里到黑漆漆的街道上，再到黑漆漆空荡荡的教堂里，只见人们窃窃私语，匆匆忙忙，像是在做什么见不得人的勾当，这给我留下了深刻的印象。我们穿着日常的衣服，新娘身着黑衣，戴着蕾丝头巾。婚礼瞬间就结束了，我又被带回床上睡觉，要不是事后大家谈论这一切，我可能还以为这只是一场梦。如果拉斐尔没有躲过闹新房的习俗，他的自尊肯定会受到打击。在这一点上他做得很聪明，他没有选择去度蜜月（或许他根本没钱去度蜜月），而是立即带着两个女儿搬到我们家，住在我母亲和妹妹之前住的最好的几个房间里，这时母亲和妹妹都在美国。不过，有一两天，新郎和新娘占据了我的卧室，因为这间卧室窗外是院子和僻静的花园，远离外面的街道。婚后第一天早上，我跟着女仆进了房间——毕竟，那是我的房间——她给两位幸福的新人端去早餐。鲜亮的托盘上装得满满当当，有两杯巧克力，还放着方糖。房间里有一张明亮的黄铜床，这我倒是从未见过，床上铺着华丽的红色锦缎床罩，床单上饰有精美的蕾丝荷叶边，就像我在马德里的另一个场合，在长着黑色眉毛的拉斐尔母亲的住处见到的一模一样。拉斐尔和安东妮塔睡在床上，满脸笑容，面色红润，躺在各自的枕头上。他们异常幽默地对我和女仆说了早安，家人一整天都在说着各种妙语和暗语，我什么都听不懂。

现在我在家里有了玩伴，她们是两个跟我年纪相仿、穿着体面的小女孩，但我们相处得并不愉快。所有的细节都清楚地表明，我们的房子和我们的生活档次与维加斯一家的期待相去甚远，而且他们对家里的食宿条件心生怨愤。然而，我们住在一起的情况维持了一年或者更久，直到叔叔家发生了一场变故，我和父亲不得不前往美国。

很快，安东妮塔就有了身孕。尽管我只有七八岁的样子，孩子出生对我来说已经不是秘密。我已经是一个冷静的唯物主义者，倒不是说我对神学一无所知，如果有人执意教导我说婴儿是装在盒子里从巴黎带来的，我肯定会嗤之以鼻地回答说，创造我的是上帝，不是女帽商。我还会告诉他，既然上帝无处不在，他在马德里也可以创造生命，甚至在阿维拉也可以，而没必要去巴黎。安东妮塔的孩子显然是上帝在阿维拉创造的，但她却久久生不下来。她的肚子莫名其妙地越来越大，直到她变得憔悴不堪，家人私下议论纷纷，四处打听求助，似乎哪里出了问题。或许是生产的日期计算有误，抑或是什么复杂的情况导致延迟。后来，有天晚上，屋子里闹得沸沸扬扬，陌生人来到家里，商量了许久。我开始从安东妮塔的房间里（原来是我母亲的房间，与我的房间背靠背，但两个房间之间没有通道）听到刺耳的哭喊，以及拼尽全力的祈祷。忙乱肯定持续了整整一个晚上，因为第二天早上我醒来时还在继续。家人们又向陌生的医生们咨询了许久，我还看到了许多外科医疗器械。我记得有一刻，姐姐冲进走廊，手上拿着一捆沾满血渍的麻布，眼睛里迸出开心的泪水，喊道："大人得救了，大人得救了！"之后，我们几个孩子被带到隔壁二楼的陌生人家里。出去的路上，我看到一个可能是用来装香皂或者装蜡烛的小木盒，里面躺着一个赤裸的死婴，浑身呈浅黄绿色。我觉得他看起来非常漂亮，就像画中的婴儿耶稣一样高大完美，只不过他的肚脐处有一个橡子一样的凸起，挂着一根长长的脐带。

　　那个小生命的形象给我留下了清晰的印象，像是绿色雪花石膏制成的一样，不是应该向我隐藏的可怕物体，而是无比美丽的雕像，一个太过美丽而无法存活的东西。它让我明白一个关于生命形成的理论，这个理论毫无疑问是虚构的，但并非完全无关紧要。所有生命都是在黑暗中自动形成的，不受所谓经验的干扰：如果没有一个具体的生命形式首先承载它，并以其恒定不变的本性对经验做出反应，那么这种经验确实是不可能发生的。这种本性以一粒种子、一枚卵子或者一个子宫的形式出现，世界无法打扰它的完美进化。花和蝴蝶完美地出现在阳光下，许多动物从未像刚刚来到世上时那样美丽、纯洁和勇敢。但是人类和许多其他不幸的哺乳动物一样，生来就十分无助，他们尚未完全成形，就像尚未烘焙的面团；他们还没有发育成熟。容纳他们的容器不能长时间喂养他们，也不能让他们成长到完全的尺寸，积蓄充足的力量。因此，他们必须被投进严寒酷暑之中，经历千锤百炼，尝尽脱轨、走形、教育和训练以至于与自己为敌，承受无法永续的宿命。毫无疑问，他们设法生存了一段时间，瘸腿、失明、畸形。有时候，这些命中注定的压制和破坏使他们适应了特殊的环境，赋予他们许多事物的技术知识，少了这些压制和破坏，他们或许永远不会注意，抑或只是粗心而又傲慢地随意对待它们。只要每一种生物在服务其他生物时不得不压抑自己，那么它依然是悲惨和邪恶的。如果必须服务于这个陌生的世界，那么唯一幸福的解决办法，实际上也是自然界经常发生的现象，就是让无法适应的物种彻底消亡——消亡并没有什么不光彩的——从而让另一种生物出现，其自由与福祉将与这些特定的环境联系在一起，并掌控这样的环境。因此，我对自己说，安东妮塔的孩子分外漂亮，并且毫无疑问他会变得分外勇敢和聪明，因为他经历的未受打扰的时间更长，孩子在睡眠的时候会快速成长；但他这种优势，对于人类而言却并不被允许，因此他付出了自己和他母亲的生命作为代价。

安东妮塔并没有真的被拯救。姐姐只是看到了一个不切实际的希望，那种希望转瞬即逝。安东妮塔去世之后，自然而然，拉斐尔和他的两个小女儿就得离开我们家，去别的地方过他们更加奢侈的生活。但事实并非如此。我的姐姐玛丽亚·何塞法的原始天性绝对屈服于每一种激情，忍受每一次考验，但仍然幸存下来，对剩下的一切都保持着同样的热情。这件事给她带来一阵接一阵剧烈的悲伤，每一次有访客来安慰她时，她不得不重复整个故事，流泪、啜泣、哀悼。她有时还说，她知道这世界上根本没有上帝，因为尽管她不断地祈祷和发愿，上帝依然没有理会她女儿无端遭受的巨大折磨。她心里的担子就这样卸下了，然而，她不得不在那个出色的女婿身上寻找安慰，全身心地照顾他，疼爱他的女儿们。因此，拉斐尔不仅继续留在我们家，而且在我们家中变得非常重要，就好像我父亲不存在一样。我也不能被单独照顾，毕竟我有自己的母亲疼我，即使她人在万里之遥。而且，这两个宝贝已经失去第一个妈妈，现在又失去第二个妈妈，得将她们从丧亲的冲击中解救出来。再者，我的叔叔圣地亚哥尽管嘴上不说，但实际上已经开始变得精神恍惚。这倒不是他女儿的死造成的。当人们向他表示同情的时候，他常说，他真正的损失就是女儿结婚的时候。我不觉得这种认识本身就是痴呆症的迹象。但它表明了一种总体的绝望和消极情绪，这种情绪导致他后来借酒浇愁，最终变得痴呆。因为白痴可能是一步一步表现出来的，就像哈姆雷特的疯狂一样，一开始是为了嘲弄现实，直到这种嘲弄变为自发产生的，现实就完全消失了。多年以后，在他的情况最糟糕的时候，他会不停地在屋里走来走去，边唱边哼，不断重复相同的话，手上揉搓着纸团。他已经恢复了动物的本能——这对世界是多么大的羞辱！——不管发生什么，他只会重复他的把戏。令人惊奇的是不知多少个人和政府也像这样苟延残喘。或许我们生存的宇宙只不过是痴呆的平衡。

我父亲平常性情温和，但有时他隐藏的异常清晰的头脑也会显露出来，这时他全部的简短措辞和对整个世界的轻蔑就会以一种令人惊讶而又具有毁灭性的方式爆发出来。当时我不在场，但我从听到的各种闲言碎语中可以想见，他对拉斐尔和玛丽亚·何塞法之间的关系做出了这类评价。无论如何，他们突然离开了我们。我和父亲，还有一个小女仆留了下来。这种安排肯定无法长久，也不会长久。现在我们也永远告别了那所房子，告别了阿维拉，对我而言，这一别就是十一年。

在我与母亲分别的三年里，我多少上了些学。学校位于我们家正对面一栋公共建筑一楼的一个昏暗的大房间。但校门并不在我们所在的街上，我必须绕过奥纳特塔楼走到后面的巷子，从那里的门进去。同学们站在老师周围——我想老师有时只不过是个年长几岁的孩子——跟着他朗读课文。我记得课上没有什么问答教学，也没有阅读或者写作，但我们不知怎么就学会了读书写字。我有两本书：一本是《识字课本》，有字母表和不同的音节，后面是简单的词汇；另一本是《教理问答》，或许是晚一年学习的。这本书又包括两个部分，一个部分是《神圣历史》，书里有插图，但我只记得摩西杖击磐石涌出水来；另一个部分是《基督教神学》，这方面我记得许多内容，甚至全都记得，因为这个教义显然十分出色，学了这些教义之后，余生之中再遇到任何危险的教义，我立马就能听出异端的味道。其中我印象最深的是一个非常具有哲学意味的教条，即从本质、存在和权力的角度上说，上帝无处不在；然而，这里有关本质的角度对我来说一直难以理解。因为如果上帝本质上无处不在，那么似乎从本质上一切都是神圣的——这是一种庸俗的泛神论。因此，它的意义一定非常艰深而又权威，这让我无法理解。但是存在和权力两个角度则非常清晰易懂，从一开始就教会我去设想具有无限创造力的力量和永恒的真理：在任何情况下这些概念都无法回避，它们与历史上的犹太教或基督教的任何教义都不相同。我在我成熟的哲学中，在我对物质领域和真理领域的观念中秉持着这些信条：我很高兴在童年时代就通过古代语言死记硬背地吸收了这些观念，而不是在现代投机的巴别塔中为自己建构这些观念。它们属于人类的理智，属于人类的正统。我希望坚持这一点，无论这些表达从何而来，抑或受到何种神话阻碍。神话消解了：智力的假定继续存在，并且必然被经验所证实，因为只有当感觉变得和外部事物相关，智力才能觉醒。

第二部

大 山
THE GREAT MOUNTAINS

男孩的天堂

作者 | 马克·吐温

马克·吐温（Mark Twain，1835—1910），美国作家、演说家。

主要作品：《汤姆·索亚历险记》（The Adventures of Tom Sawyer）、《哈克贝利·费恩历险记》（The Adventures of Huckleberry Finn）等。

男孩的天堂

约翰叔叔的农场是男孩美妙的天堂。房子由双层原木搭建而成，正屋和厨房之间铺着地板（上方搭了屋顶），十分宽敞。夏天，将桌子摆在阴凉通风的地板中央，端上丰盛的饭菜——想到那丰盛的饭菜，我简直要惊叫出来。有炸鸡、烤猪；有野生或家养的火鸡、鸭、鹅；有现宰的鹿肉；有松鼠、兔子、雉鸡、山鹑、松鸡；有饼干、热煎饼、热荞麦饼、热小麦面包、热面包卷、热玉米面包；有煮嫩玉米、豆煮玉米；有棉豆、四季豆、西红柿、豌豆、马铃薯、红薯；有乳酪、甜奶、"凝乳"；有西瓜、甜瓜、香瓜——都是从园子里现摘的；有苹果派、桃子派、南瓜派、苹果布丁、桃子馅饼——其余的我不记得了。这些美食的烹饪技法才是关键——对其中几种美食来说尤其如此。譬如说玉米面包、饼干、小麦面包和炸鸡。这些食物在北方的做法都不地道——说实在的，以我的经验来看，北方人根本没有学到制作这些食物的精髓。北方人以为他们会做玉米面包，但这只是自以为是。或许世界上没有哪里的面包能赶得上美国南方的玉米面包，世界上没有哪里的面包像北方人制作的玉米面包那么难吃。幸好北方人很少做炸鸡，这门艺术到了梅森-迪克森线以北就无法复制,在欧洲也是如此。这可不是道听途说,这说的都是亲身经历。在欧洲,人们以为端上热腾腾的各色面包就是"美国"习惯,这么认为就太过宽泛了。这是美国南方的习惯,在北方并不流行。在美国北方和欧洲,人们认为热面包不卫生。这又是自以为是,就像欧洲人认为冰水不健康一样。欧洲人不需要冰水,他们不喝冰水。尽管如此,他们的叫法比我们更准确。欧洲人称之为"冰镇水"。我们的叫法让人联想到融化的冰——这样的饮料寡淡无味,我们并不熟悉。

世上有许多好东西,因为不健康就扔掉,似乎有些可惜。我不觉得上帝会赐给我们什么不健康的饮食,只要吃得适量就行,当然细菌除外。可偏偏有些人,对那些明明可以吃,可以喝,可以吸食的东西,只要有点儿可疑的地方,就碰也不碰一下。为了健康,他们付出了巨大代价。他们只能得到健康。真是怪事!这就像是用全部家当买回一头已经挤干了奶的牛。

农舍坐落在一个大院子的中央,院子三面围了栅栏,后面是高高的围篱;围篱跟前是储藏熏肉的屋子,围篱外是果园;果园往外是黑人的住处和烟叶田。院子前面有一个栅栏,由锯断了的原木搭建而成。我的印象里院子没有门。院子前面的一个角落里,栽有十几株高大的山核桃树,另有十来株黑核桃树,到了结果的季节,树上挂满了果实。

和正屋并排稍微往下一点,正对着栅栏有一间小木屋,从这里开始,树木葱茏的山坡突然缓和下来,依次经过谷仓、玉米仓房、马厩、烟叶仓房,通往一条清澈见底的小溪。溪水沿着铺满碎石的河床欢快地蜿蜒流淌,两岸绿树葱茏,藤叶茂盛——这是戏水的天堂,有游泳的池塘。大人不准我们游泳,但我们经常来游。因为我们是一群笃信基督教的孩子，从小就受过教诲，知道禁果尤甜。

小木屋里住着一位常年卧床的白发苍苍的女奴，我们每天都去看她，对她毕恭毕敬，因为在我们眼里，她肯定已经活过一千岁，肯定和摩西交谈过。年轻一些的黑人都相信她有这个岁数，还向我们讲述了许多细节。我们对有关她的这些细节都信以为真，因此我们相信，她的身体是在走出埃及沙漠的漫长旅途中受到了损害，再也无法康复。她头上有一块圆形的秃顶，我们常常溜到她身边，一声不响又毕恭毕敬地观看，想象着她肯定是见到了上帝显灵淹死埃及法老才被吓成这样。按照南方的习俗，我们管她叫"汉娜姑姑"。她像别的黑人一样，十分迷信；她像别的黑人一样，对宗教十分虔诚，很喜欢祈祷，无论做什么都要祈祷，除非事情的结果已经注定。每当遇到巫婆，她就把所剩无几的羊毛用白线扎成小绺，她认为这样巫婆的法术就会失灵。

我们把所有的黑人都当朋友，与我们年龄相仿的黑人小孩，实际上成了我们的伙伴。我说的是"实际上"，加了个修饰语。我们是伙伴，但又不是伙伴。肤色和生活条件无形之中给我们划定了一条微妙的界线，双方对此都心知肚明，因此不可能产生平等的友谊。我们有一个忠实热心的好朋友、好同盟和好顾问，我们叫他"丹尼尔叔叔"，他是个中年黑奴，在黑人中间脑瓜最活，他极富同情心，待人热诚，诚实单纯，从来不懂尔虞我诈。他照管我多年。我已经有半个多世纪没有见到他，但在精神层面，他对我生活上的影响一直存在，他在我的书中以他的本名或者以名字"吉姆"频繁登场，环游世界——到汉尼巴尔，或者乘着木筏沿着密西西比河顺流而下，甚至坐着气球飞越撒哈拉沙漠——他凭借着耐心、友善和忠诚这些与生俱来的品性度过了这一切。正是在农场上，我产生了对他们民族强烈的喜爱，以及对他们某些优良品质的欣赏。这种情感和立场经历了六十多年的考验，从未改变。时至今日，黑人脸庞仍像当年一样受到我的欢迎。

在我上小学的时候，我并不厌恶黑奴制度。当时我没有意识到这个制度有什么问题。我没有听到身边的人有过什么抱怨；当地报纸也没有发表过反对的言论；当地的牧师告诉我们上帝认可这种制度，认为这是神圣的安排，要是对此心存疑问，只要翻一下《圣经》就会变得心安理得——于是，大家大声朗诵有关经文，让大家消除疑惑；如果黑奴们自己厌恶奴隶制，那他们表现得十分明智，什么都没说出来。在汉尼巴尔，我们很少见到有人虐待黑奴；在叔叔的农场里，更是从未见过。

然而，我小时候的确经历过一件与此有关的小事，这件事肯定对我意义重大，否则过了这么长时间，我不可能记得这么清楚，简直历历在目。我们有一个黑奴男孩，是从汉尼巴尔雇来的。他来自马里兰州东海岸，穿越美国大陆，被卖到这里，远离亲人和朋友。他生性乐观，天真温和，或许是我见过最吵闹的孩子。他成天唱呀，吹口哨呀，叫呀，疯呀，笑呀——真是疯疯癫癫，让人难以忍受。后来，终于有一天我受不了了，气冲冲地告诉母亲，说桑迪一刻不停地唱了一个钟头，我受够了，问母亲能不能让他闭嘴。母亲的眼里流出泪水，嘴唇开始颤抖，她是这么说的：

"可怜的孩子，他在唱歌说明他没有想心事，这样我就好受了；如果他一声不吭，那说明他在思念亲人，那会让我难过。他再也见不到母亲了。如果他能唱得出来，我不能阻止他，相反，我应该感激。等你长大，你就明白了，到时候这个孤苦伶仃的孩子的吵闹声就会让你感到高兴。"

这段话说得简单，用的词也很简单，但说得深入人心，打那以后，桑迪的吵闹便不再让我感到心烦。母亲从来不会使用艰深的词汇，但她总能用简单的词眼有效地传递信息。她活了近九十岁，直到去世还口齿清晰——遇到尖酸刻薄或者不公正的情况，她更是口才出众。我有好几次把她写进我的书里，以她为原型的角色包括汤姆·索亚的姨妈波莉。我让她讲一口方言，还想把她的优点写得更加突出，只是不曾办到。我有一次把桑迪也写进书中，就是《汤姆·索亚历险记》那本书。我想让他给围栏刷一遍白漆，可是没有如愿。我不记得在书中给他取了个什么名字。

我依然清清楚楚地记得农场的模样。我记得农场的各种建筑，四处的细节；我记得房屋的客厅，一个角落里放着一张带轮的矮床，另一个角落里放着一架纺车——纺轮上下转动，发出嘎吱嘎吱的声响，老远就能听见，这是我听过的最令人忧伤的曲调，让人萌生思乡之情，心情低落，感受到一种挥之不去的死亡气息。在冬天的夜晚，客厅的大壁炉里堆满了山核桃木块，火烧得很旺，木块两端渗出甜蜜的汁液。我们并没有糟蹋这蜜汁，将它刮下来一阵狼吞虎咽。一只懒猫舒展身体躺在粗糙的炉底石上；几条倦怠的狗靠着炉壁，眨巴着眼睛；我婶婶坐在壁炉一边，织着东西；叔叔坐在壁炉的另一边，吸着他的玉米棒烟斗。光滑的橡木地板上没有铺地毯，朦胧地映照出跳动的火焰，偶尔燃烧的木炭迸出火星，落在地板上渐渐熄灭，在地板上留下黑色的凹痕。五六个小孩在客厅里玩耍嬉戏；客厅四处摆着编织椅，其中有几张摇椅；一只许久不用的摇篮放在一边；在寒冷的清晨，一群穿着衬衫和内衣的孩子挤在炉边磨磨蹭蹭——大家都不想离开这个舒适的地方，去正屋和厨房中间风雪交加的锡水槽边洗漱。

前边栅栏外是乡间大路，到了夏天，路上到处是尘土，正是蛇类藏身的好地方——它们喜欢窝在灰土中晒太阳。遇见响尾蛇或者蝰蛇，我们就弄死它们；遇见黑蛇或者游蛇，或者遇到传说中的"环箍蛇"这类蛇，我们撒腿就跑，一点儿也不会感到丢脸；遇到"家蛇"或者"束带蛇"，我们就带回家里，放在帕齐阿姨的针线筐里吓唬她——因为她讨厌蛇，每次她把针线筐放在腿上，看到几条蛇从里面爬出来，她就会被吓得魂不守舍。她总是适应不了这些蛇，就算见过多次也不起作用。她还讨厌蝙蝠，看到就受不了，但我觉得蝙蝠和小鸟一样可爱。我母亲是帕齐阿姨的姐姐，她也有这种迷信。蝙蝠的身体柔软丝滑，我还没遇到过什么动物摸起来比蝙蝠的手感更舒服，而且如果你掌握了正确抚摸的方法，它们真的很乖。我对这类生物十分了解，因为距离汉尼巴尔三英里远有一处大洞穴，里面有很多蝙蝠，我经常抓回来逗母亲——如果是上学的日子就很好办，因为我理应在上学，不可能抓到蝙蝠。母亲是没有疑心的人，总是把别人的话当真。我告诉她"我给你带了东西，在衣服口袋里"，她就会伸手去掏。但她总是自己把手抽出来，不需要我告诉她。她无论如何没法喜欢上蝙蝠，这倒是奇怪。这样的经历越多，她对蝙蝠的态度就越坚定。

我想她从来没有去过那处岩洞，但别的人都去过。有些旅行团还顺着河流上上下下从大老远的地方跑来参观。这岩洞有好几英里长，洞内到处是裂缝和通道，迂回曲折，错综复杂。人在里面很容易迷路；什么东西都会迷路——包括蝙蝠。我曾经跟着一位太太一起进去，在里面迷了路。我们的最后一支蜡烛快要点完了，这时才看到远处传来搜救人员的灯光。

有个混血儿"印第安人乔"曾经在里面迷了路，如果不是洞内有大量蝙蝠的话，他肯定会饿死在里面。但蝙蝠肯定缺不了，洞里的蝙蝠不计其数。他给我讲了他的故事。在《汤姆·索亚历险记》中，我让他在洞内饿死，但这是为了艺术创作服务，实际上他并没有死。"将军"盖恩斯是镇上先于吉米·芬恩的第一个酒鬼，他在岩洞里迷失了一个星期，后来在距离洞口几英里的河流下游，萨佛顿附近的一个小山丘的缝隙中伸出他的手帕，被人发现，才被挖了出来。除了手帕这个细节之外，有关他的其他信息都是对的。我认识他已经多年，他根本没有手帕。不过得救也可能是靠他的鼻子。他的鼻子会惹人注意。

这处岩洞十分可怕，里面有一具尸体——一个十四岁女孩的尸体。尸体装在玻璃筒中，然后套在铜筒内，挂在一根横跨通道的木梁上。尸体被浸泡在酒精里，据说无赖和泼皮经常抓住死者的头发将尸体拖出来，观察死者的脸。这个女孩是圣路易一位医术高明、名噪一时的外科医生的女儿。他性格古怪，做过许多匪夷所思的事情。他亲自将这个可怜的女孩放到这个人迹罕至的地方。

沿着蛇晒太阳的大路往前，是一片茂密低矮的树丛，中间有一条昏暗的小路，绵延四分之一英里。走过这段小路，便陡然进入一片平坦而开阔的草原，草原上到处生长着野草莓，点缀着石竹，草原四面是森林。这些草莓香气扑鼻，到了果实成熟的季节，我们通常在空气清新的早晨赶到那里，这时草尖上的露珠晶莹剔透，树林里回荡着早起的鸟儿清脆的歌声。

树林山坡的左边是秋千。这些秋千是用从小山核桃树上剥下的树皮搓成的。树皮干燥之后，秋千就变得十分危险。当孩子们荡到四十英尺的高空时，树皮通常会断裂，每年都有不少孩子摔断骨头等着医治。我自己命好，但我的堂兄弟们无一幸免。八个堂兄弟，胳膊总计摔断过十四次。但请医生花不了多少钱，因为医生按年收费——整个家庭一年只需花费二十五美元。我记得有两位佛罗里达医生，乔宁和梅雷迪思。只收这二十五美元，他们不仅要照管整个家庭一整年，还得负责配药。药的用量可不少。只有最壮实的人才能将一剂药全部吃完。蓖麻油就是一种常用药，一剂有半勺，加上半勺新奥尔良糖浆提升口感帮助下咽，尽管如此，这药谁都咽不下去；另一种是甘汞；还有一种是大黄；再就是加拉藤。他们给病人放血，敷上芥子膏。这一套治疗方法很可怕，但病人的死亡率却并不高。服了甘汞之后，病人几乎都会不停分泌唾液，严重的甚至开始掉牙。当时没有牙医。遇到牙齿腐烂或者牙痛，医生只会做一件事——拿起钳子拔掉牙齿。如果牙根断在里面，那也不能算他的错。普通的小病小痛根本不会请医生，家里的老奶奶可以照管一切。每个老妇人都是医生，她会到林子里采药，她配的药能让猛犬的要害器官激动起来。此外还有"印第安医生"，他是个严肃的野蛮人，是部落的遗民，精通自然的奥秘和草药的特性。多数森林居民相信他的本领，都能讲述他起死回生的趣闻。在遥远的印度洋荒凉的岛国毛里求斯，有一个人跟我们的印第安医生差不多。他是个黑人，从未接受医学教育，但他擅长治疗一种疾病，这种病正规医生都治不来。病人都去找他。那是孩子害的一种病,既古怪又致命,这个黑人就用自制草药治病,药方从他祖父传到他父亲,他父亲再传给他。他配药的时候不给任何人看。药方只有他一个人知道,大家都担心他死也不会说出来,到时候毛里求斯人免不了要出现惊慌。这些事是1896年的时候当地人告诉我的。

那时候我们还有"信仰治疗师"——她是个女人,最擅长治牙痛。她是个老农妇,离汉尼巴尔五英里远。她会把手放在病人的下巴上,喊一声"信!"病人登时好了。她叫阿特巴克太太。这名字我记得很清楚。有两回母亲骑马把我带在身后去找她。是母亲找她看病。

梅雷迪思医生后来搬到了汉尼巴尔,成为我们的家庭医生,几次救过我的命。他心地善良。暂且把他放到一边吧。

大家都说,我七岁前就是个病秧子,成天端着药罐。母亲老了之后——她已经八十八岁高龄时——我向她求证过这事儿:

"那段时间你是不是总是为我提心吊胆?"

"是啊,我的心成天悬着。"

"担心我活不成?"

她顿了一下——显然是在思忖——"不,你肯定能活。"

乡下的学堂离叔叔的农场有三英里远。学校坐落在一片林中空地上,能容纳二十五个孩子。夏季,我们每周正儿八经地上一两次课,趁着早上凉快从林中小路步行去学校,上完一天的课后又趁着朦胧的暮色回家。所有孩子都用篮子提着午餐——里面装着玉米烤饼、酸奶,还有别的——大家中午就坐在树荫底下吃。回想起来,这是我最惬意的一段学习时光。我第一次上学校的时候七岁。一个身材高大魁梧的十五岁女孩,戴着当时流行的

太阳帽,穿着流行的印花连衣裙,问我会不会"吸烟"——意思是会不会嚼烟草。我说不会。这可引起了她的鄙夷。她向大家喊道:

"这小子七岁了,居然不会嚼烟草!"

从大家的眼神和七嘴八舌中,我意识到我是个叫人看不起的家伙,心里感到十分惭愧。我决心改正。可是我只会让自己更加恶心,因为嚼烟草我实在学不来。我学会了抽烟,不过这可没有让大家满意,我还是个可怜虫,一点都没个性。我想赢得大家尊重,可一直都没有成功。孩子们对彼此的缺点根本没有包容心。

我已经说过,十二三岁之前,我每年都会在农场上待一段时间。我和堂兄弟们一起度过的时光充满了乐趣,因此给我留下了深刻的印象。我能回忆起庄严的黎明和丛林的神秘气氛,泥土的芬芳,野花淡淡的香气,雨后树叶的光泽,风儿吹过时雨滴从树上洒落的声响,丛林深处传来的啄木鸟啄木的声音和野鸡的叫声,受到惊扰的野生动物在草丛中一闪而过的景象——所有这些我都能回忆起来,依然像当年一样真实,依然像当年一样无忧无虑。我能回忆起草原的样貌,孤独而宁静,苍鹰伸展着翅膀一动不动地悬在空中,背后是一片湛蓝的苍穹。我能看见秋天树木披上彩妆——紫色的橡树、金色的山核桃、深红色的枫树和漆树,当我们在林间耕作时,能听到落叶发出沙沙的声响。我能看见成串的蓝色野葡萄挂在枝叶间,我还记得那味道和芳香。我知道野黑莓的样子,记得它们的味道,还有木瓜、榛子和柿子;我能感受到,当我们在结霜的清晨牵着猪一起去找山核桃的时候,风儿吹过,树上的果子如雨点般落在我头上的情景。我知道一旦被山核桃皮染了衣服很难洗掉,肥皂水无济于事,为了洗掉污渍不知伤了多少脑筋。我知道枫树汁液的味道，知道什么时候采收，知道如何开槽和安放导管，知道如何熬制，知道怎么偷熬好的枫糖，知道偷来的枫糖比正当得来的糖味道好在哪里，至于那些不明就里的家伙，随他们怎么说吧。我知道最好吃的西瓜长在瓜藤上是什么样子；我不用"拍打"就知道西瓜是否成熟；我知道把西瓜装在水盆里，放在床底下降温时多么诱人；我知道西瓜拿到正屋和厨房中间那块阴凉地的餐桌上，孩子们聚拢在祭品旁，嘴里流口水的样子；我知道一刀下去，从一头劈到另一头时西瓜裂开时的脆响；我能看见西瓜裂成两半，露出鲜红的瓜瓤和纯黑的瓜籽，瓜瓤鼓囊囊的，真是无比美味；我知道一个小男孩站在一片一码[1]长的西瓜面前的表情和心情，因为我曾站在那里；我知道辛勤耕种得来的西瓜的味道，也知道通过一定手段得到的西瓜的味道，两种西瓜都很美味，但只有经历过的人才知道哪一种更好吃。我知道青苹果、桃子和梨挂在树上的样子，也知道把它们吃进肚子里多么有趣。我知道这些水果熟了之后堆在树下的样子，知道它们看起来多么诱人，色泽多么美丽。我知道冬天地窖内装在桶里的冻苹果的样子，咬起来坚硬无比，冰得牙齿生疼，但又奇爽无比。我知道大人喜欢挑有斑点的苹果给孩子们吃，我知道怎么对付这种情况。我知道冬天的晚上在壁炉上烤苹果时会发出嘶嘶声，知道吃热腾腾的苹果加糖再淋上奶油多么惬意。我知道用锤子在熨斗上敲碎山核桃，完整取出果仁的微妙艺术和秘诀，我知道坚果搭配冬天的苹果、苹果酒和甜甜圈一起吃，会让老人们讲的老故事和老笑话更加新鲜、清脆和迷人，就

---

[1] 1码约合0.91米。

这样不知不觉就能度过一个晚上的时光。我知道丹尼尔叔叔的厨房在那些特别的夜晚会变成什么景象，我能看见白人和黑人孩子们成群地围在壁炉边，火光照在他们脸上，人影在后面朦胧的墙上摇曳；我能听见丹尼尔叔叔讲述不朽的传奇故事，这些故事被莱姆斯·哈里斯叔叔收集在他的书中，后来吸引了全世界的读者；我能再次感受到听鬼故事的时候那种令人毛骨悚然的兴奋——当然，同时还能感受到一种遗憾，因为这个故事总是晚上的最后一个故事，听完这个故事，我总是不情愿地上床睡觉。

我记得叔叔房子里朴素的木楼梯，上了楼梯再左拐弯，在我的床上方是屋椽和倾斜的屋顶，被分割成方块的月光洒在地板上，透过没有窗帘的窗户能看到屋外雪白寒冷的冰雪世界。我记得在风雨交加的夜晚，屋外狂风怒吼，房屋战栗，一个人躲在毯子底下，听着这一切是多么舒适惬意；我记得细雪从窗框周围钻进来，在地板上堆成小丘，到了早上让人觉得屋里寒意逼人，因此打消了起床的欲望。我记得在朦胧月辉的映衬下，卧室里愈显漆黑，半夜偶然醒来，会发现房间里静得怕人，在这一刻，被遗忘的罪恶从记忆深处涌上心头，渴望找个人倾听，可是这个时机选得太过糟糕；夜风传来猫头鹰的鸣叫和野狼的嚎叫，听起来多么凄凉。

我记得夏夜里暴雨倾倒在屋顶上，躺在床上聆听风雨声，欣赏电光交加雷声轰隆多么惬意。这是个令人舒适的房间，装了避雷针，从窗户伸手就能够到。夏季的夜晚可以在这可爱而又让人害怕的小玩意儿上爬上爬下，闯祸之后还能爬上去隐蔽起来。

我记得晚上和黑人一起猎浣熊和负鼠，在黑暗的丛林中长途跋涉，当一只经过训练的猎犬在远处叫起来，提醒我们猎物已经被赶上了树，每个人都激动不已；这时大家争先恐后，跌跌撞撞地穿过荆棘和树丛，赶到现场；接下来大家点起火来，树被放倒，狗和人都兴奋不已，红色的火光映照出一派奇异的景象——这些我都记得真真切切，除了浣熊之外，大家都玩得格外尽兴。

我记得猎鸽子的季节，鸟儿数量多达数百万只，树上到处都是，树枝都被压断了。用木棍就能将它们打死，根本用不上猎枪。我记得我们曾追捕松鼠、松鸡、野火鸡，还有各种各样的猎物。我们早上天还不亮就出发，天气如此寒冷阴沉，我经常后悔我怎么跟他们一起去了。吹响牛角，猎犬们闻声而来，它们兴奋地你追我赶四处奔跑，把小孩撞倒在地上，不停地发出吵闹的叫声。一声令下，它们就消失在丛林之中，我们便一声不响又有些沮丧地跟在后面。这时，东方亮起一丝灰白的曙光，鸟儿鸣唱起来，随后太阳升起，阳光温暖了大地，顿时万物复苏，露水盈盈，草木芬芳，一派生机勃勃的景象。经过三个小时的长途跋涉，我们精疲力竭，但是满载而归，大家饥肠辘辘，正好赶上早饭的时间。

父亲教我守时

作者 | 克劳伦斯·戴伊

克劳伦斯·戴伊（Clarence Day，1874—1935），美国作家。

主要作品：《跟父亲一起过日子》（*Life With Father*）。

父亲教我守时

父亲对按时下楼吃早饭格外在意。我也想做个守时的孩子,但我从来不会早早到场。我想的是挨到最后一刻再溜进餐厅。这样一来,我经常迟到。

我的弟弟们也经常迟到,只有乔治是个例外。他是父亲唯一绝对可靠的儿子。父亲向我指出,乔治下楼如此之早,甚至有时间先练会儿钢琴。

乔治之所以这么早下楼,是因为他想在父亲看报纸之前浏览一下体育新闻,他之所以弹一会儿钢琴是因为他想在我们穿衣服的时候,通过琴声告诉我们哪支队伍赢了昨天的球赛。他为此专门设计了暗号,我们都靠在楼梯扶手上,一边穿鞋袜,一边听他宣布结果。如今我已经不记得他选择的是什么调子,但大意是如果他弹奏的是欢乐、活跃的曲调,意思就是巨人队赢了,如果他弹的是哀婉悲伤的曲子,意思就是"安森爸爸"[1]打败了巨人队。

由于父亲不喜欢职业棒球,我们没有告诉他这个秘密。他有他的爱好,我们在他鼻子底下有我们的爱好。他一进到餐厅,就

---

[1] 阿德里安·安森(1852—1922),绰号"安森队长"或者"安森爸爸",美国职业棒球大联盟一垒手,是他那个时代最伟大的球员之一,也是第一批巨星之一,职业生涯大部分时间效力于芝加哥小熊队。

从乔治手里把报纸拿过去，乔治跟他道一声早安，然后若无其事地到客厅里去。然后，父亲一边看着他穿过宽敞的走廊，一边浏览政治新闻标题，乔治则通过钢琴传递棒球消息。父亲经常笑着劝他不要弹这么大声，但乔治觉得非这么做不可。因为我们住在顶楼，他想让我们刷牙的时候能听见琴声。乔治无论做什么事都很靠谱。他不仅使劲弹奏钢琴，还反复弹奏几遍，于是父亲颇不耐烦地自言自语道："真是热心过度。"

楼上，我们通常会讨论乔治传递的是什么新闻。如果他用通俗音乐来传递信息，对我们来说更好理解，但父亲不准他学通俗音乐，而他掌握的有限的几首古典音乐从远处听起来都差不多。乔治演奏得很用心也很卖力，但还没有领会到曲子的灵魂。各种复杂的弹奏技巧，他也觉得可有可无。

然而，他是父亲唯一守时的儿子，对此父亲十分高兴，给他买了一块手表，表背刻有"乔治·巴姆莱·戴伊，永远守时"的字样。父亲对我说，我是家里的长子，他本来准备先给我一块手表，说着还把买好的手表拿给我看。这一块跟乔治的款式一样，只是背后没有刻字。父亲解释说，他得再收一阵子，等我什么时候能早起下楼吃饭再给我。

时间一天一天过去，我并没有多大进步。磨蹭已经成了我的习惯。有时，我拖延的毛病还很严重。有天早上，早餐已经吃了一半，我还只穿了一条羊毛衬裤，父亲手里拿着餐巾，站在前厅里朝楼上喊，说他已经忍无可忍，叫我立刻下楼。我怒气冲冲地喊着说我还没穿好衣服，他说他不管那么多。"赶紧滚下来！"他咆哮道。我很想照他的话做，但转念一想，这里头也许有什么圈套，于是匆匆忙忙把衣服套上。父亲一脸怒气，像往常一样吃完早餐，我则歉疚而又紧张地吃完了早餐。不管有什么事，我们吃饭都毫不含糊。后来，我真后悔我那样没心没肺地吃，但在这一点上父亲从来不会受到影响。

母亲对父亲说，如果他把手表给我，她敢肯定我会表现得更好。他说他不相信，这样做是溺爱孩子。为了证明父亲的想法是错的，母亲最终打开她的首饰盒，送给我一块原本属于她堂兄弟的手表。她说，这块表太过珍贵，送给孩子实在不妥，让我一定要格外爱惜。我答应她一定百般珍惜。

然而，事实证明，这块表真是太过娇贵。手表年岁太久，而我还年幼。我们两个根本不合适。表面和表背有一层镀金，表盖上本来有旧主人的名字，被母亲刮去了，按一下表盖就会塌进去。而且，表盖和表盘之间没有多少空隙，只能安一片极薄的玻璃，在表盖上轻轻一压，玻璃就会破碎。

当然，这种事情发生过一次之后，我再也没有按表盖。我很小心，如果其他男孩也像我一样小心的话，就不会再出问题。然而，我不可能让他们那么小心。当我们在一起打闹的时候，不管是玩还是真的打，我经常请求对方不要打我左边肚子。对方可能会听，也可能不听。如果我们双方都很激动，或者打闹的时间太长，手表玻璃还是会破裂。每次我都来不及先把手表取下来，再说取下来也没地方放。一个男孩口袋里装着手表在街上玩，只能听天由命。这块手表设计的初衷可不是这么使用。

前两次打碎的玻璃是母亲付钱修理的，因为父亲从一开始就不赞成，所以整件事情跟他没关系。母亲一直没什么零花钱，因此我很讨厌麻烦她——她也不想我麻烦她。"噢，亲爱的克劳伦斯！你又把手表打碎了？"我第二次打开表盖，给她看玻璃碎片的时候她喊道。她很不安,我感觉心里十分愧疚,再也不敢找她,从此以后,打碎了表盘都是由我自己负责。

我的零花钱一个月从来不超过一块钱。一块新的玻璃需要二十五分。这就去掉了一大笔。

我和萨姆·威利茨在地上扭打翻滚的时候,经常忘记了手表这回事,突然听到叮当一声,我立马知道自己破产了。我会把碎玻璃捡出去,表盘就那么暴露着,直到攒够二十五分,但这种耽搁让我不安。我知道母亲想让我照管好这块手表,她晚上随时可能查看一下。一攒够钱,我就冲到第六大道——那里有两个德国老人开了一家小修表铺——把表送给他们修理。我最糟糕的一个记忆就是这家拥挤的铺子里充满了泡菜的味道,店里的玻璃柜台很高,两个德国表匠速度很慢。如果我去得晚了,他们就让我把表留在那里第二天再去取,在第二天取回手表之前我总是如坐针毡。修了一遍又一遍之后,我就和表匠说,二十五分太贵,况且我是常客,他们却说收这点费用根本不赚钱,因为这种过时的石英玻璃很难弄到。

最后我只得放弃。我告诉母亲,我再也不想戴这块表。

结果,令我吃惊的是,这么做根本不行。因为这块表是传家宝。接受馈赠的人必须珍惜它。我后来从书中读到,中国人都得尊重祖先;我年轻的时候,别人告诉我好孩子都得珍惜传家宝。

我心情失落地离开母亲的房间。那天晚上,我一边小心翼翼地给手表上发条,一边对乔治羡慕不已。父亲为乔治选择了合适的手表,他知道一个男孩需要什么。那块手表有结实的镍质外壳,表盘玻璃几乎摔不碎,日常使用根本不会出问题,就算掉在浴缸里也不要紧。

我感觉我的前途十分黯淡。这个宝贝简直就是个累赘,维修费用令人难以承受。一连好几个月我都没钱买弹珠。我甚至没钱买一件新上衣。我有些莫名其妙地被一块我开始憎恶的手表牵制——它太过脆弱,总是给我带来麻烦,除非我学会小心翼翼地生活。

后来我找到了出路。在此期间,早上我仍然经常迟到,每个星期至少一次,已经养成习惯。但这时我心里开始想,如果我能改变生活习惯,或许父亲会改变主意,把那块可靠的镍表送给我。我为此做出改变。一开始我的决心偶尔会有所动摇,但每次手表玻璃摔碎都让我重新鼓起勇气。当我最终养成守时的习惯,让父亲感到满意之后,他在给我买的那块表的背面刻上了我的名字,把表送给我。看到我接过表时激动得在屋里又蹦又跳,他有些惊讶,感叹着说了好几遍"好啦,好啦"。"别激动,小心点,"他补充说,"别把花瓶打碎了!"

母亲说她不明白,我已经有了一块金表,父亲为何还要给我一块镍表。但父亲笑着对她说"那件老古董"可不是孩子戴的。母亲有些不情愿地把它收到珠宝盒里。

她临走的时候还对父亲说了一句,事实证明她是对的,她说过,要想教我守时,先得给我一块手表。

十二

作者 | 布思·塔金顿

　　布思·塔金顿（Booth Tarkington，1869—1946），美国小说家、剧作家，1919年、1922年分别因小说《伟大的安伯逊家族》（*The Magnificent Ambersons*）、《寂寞芳心》（*Alice Adams*）两度获普利策小说奖。

　　主要作品：《伟大的安伯逊家族》《寂寞芳心》等。

十 二

这个孕育我们的地球十分繁忙,它不会恭维我们,它就像一个陀螺仪一样,专注于自身的事物,不管是什么事物。它一直沿着既定的轨道不停地旋转,因此似乎理所应当不知疲倦地旋转,并没有降低丝毫速度,理会人类的重要活动——尽管对彭罗德来说,他的主要目标已经实现,随着地球表面的巨大黑影向西移动,他迎来了十二岁生日的曙光,但地球并没有因此停下来喘息和休养。

十二岁是一种值得奋斗的成就。一个男孩进入十二岁,就像一个法国人刚当选院士。

名声和荣誉等待着他。年幼一点的孩子对十二岁充满尊重:到了这个年龄,他已然具有充足的经验,能做出成熟的判断。因此,他能形成相当大的影响力。十一岁还不太令人满意:十一岁还在学习阶段。十一岁跟六岁、十九岁、四十四岁和六十九岁一样,都有不足。但是,与十二岁一样,七岁也是个令人尊敬的年纪,这个年龄的孩子非常渴望得到尊重。孩子们都渴望长到七岁。同样,二十岁很值得期待,二十一岁则略显随意,四十五岁的人非常可靠,七十岁是最值得赞扬的年龄,之后年岁愈增,人就愈受敬重。十三岁是个令人尴尬的年纪,开始了新的阶段:儿童开始进入青春时期。但十二岁是少年最好的年纪。

那天早上,彭罗德穿衣服的时候,他感觉整个世界都与前一天有所不同。一方面,他似乎对世界有了更多掌控,这一天是属于他的日子。另一方面,这一天值得拥有,仲夏的太阳透过窗户洒进金色的光线,屋外是凉爽的天空,微风拂动他的头发,让他感觉十分舒适。他从窗台探出身子,看到一群黑鹂展翅起飞,跟着领头的黑鹂从院子里的树上飞向广阔的田野,开始一天的辛劳。黑鹂属于他,阳光和微风属于他,既然它们都出现在他的生日这一天,那它们肯定属于他。他充满了自豪:他十二岁了!

父亲、母亲和玛格丽特似乎明白今天和昨天的不同。彭罗德下楼时,他们都坐在桌旁,他们向他问候,这本身就是一个象征。一般来说,他进到有长辈的屋子,会让大家感到忧虑。他们总是带着可怜的期待抬起头来,仿佛他们在想:"他现在又要开始捣什么鬼?"但是今天早上,大家面带笑容。母亲站起身,亲了他十二下,玛格丽特也这么做。父亲喊道:"哇,哇!瞧瞧这个男子汉!"

然后母亲送给他一本《圣经》和一本《威克菲牧师传》,玛格丽特送给他一对镀银的梳子,父亲送给他一份《袖珍地图集》和一枚小指南针。

"你看,彭罗德,"吃完早餐母亲说,"今天你过生日,我要带你到乡下去拜访萨拉·克里姆姑奶奶。"

萨拉是彭罗德最年长的亲戚,已经九十高龄,斯科菲尔德太太和彭罗德在她家门口下车时,发现她正在园子里用铁锹挖地。

"很高兴你把他带来了,"她说着,停下手上的活儿,"吉尼正在烤蛋糕，我准备把蛋糕送到生日聚会上。让他进屋吧，我有东西给他。"

她领着大家走进她的"客厅"，客厅里有一种好闻的香气，一种与众不同的香气。她打开一个金光闪闪的古董架的抽屉，从里面取出一个男孩的"弹弓"，弹弓是用树杈做成的，上面绑了两条橡胶绳和一块皮子。

"这不是给你的，"她说着，将弹弓放在彭罗德急切的手中，"这没法玩啦，你拉一下它肯定会变成碎末，因为它已经有三十五年了。我想把它还给你父亲。我看是时候还给他了。你帮我带给他，顺便告诉他我想现在我可以相信他了。三十五年前我从他手里没收过来，因为他那天他用弹弓意外打死了我最宝贝的母鸡，还打破了后门廊上的一口玻璃罐——这也是意外。他看起来并不像是会做出这种事的孩子，我敢肯定他已经把这事忘了，但是如果你把弹弓给他，我想他能回忆起来。你跟他很像，彭罗德。他可绝不是个乖孩子。"

经过这一番絮叨之后——或许她是希望她的话被转述给斯科菲尔德先生听——她就消失在厨房里，出来的时候手上端了一罐柠檬水，一个蓝色瓷盘，上面装着她独家配方的姜味饼干。把饮食放在客人面前之后，她递给彭罗德一个精美现代又具有无限杀伤力的器械。她称之为小折刀。

"恐怕你会拿它干出恐怖的事情，"她从容地说，"我听说你拿什么都能干出恐怖的事情，既然如此，你拿这个也能干得出来，拿去想怎么玩就怎么玩吧。大家告诉我说你是镇上最捣蛋的孩子。"

"噢，萨拉姑姑！"斯科菲尔德太太有些抗拒地抬起一只手。

"只是闲扯!"克里姆太太说。

"今天可是他过生日呀!"

"越是过生日越是得说。彭罗德,你是不是镇上最捣蛋的孩子?"

彭罗德高兴地盯着小折刀,狼吞虎咽地吃着曲奇饼干,毫不掩饰又满不在乎地回答说:"当然了。"

"当然了!"克里姆太太说,"如果你能坦然接受和面对,就没关系。没人会介意。孩子们就像成人一样,真的。"

"不,不!"斯科菲尔德太太情不自禁地喊了出来。

"是,就是这么回事,"萨拉姑奶奶回应说,"不过孩子们并没有这么糟糕,因为他们还没学会掩饰自己。彭罗德长大以后也会是这个脾性,只不过每次他想做什么事情,他会在自己和别人面前编造借口,让人觉得他的做法正当而且高尚。"

"不,我才不呢!"彭罗德突然说。

"还剩一块饼干,"萨拉姑奶奶说,"你要吃掉吗?"

"嗯,"她的侄孙若有所思地说,"我想我最好吃掉它。"

"为什么?"老妇人问道,"为什么你觉得你最好这么做?"

"噢,"彭罗德嘴巴塞得满满的,"如果没人吃,就会变干,最后扔掉怪可惜的。"

"你已经开始懂事了,"克里姆太太说,"一年前你吃饼干可顾不上节俭。"

"夫人,这话是什么意思?"

"没什么。我只是看到你十二岁了,仅此而已。饼干还有很多,彭罗德。"她转身离开,又拿来更多新鲜的饼干,"当然,不等今天过完你可能就会感到厌倦;但同时你也会重新开始。"

斯科菲尔德太太的表情有些怀疑。"萨拉姑姑,"她小心地说,"你难道不相信随着年龄的增长我们都会学好吗?"

"你的意思是,"老妇人说,"如果他不像你所说的'学好',就逃不过裁决吗?嗯,在某些事情上,我们的确会学着约束自己。有些人的确想着等别人吃掉最后一块饼干,尽管这种人并不太多。但这没问题,这个世界依然会继续运转。"她古灵精怪地盯着侄孙,"当然了,你看着一个男孩想象他的未来,似乎看不到他的进步。"

彭罗德坐在椅子上有些不安地挪动身体;他知道姑奶奶说的是他,但不明白她到底是不是在夸他;他觉得不是在夸他。克里姆太太帮他提了个问题。

"我想彭罗德在邻居中间被当成了祸害吧?"

"噢,没,"斯科菲尔德太太喊道,"他——"

"我敢说邻居们是对的。"老妇人平静地说,"他得重复这个民族的历史,经历从原始到野蛮的各个阶段。你不能指望孩子们从小就彬彬有礼,对吧?"

"我——"

"你还不如指望鸡蛋会叫出声来。不。你得接受孩子们本来的样子,得理解他们的天性。"

"那是当然,萨拉姑姑。"斯科菲尔德太太说,"我理解彭罗德。"

萨拉姑姑会心一笑。"你觉得他父亲也理解他吗?"

"当然,男人不一样。"斯科菲尔德太太抱歉地回答道,"但做母亲的了解——"

"彭罗德,"萨拉姑奶奶严肃地说,"你父亲理解你吗?"

"夫人?"

"与其说他理解你,倒不如说他更理解'坐牛酋长'!"她笑着说,"我告诉你,你母亲把你想象成什么样子,彭罗德。她认为你是修道院里的修女。"

"夫人?"

"萨拉姑姑!"

"我知道她是这么想的,因为只要你的表现不像个修女,她就对你感到不满。你父亲把你想象成一个知书达理的年轻商人,只要你够不到这个标准,他就想揍你一顿。我敢肯定,他们经常会说不知道该拿你怎么办。打你一顿有用吗,彭罗德?"

"夫人?"

"继续喝柠檬水吧,还有一大杯呢。哦,吃吧,吃吧,不要问为什么!当然,你就是一头小猪。"

彭罗德感激地笑了,他从向上翘起的玻璃杯边缘盯着她。

"尽管吃吧,"老妇人说,"你已经十二岁了,如果你一无是处的话,你至少得活得开心自在。基督教流行了一千九百年,别的东西流传了几十万年,这才诞生了你,好好地坐在这里!"

"夫人?"

"很快就轮到你为子孙后代的福祉奋斗折腾了。"萨拉·克里姆姑奶奶说,"喝你的柠檬水吧!"

大山

作者 | 约翰·斯坦贝克

约翰·斯坦贝克（John Steinbeck，1902—1968），美国作家，1962年获诺贝尔文学奖。

主要作品：《人鼠之间》（ *Of Mice and Men* ）、《愤怒的葡萄》（ *The Grapes of Wrath* ）等。

大　山

仲夏一个炎热的下午，小男孩乔迪无精打采地看着牧场，不知道该干什么。他已经去过畜棚，已经拿石子砸过屋檐下的燕子窝，直到将每一处燕子窝都砸得支离破碎，草和羽毛从上面落下来。之后，他在牧场平房里的捕鼠夹上放上变质的奶酪，放在大狗的鼻子前面。乔迪并不是个残忍的孩子，他只是在这个漫长而又炎热的下午无所事事。狗把鼻子凑到捕鼠夹上，被夹了一下，痛苦地尖叫起来，鼻子上流出血来，一瘸一拐地走开了。杂种狗不论哪里受了伤，都会瘸着走路。这已经成了它的习惯。它小的时候被郊狼夹子夹过，打那以后，它就经常瘸腿走路，哪怕遭到主人训斥之后也会这样。

杂种狗发出一阵哀嚎，乔迪的母亲从屋里喊道："乔迪！别折腾狗了，干点儿正经的吧。"

于是乔迪有些不悦，朝杂种狗扔了颗石子。然后，他从门廊里拿上弹弓，朝山上的灌木线走去，准备去打鸟儿。这副弹弓很棒，皮筋是从商店买的。乔迪经常打鸟，却从来没打中过。他穿过菜地，赤裸的脚趾拱进灰土中。他在半路上发现一颗非常适合做弹子的石子，圆中带扁，轻重适中。他将石子装进弹弓，朝灌木线走去。他眯着眼睛，绷紧嘴巴，这是下午他第一次集中精神。在灌木蒿丛中，小鸟正在觅食，它们在树叶堆中翻动，然后跳开几英尺，继续翻动。乔迪拉开弹弓的皮筋，小心翼翼地前进。一只小鹟鸟停下来看着他，蜷缩身体准备飞走。乔迪两脚交替着缓慢挪动，悄悄靠近。在距离二十英尺远的地方，他小心翼翼地举起弹弓，瞄准目标。石子嗖的一声飞了出去，小鸟飞起来，正好被射中。鸟儿落到地上，脖子被打断了。乔迪跑过去，将猎物捡起来。

"哈哈，中了。"他说。

死鸟儿比活鸟显得小巧许多。乔迪的胃里感到一阵刺痛，于是他掏出折叠刀，剁掉了鸟头，然后开肠破肚，切下翅膀，最后将碎尸扔进灌木丛。他根本不关心这只小鸟，也不在意它的生命，但他知道大人们看到他的所作所为会说什么，他们的说辞会让他感到惭愧。他决心尽快忘记这件事，永远不向任何人提起。

这个时节，山上十分干燥，野草已经枯黄，但是有一根接引山泉的水管通在一个圆形水桶中，桶里的水溢出来，周边便长了一片绿油油的草，草长得很高，湿漉漉的。乔迪从长了苔藓的水桶里喝了几口，又在冰冷的水中洗去从鸟儿身上沾染的血渍。然后，他躺在草地上，看着夏日天空中胖墩墩的云朵。他闭上一只眼睛，云朵顿时显得离他更近。他伸出手指，梳理着云朵。他帮着微风将云朵从天空中推下去。他觉得在他的帮助下，云朵移动的速度似乎变快。一朵肥胖的云在他的推动下飘到山边，越过山顶，消失在视野里。乔迪心想着云朵到了那里会看到什么。他坐起身，看着大山绵延向远处，越来越暗，越来越荒凉，最后变成锯齿状的山脊，直通西方。神秘的大山。他想起他对大山有限的认识。

"山那边是什么？"他曾经请教父亲。

"我猜还是山。怎么？"

"再往那边呢？"

"还是山。怎么？"

"永远都是山吗？"

"噢，那倒不是。最后就是大海。"

"山里有什么？"

"只有悬崖、树丛、石头和干旱。"

"你进过山吗？"

"没有。"

"有人去过吗？"

"我猜有人去过。山里很危险，到处是悬崖峭壁什么的。嗯，我看别人写过，说加利福尼亚州蒙特瑞县山区未开化的荒野比美国其他任何地区都要多。"父亲的语气很骄傲，说得理所当然。

"最后是大海？"

"最后是大海。"

"可是，"男孩接着说，"那这里和大海中间呢？没人知道？"

"噢，我猜有些人知道。但里面的确没什么。没什么水。只有石头、悬崖和黑肉叶刺茎藜。怎么？"

"去那里很好玩吧。"

"有什么好玩的？里面什么都没有。"

乔迪知道里面有东西，有非常神奇的东西，因为它无人知晓，显得秘密而神奇。他内心是这么认为的。他问母亲："你觉得大山里有什么？"

母亲看着他，又看了一眼那可怕的山脉说："我猜，只有熊吧。"

"什么熊？"

"嗯，就是跑到山里到处看的熊呀。"

乔迪问牧场帮工比利·巴克，大山里有没有失落的城市，但巴克的意见和乔迪父亲一样。

"这不可能，"比利说，"里面没有吃的，除非住在里面的人吃石头。"

这就是乔迪得到的全部信息，这些信息让大山显得可爱而又可怕。他经常想象着绵延不绝的山脊，山脊的尽头是大海。早晨，粉色的山峰让他充满了期待；傍晚，太阳落山的时候，大山又呈现出一种紫色的绝望，令乔迪感到毛骨悚然——这个时候，大山显得冷漠无情，它们冷静的姿态令人心生敬畏。

这时，他将头转向东方的加比兰山脉，这是一片令人惬意的大山，山坡上有许多牧场，顶上长满松树。人们曾在那里生活过，还在山坡上与墨西哥人进行过战斗。他回头看了一眼大山，鲜明的对比令他的心为之一振。下面家族农场所在的山麓小丘沐浴在阳光下，显得十分安逸。远处，红色的牛吃着草，缓慢地向北前行。工棚旁边深色的柏树也像平常一样安逸。鸡群迈着飞快的步子大摇大摆地在农场院子的尘土里觅食。

突然，乔迪发现了一个移动的人影。一个男人缓慢地翻过山脊，从萨利纳斯通往这里的路上过来，朝着房屋走来。乔迪站起身，往下面的房屋走去，如果有人来访，他想在现场看看。男孩走到家里，来者还在半路上，只见他身材瘦削，肩膀笔直。乔迪只能从他脚后跟艰难着看出来他年事已高。待他走得更近，乔迪看到他穿着蓝色牛仔裤和同样质地的外套，脚上穿着笨重的鞋子，头上戴一顶老旧的宽边斯特森帽子。他的肩膀上背着一个粗麻布袋，里面装得鼓鼓囊囊。一会儿的工夫，他走得更近，他的脸清晰可辨，黑得像牛肉干一样。深色的嘴巴上长了蓝白色胡须，白色的头发一直留到颈部。脸皮陷到骨头里，让鼻子和下巴显得突出而憔悴。眼睛又大又深又暗，被眼皮紧紧包裹着。乌黑的虹膜和瞳孔已经成为一体，但眼球是棕色。脸上并没有皱纹。老人的牛仔外套上，铜扣子一直扣到脖子，男人们不穿衬衫时都会这样。袖子里露出强壮有力、瘦骨嶙峋的手腕和双手，粗糙的手上布满疤痕，就像桃树枝一样坚硬。指甲又平又钝，发出光亮。

老人走到门口，遇到乔迪时，他将布袋甩了下来。他的嘴唇稍微有些颤抖，嘴唇中间发出温柔而又冷淡的声音。

"你住这吗？"

乔迪有些尴尬。他转身看着房子，又转身朝着畜棚看去，父亲和比利·巴克在那里干活。"对。"看到两个方向都没人来，他回答说。

"我回来了，"老人说，"我叫吉达诺，我回来了。"

乔迪不知道该怎么应对。他迅速转身，跑到屋里找人，身后的纱窗门嘭的一声关上。母亲正在厨房里用发夹戳滤器上堵塞的洞，她正干得聚精会神，牙齿咬着下嘴唇。

"有个老人来了，"乔迪激动地喊道，"是个老乡，他说他回来了。"

男孩的母亲放下滤器，将发夹插在水槽板后面。"怎么回事？"她耐心地问道。

"门外来了个老人。快出来看看吧。"

"噢,他想要什么?"她解下围裙,拿手指捋了捋头发。

"我不知道,他走路来的。"

他母亲捋了捋裙子,走了出去,乔迪跟在身后。吉达诺站在原地。

"你好。"蒂弗林太太说道。

吉达诺脱下黑色的旧帽子,双手端在胸前。他重复了一遍:"我叫吉达诺,我回来了。"

"回来了?回哪里?"

吉达诺挺直的身体略微向前倾斜。他的右手比画着丘陵、坡地和大山,然后又放到帽子上。"回到牧场了。我是在这儿出生的,我父亲也是在这儿出生的。"

"在这儿?"她问,"这块地可不是个老地方。"

"不,那里,"他说着,指着西边的山脊说,"在那边,房子已经不在了。"

最后她终于明白了。"你是说那座差点被冲毁的老房子?"

"对,夫人。牧场解散的时候,他们没有给房子抹石灰,雨水把房子冲倒了。"

乔迪的母亲沉默了一会儿,无名的乡愁从她脑海里闪过,但她很快就回过神来。"你到这里想干什么,吉达诺先生?"

"我要在这里留下来,"他平静地说,"一直到死。"

"可是我们这里不缺人手。"

"我干不了重活儿,夫人。我能给奶牛挤奶,喂鸡,劈点儿柴,别的干不了什么。我要在这里留下来。"他指着身旁放在地上的布袋,"这是我的行李。"

她转向乔迪。"跑到畜棚去把你爸叫来。"

乔迪冲了过去，回来的时候身后跟着卡尔·蒂弗林和比利·巴克。老人还站在原地，但他正在休息。他的整个身体已经松弛下来，进入一种永恒的平静。

"怎么回事？"卡尔·蒂弗林问道，"乔迪激动什么？"

蒂弗林太太指着老人。"他想在这里留下来。他想找点事做，在这里留下来。"

"噢，我们不能留他。我们不缺人。他太老了。有比利在人手够了。"

他们就这么聊着，仿佛对方根本不存在似的。这时，他们突然停下来，尴尬地看着吉达诺。

对方清清嗓子。"我太老了，干不了什么活儿。我回到我出生的这个地方。"

"你不是在这里出生的。"卡尔尖刻地说。

"不是，我是在小山丘那边的房子里出生的。你们来这里之前，这儿都属于一片牧场。"

"那座倒下的老房子？"

"对。我和我父亲住在那儿。我要留在这个牧场上。"

"我说了你不能留，"卡尔生气地说，"我不需要老人。这个牧场不大。我供不起老人的饮食医药。你肯定有亲戚朋友。去投奔他们吧。你这就像是在向陌生人乞讨。"

"我是在这里出生的。"吉达诺耐心而又固执地说。

卡尔·蒂弗林不想残忍地对他，但他觉得只能如此。"你今晚可以在这里吃饭，"他说，"你可以睡在老工棚的小房间里。早上我们给你早餐，你吃完就走。不要死在陌生人家里。"

吉达诺戴上黑色帽子，弯腰拿起布袋。"这是我的行李。"他说。

卡尔转过身。"来吧，比利，我们去把畜棚里的活儿干完。乔迪，你带他去工棚的小房间。"

他和比利转身朝畜棚走去。蒂弗林太太进了屋，转过头说："我会送些毯子过来。"

吉达诺有些疑惑地看着乔迪。"我带你去。"乔迪说。

工棚的小房间里，有一张铺了果壳床垫的小床，一个放着锡灯的杂物箱和一把没有靠背的摇椅。吉达诺小心地将布袋放在地上，坐到床上。乔迪腼腆地站在屋里，犹豫着要走。最后他说："你是从大山里来的吗？"

吉达诺迟缓地摇摇头。"不，我在萨利纳斯山谷里工作。"

下午的思绪在乔迪的脑海里挥之不去。"你进过那里的大山吗？"

老人深色的眼睛紧盯着前方，回想起陈年往事。"去过一次——那时我还是个小孩。我和父亲一起去的。"

"很久以前，进了山？"

"是的。"

"山里有什么？"乔迪惊呼，"有人和房子吗？"

"没有。"

"那，里面有什么？"

吉达诺依然盯着前方，眉毛中间出现了一丝皱纹。

"你在那里看到了什么？"乔迪重复说道。

"我不知道，"吉达诺说，"我不记得了。"

"里面是不是很可怕，到处都很干燥？"

"我不记得了。"

乔迪激动之下,已经不再腼腆。"你什么都不记得了吗?"

吉达诺张开嘴巴,脑袋里搜寻着合适的词。"我想里面很安静——我想里面很漂亮。"

吉达诺的思绪似乎回到了多年以前,他的眼神变得柔和,似乎还流露出一丝笑意。

"你后来就再也没有进过山吗?"乔迪追问道。

"没有。"

"你不想去吗?"

这时吉达诺的表情有些不耐烦。"不想。"他的语气表明他不想再和乔迪讨论这个话题。但男孩被深深地吸引了。他不想离开吉达诺。他又开始表现出一些腼腆。

"你想不想到畜棚去看看牲口?"他问。

吉达诺起身戴上帽子,准备跟着去。

天要黑了。他们站在饮水槽旁边,到了晚上马儿会从山坡上下来喝水。吉达诺将扭曲的大手搁在围栏上。五匹马从山上下来喝了水,站在四周,有的低头在地上的泥土里啃,有的在围栏已经磨光的木头上磨蹭身体。它们喝完水许久之后,一匹老马从山脊上痛苦地走过来。这匹老马一口黄牙,马蹄又扁又尖,肋骨和髋骨突出,瘦得皮包骨头。它蹒跚着走到饮水槽旁,大声地吸吮起来。

"它叫'复活节',"乔迪解释说,"是我爸养的第一匹马。它已经三十岁了。"他看着吉达诺苍老的眼睛,期待对方做出回应。

"不中用了。"吉达诺说。

乔迪的父亲和比利·巴克从畜棚出来，走了过来。

"太老了，干不了什么活儿，"吉达诺重复说道，"只剩吃喝，然后等死。"

卡尔·蒂弗林听到了他说的最后一句话。他不喜欢残忍对待老吉达诺，因此他说得直截了当。

"没有射杀'复活节'真是可惜，"他说，"那样的话，它就不必遭受风湿病和各种痛苦的折磨。"他偷偷地瞄了一眼吉达诺，想看他有没有明白这话里的寓意，但那双瘦骨嶙峋的大手丝毫没有挪动，他的眼神也没有离开老马。"我们就应该帮老东西解决掉痛苦，"乔迪的父亲继续说道，"一枪下去，嘭的一声，只是头上一痛，一切结束。这可比身体强直和牙疼好得多。"

比利·巴克插了一句。"它们辛劳了一辈子，或许它们有权利休息一下。或许它们只是想四处走走。"

卡尔一直盯着这头瘦骨嶙峋的老马。"你想象不到'复活节'以前的样子，"他温柔地说，"高昂的脖子，宽阔的胸膛，美丽的躯干。它一下就能跳过五杆门。我十五岁骑着它赢了一场平地赛。它随时能给我赢回两百块。你无法想象它以前多威风。"他克制住自己，因为他讨厌软弱。"但我们必须射杀它。"他说。

"它有权休息。"比利·巴克坚持说。

乔迪的父亲有了个幽默的想法。他转向吉达诺。"如果山坡上长有火腿和鸡蛋，我就把你养在上面，"他说，"但是我不能把你养在我的厨房里。"

父亲和比利·巴克往屋里走的时候，父亲对比利笑了。"如果山坡上长着火腿和鸡蛋，那对我们大家都是好事。"

乔迪知道，他父亲这是在想方设法挖苦吉达诺。他经常受到父亲的挖苦。父亲知道这孩子的软肋在哪里。

"他只是嘴上说说而已,"乔迪说,"他并不想射杀'复活节'。他喜欢'复活节'。这是他养的第一匹马。"

太阳下山了,他们还站在那里,牧场上安静下来。到了晚上,吉达诺似乎变得更加自在。他用嘴唇发出一声奇怪而尖锐的叫声,把一只手伸进围栏。老"复活节"迅速走到他旁边,吉达诺抚摸着老马鬃毛下羸瘦的脖颈。

"你喜欢它吗?"乔迪轻声问。

"对——可是它不中用了。"

平房门口的三角铁响了。"晚饭时间到了,"乔迪喊道,"去吃饭吧。"

他们往屋里走的时候,乔迪又留意到吉达诺的身体像年轻人一样笔直。只能从他走路时的颠簸,以及他脚后跟的拖杳看出来他上了年纪。

火鸡笨拙地飞到工棚旁边的柏树枝上。一只皮毛光滑的牧场肥猫从路上穿过,嘴里叼着一只硕大的老鼠,老鼠尾巴拖在地上。山坡上传来鹌鹑清脆的叫声。

"跑快点,乔迪。进来吃饭,吉达诺。"

卡尔和比利·巴克已经在铺了长油布的餐桌前吃了起来。乔迪直接溜上椅子,但吉达诺手里拿着帽子,直到卡尔抬头说:"坐下,坐下。你走之前得把肚子填饱。"卡尔担心他会心软让老人留下来,因此他不断提醒自己不能这么做。

吉达诺将帽子放在地上,羞怯地坐下来。他不肯取餐。卡尔只好将盘子递过来。"给你,吃饱。"吉达诺吃得很慢,他将肉切作小片,在盘子里盛了少许土豆泥。

这种情景并没有减轻卡尔·蒂弗林的忧虑。"你在这附近没有亲戚吗？"他问。

吉达诺有些自豪地回答："我妹夫在蒙特瑞，还有几个堂兄弟也在那里。"

"那你可以去投奔他们呀。"

"我是在这里出生的。"吉达诺温和地反驳说。

乔迪的母亲从厨房里出来，端着一大碗西米布丁。

卡尔笑着对她说："我有没有告诉你我对他说的话？我说如果山坡上长有火腿和鸡蛋，我就把他养在上面，就像养'复活节'一样。"

吉达诺一动不动地盯着餐盘。

"很遗憾他不能留下来。"蒂弗林太太说。

"你别多嘴。"卡尔生气地说。

大家吃完饭后，卡尔、比利·巴克和乔迪到客厅里坐一会儿，但吉达诺既没有道别也没有道谢，一言不发地穿过厨房，从后门走出去。乔迪坐在那里，悄悄观察父亲的一举一动。他知道父亲心里多么难受。

"全国上下到处都是这种老伙计。"卡尔对比利·巴克说。

"他们都是好人，"比利辩护说，"他们比白人更能干。我曾经见过一个一百零五岁的老头还能骑马。你哪里还能见到吉达诺这个年龄的白人能走二三十英里路。"

"对，他们身体很结实，不错，"卡尔同意地说，"这么说，你也赞成把他留下吗？听着，比利，"他解释说，"我现在已经够艰难了，再养一口人，就得找意大利银行了。这一点你是知道的，比利。"

"我当然知道，"比利说，"你要是有钱，就是另一个说法了。"

"没错，再说他又不是没有亲戚。他的妹夫和堂兄弟们就在蒙特瑞。我为什么要替他操心？"

乔迪坐在那里，静静地听着，他似乎听到吉达诺温和地说着那句让人难以应对的话，"可我是在这里出生的"。吉达诺就像大山一样神秘。群山之中，你能看到一道又一道山脊，但天边的最后一道山脊后面是无人知晓的土地。吉达诺是个老人，他的最神秘处便是他暗淡的深色眼睛，那眼睛背后也藏着未知的东西。对此他从不透露一个字，让你无法猜测里面是什么。乔迪感到一种难以抗拒的吸引，他要到工棚去查看一下。他趁着父亲在说话，从椅子上溜了下来，一声不响地出了门。

夜色漆黑，远处的声响清晰可辨。山那边的县道上传来伐木队的马铃声。乔迪穿过漆黑的院子。他能看见工棚的小窗户里射出一缕灯光。他乘着这隐秘的夜色悄悄溜到窗前，向里窥探。吉达诺背对窗户坐在摇椅里。他的右手在胸前缓慢地前后移动。乔迪推开门走了进去。吉达诺突然坐起身，抓住一块鹿皮，他想用鹿皮盖住膝盖上的东西，但鹿皮滑了下去。乔迪被吉达诺膝上的东西镇住了，那是一把细长而可爱的双刃剑，带有金色藤条剑柄。剑刃就像一缕细长的暗光。剑柄破了，上面有精美的雕刻。

"这是什么？"乔迪问道。

吉达诺用生气的眼神看着他，捡起掉在地上的鹿皮，将美丽的剑刃严严实实地包裹起来。

乔迪伸出手。"我能看一下吗？"

吉达诺的眼睛闪着愤怒的光芒，摇了摇头。

"你是从哪儿弄的？它是从哪儿来的？"

这时吉达诺深沉地看着他，仿佛陷入了沉思。"我父亲给我的。"

"那他是从哪里得到的？"

吉达诺低头看着手里的长鹿皮袋。"我不知道。"

"他没有告诉你吗？"

"没有。"

"你用它做什么？"

吉达诺有些惊讶。"不做什么。我只是留着。"

"我能看一下吗？"

老人缓慢地打开鹿皮，在灯光下展示了一会儿闪光的剑刃。然后他又将它包好。"你走吧。我要睡了。"乔迪刚关上门，他就吹了灯。

乔迪往屋里走的时候，有件事情他很明白。剑的事他不能对任何人说。说出去的后果会很可怕，因为这会摧毁一些十分脆弱的事实。这个事实可能会被意见不合所打破。

穿过漆黑的院子时，乔迪遇到比利·巴克。"他们在问你去哪里了。"比利说。

乔迪溜进客厅，他父亲转向他。"你去哪里了？"

"我出去看一下我的新捕鼠夹有没有捉到老鼠。"

"该上床睡觉了。"他父亲说。

早上乔迪第一个来到餐桌边。接着进来的是父亲，最后是比利·巴克。蒂弗林太太从厨房往客厅看了一眼。

"老头儿呢，比利？"她问。

"我猜他出去散步了吧，"比利说，"我去他屋子看了一眼，人不在。"

"或许他一大早就去蒙特瑞了,"卡尔说,"路远着呢。"

"没有,"比利解释说,"他的布袋还在房里。"

早饭吃完之后,乔迪来到工棚。阳光照耀下苍蝇四处飞舞。今早的牧场显得尤其安静。乔迪确认没人看他,进了小屋,翻了翻吉达诺的布袋。里面装有一条长棉布短裤、一条牛仔裤和三双旧袜子。除此之外别无他物。乔迪突然感到一阵强烈的孤独感。他缓慢地朝平房走去。父亲站在门廊上和蒂弗林太太聊天。

"我猜老'复活节'到底是死了,"他说,"我没看到他和其他马一起下山来喝水。"

上午,位于山脊牧场的杰斯·泰勒骑马过来。

"你没有把那匹老马卖掉吧,卡尔?"

"当然没有。怎么?"

"噢,"杰斯说,"我今天早上出去得很早,看到一件怪事。我看到一个老人骑着一匹老马,没有马鞍,只有一条缰绳。他根本没有走大路。他往灌木丛里走的。我以为他有枪。至少我看到他手里有东西闪光。"

"那是老吉达诺,"卡尔·蒂弗林说,"我去看看我的枪有没有丢。"他进屋看了一会儿。"没有,枪都在。他朝哪边走的,杰斯?"

"哎,滑稽就滑稽在这里。他径直朝山里去了。"

卡尔笑了。"他们还真是改不了偷东西的毛病,"他说,"我猜他把老'复活节'偷走了。"

"要不要追,卡尔?"

"算了吧,偷走倒是省得我埋那匹马了。我不知道他的枪是从哪里弄的。不知道他到山里干什么。"

乔迪穿过菜地，朝灌木线走去。他的眼睛搜索着高耸的群山——山脊绵延不绝，山脊的尽头是大海。突然之间，他仿佛看到一个黑色小点在最远处的山脊上攀爬。乔迪想起双刃剑和吉达诺，想起大山。他的心中涌起一种渴望，这渴望如此强烈，他几乎哭了出来，想将这种渴望倾诉出来。他在灌木线边水桶旁的绿草地上躺下来。他叉起胳膊盖住双眼，在那儿躺了许久，心中充满了莫名的悲伤。

广阔的想象世界

作者 | 托马斯·沃尔夫

托马斯·沃尔夫（Thomas Wolfe，1900—1938），美国作家。

主要作品：《天使，望故乡》（*Look Homeward, Angel*）、《时间与河流》（*Of the Time and the River*）、《网与石》（*The Web and the Rock*）等。

广 阔 的 想 象 世 界 [1]

尤金被禁锢在黑暗的灵魂里,每天只知道捧着一本书,坐在炉火前沉思,仿佛一个身处喧闹酒馆的旅客。他的生活之门将众人关在外面,辟出一片广阔无垠的想象世界。他的灵魂沉浸在幻境之中。他在书架上翻找图画书,找到了许多宝藏:有《和斯坦利一起探秘非洲》,书中充满神秘的丛林、鲜活的搏斗、与黑人的战争、投掷的标枪、蟒蛇出没的森林、茅屋组成的村庄,以及黄金和象牙;有斯托达德[2]的《演说集》,那光滑厚重的图书里夹杂了许多欧洲和亚洲的风景名胜;有《奇迹大观》,里面充斥着各种迷人的当代奇迹——比如桑托斯-杜蒙[3]坐在气球上、水壶里倒出液态气体、一盎司的镭将全世界的海军从水面抬升两英尺(这是威廉·克鲁克斯爵士[4]的说法)、埃菲尔铁塔、熨斗大厦、用操纵杆控制转向的汽车,以及潜水艇。旧金山大地震后出了一本书讲述这场灾难,那廉价而又花哨的绿色封面上全是坍塌的大楼、摇摇欲坠的教堂塔尖、倾颓并被大火吞噬的高层住宅。还有

---

1 本篇目节选自《天使,望故乡》。
2 约翰·斯托达德(1850—1931),美国演讲家、作家、摄影师。
3 阿尔贝托·桑托斯-杜蒙(1873—1932),巴西航空先驱,设计建造可操纵的热气球和早期飞行器。
4 威廉·克鲁克斯(1832—1919),英国物理学家、化学家,曾任英国皇家学会会长。

一本《罪恶的宫殿》，也叫《社会的罪恶》，作者据称是一位虔诚的百万富翁，他散尽家财揭露那些隐藏在达官显贵完美外衣下的疮疤，书中有一些十分诱人的插画，表现的是作者头戴丝帽，在罪恶宫殿鳞次栉比的大街上行走。

这些奇妙而又混乱的图画，再加上他丰富的想象力，拼凑出一个更加广阔的世界：多雷为弥尔顿的书绘制的插画中，失落的黑暗天使冲进幽暗的地狱，挣脱了这个充满耸入云天的尖塔、日新月异的机器以及刀光剑影的历史的世界。想到他自己将来也能获得解放，进入这个史诗般的世界，远离家庭的羁绊，任由五色斑斓的生命之光尽情绽放，他不禁心潮澎湃，激动得面红耳赤。

他曾听过礼拜天晚上乡间悠远的教堂钟声；他曾听过沉浸在黑夜里的大地沉思的交响，以及千万生灵发出的鸣叫；他曾听过远处山谷里渐行渐远的汽笛声，铁轨上传来微弱的轰鸣；成百上千种神秘的气味和感觉，相互交织，迸发碰撞，霎时间令人目眩神迷，令他感受到一个无限宽广的金色世界。

他还记得集市上的东印度茶馆，茶馆里的檀香、穆斯林头巾与长袍、凉爽的空气与印度茶叶的香味；他感受过由春天露湿的清晨、樱桃树的芬芳、清凉的土地、湿润肥沃的菜园、香气扑鼻的早餐、如雪的落花所触动的感怀思念之情。他记得童蒙时的那种兴奋，来自早春中午草地上尚未成熟的蒲公英；来自地下室的气味、蜘蛛网和建筑底下土壤的气息；来自七月时躺在农民篷车甘甜的干草上的西瓜，还有甜瓜和装在板条箱里的桃子，以及炉火前面橘子皮散发出的苦中带甜的味道。他记得那些男子汉气息，来自父亲的起居室；来自光滑破旧、开裂的地方露出里面马鬃的皮沙发，壁炉上已经起泡的涂漆木板，书籍被烤得发烫的牛皮封皮，扁平而又潮湿、上面粘着一面小红旗的苹果嚼烟块；来自十月里木柴的烟气和燃烧的树叶、秋天疲倦的棕色土地、夜间开放的金银花，以及温暖的旱金莲；来自一个每周一次送来包装黄油、鸡蛋和牛奶，衣着干净、面色红润的农民；来自尚未煎熟肥得流油的培根和咖啡，正在工作的面包烘烤炉，热气腾腾、加了盐巴和黄油的硕大刀豆；来自一间用旧松木板搭建，里面存放着图书和地毯，常年关着门的屋子；来自装满康科德葡萄的白色长条篮子。

对，还有粉笔和油漆课桌令人激动的气味；夹冷煎肉和黄油的肥厚三明治的香味；马具店里新皮革或者温暖的皮椅子的气味；蜂蜜和没有研磨的咖啡，杂货店装在桶里的甜泡菜、奶酪等的各种香味；地窖里储存的苹果、果园里的新鲜苹果，以及做成的果酱的香味；阳光照射下架子上成熟的梨子，以及成熟的樱桃加糖之后放在炉子火上熬制的香味；削过的木头、新鲜的木材、锯末和刨花的气味；桃子加上丁香，浸入白兰地的香味；松树汁液和绿色的松针、修剪过的马蹄的香味；烤板栗、装在大碗里的坚果和葡萄干、热乎乎的猪油渣和烤乳猪、黄油和桂皮在热腾腾的烤红薯上化开的香味。

对，还有水位很低的河流，以及藤蔓上的烂番茄的气味；雨水打湿的李子和正在蒸煮的榅桲、腐烂的睡莲叶子、在绿色沼泽浮渣中腐烂的恶臭杂草的气味；南方独特的气味，干净之中夹杂着一股异味，就像一个大块头女人；还有被雨水淋湿的树木，以及暴雨之后的土壤的气味。

对，还有早晨温暖的田野里雏菊的香气；铸造厂里熔化的铁水的气味；冬天马厩里温暖的气息和新鲜马粪的气味；老橡树和核桃树，肉店里的肉，气味浓烈的现宰的羊肉、肥硕的肝脏、碎肉香肠和鲜红的牛肉的气味；苦巧克力片里融化的红糖、碎薄荷叶，还有潮湿的丁香花丛的气味；满月下的木兰、山茱萸和月桂的气味；积满烟油的旧烟斗和储存在橡木桶中的陈年波本黑麦威士忌的气味；烟草刺鼻的气味；石碳酸和硝酸的气味；狗身上真正的气味；封存的旧书的气味；泉水旁蕨类植物清新的气味；还有裂开的沉重的奶酪的气味。

对，还有五金店里的气味，主要是钉子那好闻的气味；摄影师暗室里的显影剂，以及新鲜油漆和松节油的气味；荞麦面糊和褐色高粱的气味；黑人和他的马一起发出的气味；煮开的乳汁软糖的气味；泡菜桶里的盐水味；南方丘陵郁郁葱葱的灌木丛的气味；黏糊糊的牡蛎罐、去了内脏的冻鱼的气味；闷热的厨房里的女黑人的气味；煤油和漆布的气味；菠萝和番石榴，还有秋天成熟的柿子的气味；风和雨的气味；辛辣的霹雳；寒冷的星光和冻得脆硬的草儿；雾气和冬日里朦胧的日光；播种的季节、开花的季节和果实累累的收获季节。

现在，在他所感受到的各种事物的强烈刺激下，他开始在学校里，在浪漫的地理课上，尽情呼吸大地的混杂的气味，从码头上堆积的圆桶中感受着金色的朗姆酒、醇厚的波尔多和浓烈的勃艮第葡萄酒的气息；感受热带雨林里植物的生长、种植园里浓烈的香味、港口咸鱼的气味，在这个广阔、迷人但并不令人困惑的世界里航行。

现在这些数不清的孤岛被串联起来，他稳稳地站在这片未知的、等待他探索的大陆上。

他几乎是一下子就学会了识字，他强大的形象记忆将词形深深地刻在脑子里；但他过了几个星期才会写字，与其说是写字，倒不如说是抄字。在他上学的日子里，幻想世界和失落世界的泡沫和残骸依然会时不时地飘进他的脑海，尽管他能紧跟老师的步调，但他写字的时候又停留在自己那古老而又无知的世界里。孩子们根据示范拼写字母，他划出来的只是一行参差不齐、歪歪扭扭的"刀尖"符号，他一遍又一遍重复写着，根本没有领会字母与字母之间的区别。

"我已经学会写字了。"他心想。

有一天，马克斯·艾萨克斯写着写着，突然抬头看着尤金的练习本，看到他写的参差不齐的线条。

"你这不叫写字。"他说。

马克斯长满结疤的脏手抓着他的铅笔，在练习本上潦草地写了一行。

就这样，看着这充满生命力的线条，这语言的基本结构在他同学笔下汩汩流出，他突然茅塞顿开，立即抓起铅笔写起来，一笔一画比同学写得更加漂亮。他翻了一页，清了清嗓子，然后一鼓作气又写了一页，接下来是第三页，第四页。两人对视了一阵，都感到不可思议，孩子们面对奇迹都是这种反应，之后他们便再也没有提起这件事。

"这样写就对了。"马克斯说。但这个谜他们一直没有告诉别人。

后来，尤金又想起这件事。他总能感觉心底的大门敞开，汹涌的潮水袭来，他转身逃跑，但很快他又经历了一次这样的事情。当时他还是一个在地上乱跑的小家伙，他经历过的许多事情都恐惧地藏在心底，因为他知道，说出去会遭人耻笑。春天的一个星期六,他和马克斯·艾萨克斯来到中央大道一处深坑旁,市政工人正在修补破裂的主供水管。土坑很深,工人们的头都没有露出来,他们弯着腰,身后有一道很宽的裂缝,就像一扇窗户,通向一处黑暗的地下洞穴。孩子们正看着,突然抓紧了彼此的身体,因为它们看到一条巨蛇扁平的头从裂缝中滑了过去,紧接着露出人体一般粗壮的身躯。这条巨物的身体钻进深深的土中,消失在工人身后,工人们对此毫无察觉。两个孩子浑身战栗着走开了,事后他们又小声谈论过这件事,但从没告诉过别人。

现在他轻松地适应了上学的仪式。每天早上他和哥哥们一起囫囵吞下早餐,大口喝掉滚烫的咖啡,听到预备铃声的警告之后,抓起一袋热乎乎的食物冲出门去,袋子上已经渗出了油斑。他步履沉重地跟着哥哥们,激动得心几乎跳到了嗓子眼儿。当他追赶着到达中央大街所在的山脚凹处时,听到铃声已经停下来,余音在空气中回荡,他由于紧张而感到浑身无力。

本邪恶地咧着嘴笑,皱着眉头,一只手戳他后背,疼得他尖叫起来,但他还是被使劲推上了山丘。

他跑到教室时,累得上气不接下气,赶上同学们在唱早歌,同学们被分成四组轮流歌唱,他跟着唱了最后一段:

——欢乐吧,欢乐吧,欢乐吧,欢乐吧,
人生不过是一场梦。

或者,在结霜的秋天早上,唱的是:

醒来吧,快活的老爷太太们,

太阳从山上出来了。

或者唱的是《西风南风比赛歌》。或者唱《磨坊主之歌》：

我谁都不羡慕，
也没有人羡慕我。

他读起书来又快又轻松，他的字写得准确无误，算术也很出色。但他讨厌绘画课，尽管他喜欢成盒的蜡笔和颜料。有时全班师生会到丛林中去，带回花朵和树叶制作标本——有经霜之后火红的枫叶，有棕色的松针束，有棕色的橡树叶。他们会画这些东西，春天他们就画一朵樱桃花或者一朵郁金香。他毕恭毕敬地坐在老师面前，这是他的第一位老师，一个身材肥胖、相貌威严的女人。他生怕做出什么不合规范或者让老师讨厌的事情。

课堂上同学们都坐立不安。男孩子想方设法欺负女生，或者给她们写一些下流的字条。胆子更大、更加懒惰一些的孩子则变着法子逃离教室，比方说："老师，我能上一趟厕所吗？"然后他们跑到厕所里，一路嬉笑打闹个没完。

这样的话他从来都说不出口，因为他担心一说出来，就会在老师面前感到羞耻。

有一次，他病得要死，感到恶心想吐，但他强忍着一声不吭，最后吐在手心里。

他对课间休息感到惧怕和憎恨，看到打架斗殴和操场他就浑身战栗，但他的自尊心又阻止他待在室内，或者与这群学生分开。母亲伊丽莎不给他剪发，每天早上她都用手指把他留得很长的头发绕成肥胖的方特罗伊式样的发卷儿。这给他带来巨大的痛苦和屈辱，但母亲无法理解，更不愿理解，无论尤金怎么恳求，她都噘着嘴，端出一副若有所思的样子，拒不听从。她把本、格罗夫和卢克的卷发收藏在小盒子里。有时看到尤金的卷发，她会坠下泪来，对她而言，这是他孩提时代的标志，但她那忧伤的心灵热衷于在告别的时候留下念想，拒绝剪掉他的头发。即使哈里·塔金顿身上的虱子钻进他浓密的头发，在那里盘踞生长，她还是不肯让他剪掉头发。她每天两次将他扭动的身体夹在膝间，用一把细齿梳子使劲梳他的头皮。

每当他颤抖着向她乞求时，她总是笑嘻嘻的，喉咙里发出风趣的声响，用盛气凌人的幽默口吻说道："那哪行，哎呀——你可不能长大。你是我的小宝贝儿呢。"突然之间，在她这种刚中带柔的性格面前，尤金只能认输，对她这种性格，只有持续不断地软磨硬泡才能收到效果，因此尤金愤怒到绝望的地步，简直要抓狂起来，他终于明白甘特发疯背后的原因。

在学校里，他就像一只四面受敌、绝望无助的小动物。那帮混蛋在学校里作威作福已经成了习惯，知道这孩子是个弱者，对他毫不手软。到了午餐休息时间，尤金就会抓起被油脂浸透的大纸袋，朝操场冲去，身后这帮人尖叫着追上来。为首的两三个年龄稍大一些但学习不上进的孩子，紧紧追在他身后，不停地恳求道："金[1]，咱俩好，咱俩好。"他一路跑到操场尽头，打开袋子，掏出一块大三明治扔给他们，这会让他们消停一阵，他们会围在拿到三明治的人身边，将三明治掰成几半，但过不了多久，他们

---

[1] 尤金的昵称。

又像之前一样追上来,直到把他逼到操场围栏的角落里,伸出手来,拼命索要。他会交出剩下的食物,但有时他一气之下,也会从对方手上夺回一半来,狼吞虎咽地吞下去。等众人看到他手中空无一物,便会转身走开。

他对圣诞节依然保持着虔诚的幻想。甘特跟他志同道合。到了晚秋初冬时节,他夜复一夜地向圣诞老人写下自己的请求,列出他想要的礼物清单,然后虔诚地将清单扔进熊熊燃烧的壁炉烟囱。看着火焰吞噬他手中的纸条,呼呼地将燃烧的灰烬吹到空中,甘特和他一起冲到窗户边上,指着北方风雪交加的天空说:"看,它飞上天了!看到了吗?"

他看到了。他看到他的祈祷,在风儿忠诚的护航下,一路向北飞过玩具世界那覆满霜雪、古色古香的山墙,飞到了冰天雪地、充满快乐的"精灵国度";听到小银砧上的捶打声,小矮人深沉的笑声,以及驯鹿在鹿棚里的鸣叫声。甘特也看到和听到了这些。

圣诞节那天,他得到许多色彩艳丽、华而不实的礼物,他打心眼里讨厌那些推崇"实用"礼物的人。甘特送给他一些玩具车、雪橇、鼓、号之类的东西——其中最棒的是一辆带梯子的小消防车。这个礼物让邻居们感到惊奇,日后也成了邻居们的噩梦。没有上学的日子里,他一连几个月和哈里·塔金顿、马克斯·艾萨克斯待在地下室里。他们把梯子和消防车绑在一起,只消一拉,一节节梯子就会叠在一起。就像消防员一样,他们假装在自己的营房里打盹,然后一个人拉响警报"叮铃铃铃",所有人突然跳起身来开始行动。随后,不知出于什么原因,哈里和马克斯在前面当马,尤金则坐在车夫的位置,他们从地下室狭窄的门中间冲出去,惊险地奔到一位邻居家,抛出绳梯,打开窗户,钻进屋子,扑灭想象的火苗，根本不理会这家的女主人在身后大声叫嚷。

几个月的时间里，他们就这样沉浸在想象之中，模仿镇上消防员们的举动，他们以消防副队长简那度为榜样，对他的羡慕之情溢于言表。他们见过消防队长在听到警报响起时像发了疯一样从甘特的店铺里冲出去，全然不顾窗口旁边的桌上堆放的钟表零件，在巨大的消防车全速驶进广场时正好就位。消防员们喜欢在张口结舌的民众面前进行勇敢的表演。只见他们头戴钢盔，一个挨着一个姿态优美地悬在消防车上，第二个消防员凌空接住纵身跳起的瑞士人沉重的身体，这个瑞士人刻意冒着脖子被摔断的危险朝栏杆上跳去。于是，在一阵狂喜之中，他们在飞驰的消防车上摆成了三角形叠罗汉的姿态，看得镇民们心醉神迷。

每当夜里消防警报在狂风中呼啸着传来，潜藏在他体内的魔鬼就钻了出来，冲断所有将他束缚在地上的绳索，让他脱离并凌驾于大海和陆地之上，栖息在黑暗之中。他俯瞰着旋转的森林和大地，越过吟唱的松林，莅临缩成一团的城镇上空，携着精心守护的火焰，驾驭着风暴，扑向熊熊燃烧的墙壁，在惊魂未定的人们头上呼啸、淡笑，发出魔鬼的声音，召唤风暴降临。

或者，他掌控着风暴、黑暗以及所有魔法中的黑暗力量，变成了一只食尸鬼，透过被风雨敲打的窗户玻璃，窥向里面，给人们平静的生活带来难以言说的恐惧；又或者，他只是一个普通人，但是不朽的心灵却像恶魔一样，潜伏在一幢被风暴凌虐的孤独的房子外面，阴险地透过雨水流淌的窗户窥视着里面的一个女人或者仇人，正当庆幸自己隐藏在黑暗之中不被察觉的时候，突然感觉肩膀被人碰了一下，惊恐地发现，他撞见了青面獠牙的死神——正所谓装鬼撞上鬼，捕手反遭捕。

狂野的铃声响起

作者｜沃尔科特·吉布斯

沃尔科特·吉布斯（Wolcott Gibbs，1902—1958），美国作家、戏剧评论家。

主要作品：《阳光季节》(*Season in the Sun*)等。

狂野的铃声响起

当我终于有机会看了马克斯·莱因哈特[1]导演的电影《仲夏夜之梦》,看到一个名叫米基·鲁尼[2]的小男孩出演迫克,我突然想起来,很久以前我也演过同一角色。

那是第一次世界大战前夕,我们在纽约河谷学校的露天舞台表演。场景就是那个郊区山谷的自然景色,演员清一色都是男生,年龄从十一岁到十七岁不等。尽管我们保留了原作纯正的伊丽莎白时代特征,但不得不承认,我们的表演仍然存在一些瑕疵。服装或许是最糟糕的地方,连悲惨地穿着姐姐的长袜和爸爸的内裤扮演朗斯洛特的彭罗德都对我们的服装感到尴尬。像彭罗德一样,我们的服装都是由父母挑选,就像斯科菲尔德夫妇一样,他们的历史知识似乎十分匮乏。有一半的太太们青睐伊丽莎白时代的服装,她们都给孩子们穿上隆起的皱领和裙撑;剩下的一些读过舞台说明,知道这幕剧发生在雅典附近的森林的家长们则或多或少体现了雅典的元素,几乎都给孩子披上了床单。只有

---

1 马克斯·莱因哈特(1873—1943),奥地利导演、演员。
2 米基·鲁尼(1920—2014),美国演员,代表作品包括《不被信任》《仲夏夜之梦》等,曾获奥斯卡终身成就奖。

小精灵们的穿着还算统一。不知为何，所有饰演精灵的孩子的家长都准备了薄纱棉布衣服，还莫名其妙在衣服的边边角角加了闪亮的镶边。

我自己的服装神秘而又精彩。我尽可能向母亲描述一番之后，她从一幅麦克斯菲尔德·帕里什[1]画的宫廷弄臣画上找到了灵感。我头上戴一顶有三只填充角的帽子，身上套着遮住手腕和脚踝的紧身衣，脚上穿的是翘头便鞋。紧身衣是丝质的，带有红绿相间的条纹，而且（这毫无疑问是我可怜的母亲最疯狂的做法）从上到下缀满了成百上千个小铃铛。由于所有的戏服都脆弱不堪，我们在排练的时候从来不舍得穿，因此直到我在第二幕登场时，大家才知道我的戏服能发出这么奇特的音效。

我们的导演对莎士比亚戏剧具有自己独特的认识，迫克是他最喜欢的角色之一。他认为，迫克是"顽皮的化身"，他不应该只是个微不足道的角色，按照他的安排，我得纵身跃到台上，上下舞动，歪着脑袋，挥舞胳膊。

"我想让你像一阵旋风一样。"导演说。

就在我准备跃上舞台之前，我就开始担心这些危险而又多样的动作做起来会使身上的铃铛一阵乱响。尽管我的脑海里充满了恐惧，但是到了这步田地已经没有时间为迫克设计新的表演套路。我纵身跃上舞台。

就这样，表演效果肯定非常出色。每跳动一步，我就像一千个孩子的雪橇一样发出响声，这种旋律不知道给看得入迷的观众们带来了多少欢乐。等我走到舞台中央开始做动作的时候，情况

---

[1] 麦克斯菲尔德·帕里什（1870—1966），美国画家，其作品以独特的饱和色调与理想化的新古典主义意象而闻名。

变得更糟。之前的铃声很响亮，但还只是时断时续。这时，随着我的身体做出各种激烈的动作，铃声发出持续不断的声响，只是音量和音高略有变化。对于眼睛看不见的人来说，听起来就像我是在给木琴演奏伴舞。遇到这种紧急情况，有经验的演员肯定会停下动作。可我只有十三岁，根本不懂得灵活变通。既然导演郑重其事让我做动作，我就遵命而行。因此，我身上一直发出铃声——那是一种既喜庆又恐怖的银铃般的音乐。

如果说铃声让我心神不宁，那对其他演员来说更是噩梦，因为他们对这个创意毫无准备。迫克的第一句台词是对一个精灵说的，台词十分简短。

我说："喂，精灵！你漂流到哪里去？"

这个不幸的孩子，在大庭广众之下穿着镶边的薄纱棉布衣服，本来就感到尴尬不已，还要一口气念出十六句诗的开场白。他勇敢地开了腔：

越过了溪谷和山陵，
穿过了荆棘和丛薮，
越过了围场和园庭，
穿过了激流和爝火……

按照导演的吩咐，听到"火"这个词的时候，我要从地下抬起手，大大地挥动一圈，表演出火的意象。铃铛随即发出响亮的声音。对我本来已经受到惊吓的耳朵来说，这响声更像是爆炸一般。精灵朗诵到一半停下来，眼神犀利地看着我。铃声平息下来。就像一阵微风拂过铃铛，他继续朗诵：

> 我在各地漂游流浪，
> 轻快得像是月光光……

这时我又得遵照提示，做出俯冲下降的动作，表现月光的迅捷。于是铃声再度响起，精灵的朗诵再次被打断。他显然受到了铃声的干扰。然而，他还只是个孩子，对于这种难以捉摸的情况默然接受，甚至以为这铃声是导演的临时安排，虽然让人焦虑，但又不必质疑。我想他肯定是抱着这种心态，才坚持说完了第一段台词。

轮到我发言的时候，情况变得更糟。到了这时，观众们已经乐不可支。每次我的铃声响起，观众中间就会爆发一阵笑声，笑声和铃声交织在一起，将演员的声音完全淹没。我开始说台词，这段台词很长，里面有许多难以理解的句子，讲的是泰坦妮娅被仙女偷换后留下的孩童。

"大声点！"舞台一侧有人喊道，"说大声点！"

是导演，他的处境似乎很危险。

"看在上天的分上，别弄得叮当响！"他说。

我提高嗓门，同时试图让铃声停下，但是徒劳无功。等我说到台词快结束的地方时，我和观众都在大声喊叫。看来我根本无法控制这些铃铛，尽管我努力尝试，它们还是不断发出响声。

这一切都给精灵造成了不利影响，此时他已经濒临崩溃的边缘。尽管如此，他还是开始说下一段台词：

> 要是我没有把你认错，你大概便是名叫罗宾好人儿的狡狯的淘气的精灵了。你就是……

这时，我忘记规则已经变了，我可以省去动作。于是铃铛发出愤怒的声响，精灵喘起气来。

你就是……

他郁闷地看着舞台一侧，导演提醒他接下来的一句，但他已经心烦意乱，脑袋里一片空白。这个不幸的孩子摇了摇头。
"随便说点儿什么！"导演绝望地喊道，"说什么都行！"
精灵只是闭着眼睛，浑身颤抖。
"好吧！"导演喊道，"好吧，迪克。你说下一句吧。"
兴许是出现了奇迹，我竟然清楚地记得接下来的几句台词，正准备开口朗诵，精灵突然开了口。他声音洪亮而又单调，简直有一丝疯狂，但声音格外清晰。
"八十七年前，我们的先辈在这个大陆上建立起一个崭新的国家……"[1]

他一口气从头背到尾，这当然是那个舞台上最成功的一篇演讲，或许是所有舞台上最成功的演讲之一。我不记得，我们剩下的演员在这出色的表演之后是如何回到那单调戏剧的正常表演，但我们肯定做到了，因为我知道表演继续了下去。我只记得，在接下来的幕间休息里，导演用小折刀将我身上的铃铛全部割断，在那之后，我们的表演变得安静而又单调。

---

[1] 这是美国第十六任总统亚伯拉罕·林肯1863年发表的《葛底斯堡演说》。

曼维尔的一位母亲

作者 | 玛乔丽·金南·罗林斯

玛乔丽·金南·罗林斯（Marjorie Kinnan Rawlings，1896—1953），美国作家，1939 年获普利策奖。

主要作品:《一位年轻姑娘》(*Gal Young Un*)、《鹿苑长春》(*The Yearling*) 等。

曼 维 尔 的 一 位 母 亲

孤儿院坐落在卡罗莱纳的大山之上。冬天里,遇到大雪封山的时候,孤儿院便与山下的村庄和外面的世界彻底隔绝。浓雾将山峰隐藏起来,雪花在山谷里飞舞,寒风刺骨,孤儿们每天两次将牛奶拿回自己的小屋,伸出手指开门时,手被冻得僵硬而麻木。

"我们还得从厨房端餐盘给那些生了病的孩子,"杰瑞说,"这时我们的脸都会被冻伤,因为端盘子的时候没办法捂脸。我有手套,"他补充说,"但有些孩子根本没有。"

他说他喜欢晚春时节。山野里杜鹃花竞相绽放,五月的春风吹拂着毒芹。他把那片山野称作月桂花海。

"月桂花海绽放的时候很美,"他说,"有粉色,有白色。"

我是在秋天到那儿的。我需要一个僻静的地方完成一些棘手的写作。我需要山里的空气涤荡久居亚热带而患上的疟疾。我还有些想家,想念十月火红的枫叶、成堆的玉米秆、南瓜、黑胡桃树和山里的天空。我住在山上的一幢小屋里,在这里一切都如愿以偿。这幢小屋属于孤儿院所有,距离院里的农场半英里远。我租下小屋后,请他们派一个小伙子或者一个男人过来帮我劈些柴，烧壁炉用。开始几天天气很暖和，我在屋子周围找到一些柴火，因为没人过来，我就将请人过来这档子事忘记了。

一天傍晚，我有些诧异地从打字机上抬起头来，发现一个男孩站在门口，我的伙伴儿——一条指示犬站在他身边，一声也没有叫。这个男孩大约十二岁，但个头很小。他穿着破衬衫和连衣裤，赤着脚。

他说："今天我可以劈柴。"

我说："我已经从孤儿院叫了一个小伙子过来。"

"我就是。"

"你？可你还小呀。"

"劈柴这活儿，跟身材没关系，"他说，"有些比我长得高大的男孩还没我干得好。我已经在院里劈了很多年柴。"

我心想，这下我的壁炉可得委屈了。我正忙着工作，没空跟他细说。我的话说得有些直。

"那好吧。斧头在那儿。看看你干得怎么样吧。"

我关上门，继续工作。一开始，这孩子拖动木头的噪声让我有些恼火。随后，他开始劈柴，发出沉稳而有节奏的声音，很快我就将他抛之脑后，那声音就像连绵不断的雨声，并没有给我带来任何困扰。我估摸着过了一个半小时，当我停下手上的活儿舒展身体的时候，我听到男孩走到屋子门廊上的脚步声。太阳已经从远山落下，山谷里一片紫色，比紫菀花的颜色还要鲜艳。

男孩说："我得回山上去吃晚饭了。我明天傍晚再来。"

"我按量付钱吧，"我说，心想我最好请个大点儿的小伙儿过来，"一个小时十美分？"

"随便多少都行。"

我们一起来到屋后。屋后竟然有一大堆劈好的柴。有樱桃木，有沉重的杜鹃根，有枯死的松树木块，还有盖小屋剩下的橡木。

"你劈的柴赶上成年人了，"我说，"这么大一堆。"

实际上，这是我第一次端详他。他的头发非常浓密，眼神清澈，就像下雨之前的天空——灰中带蓝。我说话的时候，他周身闪烁着光芒，仿佛照亮山峦的落日也照亮了他。我给他一枚二十五美分的硬币。

"你可以明天再来，"我说，"很感谢你。"

他看了看我，又看了看硬币，欲言又止，转身离开了。

"我明天来劈引火柴，"他一边走一边扭头说，肩膀显得格外瘦削，"你还需要引火柴、中号木柴、原木和大木。"

天亮的时候，我迷迷糊糊听到劈柴的声音，这声音很沉稳。接着我又睡着了。当我在清凉的早晨起床时，男孩已经来了又走了，小屋的墙边码着一堆整齐的引火柴。下午放学后他又过来，一直干到孤儿院关门的时间。他的名字叫杰瑞，十二岁，从四岁开始就来到孤儿院。我能想象他四岁的样子，长着同样严肃的灰蓝色眼睛，他是不是跟现在一样——自立？不，我想到的词是"正直"。

这个词对我而言有特殊的含义，我鲜少使用这个词。我父亲是个正直的人——我相信除了他之外，堪称正直的还大有人在——但我认识的人里几乎没有如此干脆、如此纯洁，像山里的溪水一样简单的人。但杰瑞具有这种品格。这种品格需要勇气，但又不只是勇敢。它需要诚实，但又不仅是真诚。有一天，斧柄断了。杰瑞说可以拿到孤儿院里的木工间去修理。我拿修理费给他,被他拒绝了。

"我来付钱,"他说,"斧头是我弄断的,怪我砍的时候没注意。"

"但是没人能做到每次都砍得准,"我告诉他,"问题出在木柄上。我会拿去找卖家。"

直到这时他才接过钱。他勇于承担自己的过失。他是个自由的行为人,小心翼翼地工作,遇到做得不当的地方,他毫不回避承担责任。

他还主动帮我承担一些分外的活计,凡事做得很周全,这些事只有用心的人才会去做。他做这些事情并没有人教导,因为很多事情都是即兴完成的,事先根本无法预料。他在壁炉旁发现了一个我没有留意到的狭小空间,主动在那里存放了一些引火柴和中号柴火,以便我在突如其来的雨雪天也有干柴可烧。通往小屋的粗糙的人行道上有一块石头松动,他便在石头下面挖了一个深坑,将石头铺稳。其实他来这里走的是河边小路,并不经过人行道。我发现,当我回赠他糖果和苹果这些东西感谢他细心周到为我考虑时,他总是沉默寡言。或许,"感谢"这类词汇根本不适合他,因为他的礼貌出于本能。他只是看看礼物和我,透过他清澈的眼睛,我能看到他坚如磐石的品格背后温柔的感激和爱心。

他常找一些简单的借口在我身边坐一会儿。我不愿拒绝他,但也不愿他坐久了受饿。有一次,我告诉他我们待在一起的最佳时间就是晚饭之前我停止写作的时候。从那以后,他总是等到我的打字机停下来一会儿才过来。有一天,我把他给忘了,一直工作到将近天黑才走出小屋。我看到黄昏之中他正朝山上的孤儿院走去。我坐在门廊上时,发现他坐过的地方还是热的。

自然,他和我的指示犬帕特亲近起来。男孩和狗之间有一种奇特的联系。或许他们拥有同样单纯的心灵和智慧。这一点很难解释,但又的确存在。我到州里别的地方度周末时,把狗托付给杰瑞照顾。我把狗哨和屋子的钥匙交给他,准备了足够的狗粮。他每天得过来两三次,将狗放出来吃食,然后牵出去遛上一圈。我计划星期天晚上返回,星期天下午杰瑞会最后一次带狗出来,然后将钥匙藏在我们商定的地方。

但是我回来晚了,山路上起了雾,我不敢开夜车。雾一直持续到第二天上午,我回到小屋的时候已经是星期一中午。当天上午,狗已经得到喂食和照料。将近下午,杰瑞焦虑地赶过来。

"院长说雾天不能开车,"他说,"昨天晚上睡觉前我来这里,发现你还没回来。所以我今天上午把我的早餐拿了一些给帕特。有我在它不会有事的。"

"这一点我敢肯定。我一点都不担心它。"

"我听说起雾之后,我想你会知道这一点的。"

孤儿院里需要他干活儿,他得立刻回去。我付给他一美元,他看了一眼就走了。但是那天晚上他摸黑过来敲我的门。

"进来,杰瑞,"我说,"如果这么晚你还能待在这里的话。"

"我编了个谎,"他说,"告诉他们说你要见我。"

"这没问题。"我向他保证说,他这才松了一口气。"我想听你讲讲你是怎么照看狗的。"

他和我一起坐在壁炉旁,没有点灯,他告诉我这两天里他们的生活。狗狗依偎在他身边,似乎在他身上找到在我身上无法得到的舒适。我有点儿觉得，通过和我的狗在一起，通过照顾狗狗，我们两个之间的关系也变得更近，他感觉他不仅属于这条狗，而且属于我。

"他就待在我身旁，"他告诉我，"但是跑到月桂花海那里就不一样了。它喜欢月桂。我带它爬山，我们两个都跑得很快。山上有一处地方，草长得很深，我躺在里面躲起来。我能听到帕特在找我。它嗅到我的踪迹，吠叫起来。等它找到我之后，就绕着我转圈圈，不停地跑动。"

我们一起看着火光。

"这是苹果木，"他说，"在各种木头中最好烧。"

我们变得很亲近。

他突然开始讲他不曾讲过，我也不曾问过的事。

"你有点儿像我妈妈，"他说，"尤其是夜里，在火旁的时候。"

"可是杰瑞，你来这里的时候只有四岁呀。这么多年过去了，你还记得她的样子吗？"

"我妈妈住在曼维尔。"他说。

一时间，知道他有妈妈让我十分惊讶，这简直是我这一辈子听到的最惊讶的事情之一，我不知道为什么会受到触动。随后，我明白了我为何感到如此失落。因为我的心中对那些抛弃骨肉的女人有一种强烈的憎恨。诚然，孤儿院的条件无可挑剔，工作人员也都是些善良有爱的人，食物比较丰盛，孩子们身体健康，穿些破旧衣服算不上什么苦难，干些力所能及的活儿也无可厚非。或许这个男孩并不缺什么，但一个将如此瘦弱的亲生骨肉弃之不顾的女人身体里流淌的到底是什么血液？他四岁的时候肯定也像现在一样。我想，生活中没有什么能改变这双眼睛。他的品质肯定连白痴和傻子都看得出来。我的心里有许多问题，但我问不出来。我担心这些问题可能会给他带来伤害。

"你见过她吗，杰瑞——最近？"

"我每年夏天都会见到她。她来找我。"

我简直想喊出声来："你怎么不跟她住一起呢？她怎么能再次撇下你？"

他说："她一有空就从曼维尔过来。她现在没有工作。"

他的脸在火光的映照下闪闪发光。

"她想送给我一条小狗，但院里不准养狗。你还记得我上个星期天穿的西装吗？"他颇为自豪地说，"是她送给我的圣诞节礼物。上上个圣诞节——"他深深地吸了口气，似乎沉浸在美好的记忆之中，"她送给我一双溜冰鞋。"

"滚轴溜冰鞋？"

我的头脑里有些凌乱，竭力描绘出这位母亲的形象，试图理解她的想法。按照杰瑞的说法，她并没有完全遗弃孩子。但是，为什么——我想，我不能不分青红皂白就责怪她。

"滚轴溜冰鞋。我把它借给其他孩子玩。他们总来找我借。但他们玩起来很小心。"

如果不是贫穷的缘故，还有什么——

"我会收下你给我的一美元照顾帕特的钱，"他说，"给她买一双手套。"

我只好接着说："那很好。你知道她戴多大码吗？"

"我看八码半差不多吧。"他说。

他看着我的手。

"你戴八码半吗?"他问。

"没有。我的码子比较小,六码。"

"噢!我猜她的手比你的大。"

我讨厌他母亲。不管有钱没钱,人除了面包还有别的粮食,精神和身体一样需要喂养。这孩子想着给她那愚蠢的大手买一双手套,而她却将他抛弃,住在曼维尔,只给他送来溜冰鞋。

"她喜欢白色手套,"他说,"你看一美元能买到一双吗?"

"我看可以。"我说。

我心想,在我离开山里之前,一定得去看看这位母亲,弄清楚她为什么要这么做。

人的想法就像蓟绒一样飘忽,只消一阵微风,就会被吹得四处飘散。我完成了写作,但效果我并不满意,我的兴趣又转移到别的东西上。我需要找些墨西哥素材。

我做了安排,准备离开佛罗里达州,立即赶往墨西哥,如果条件允许,我就待在那里写作。然后,我要和哥哥一起去阿拉斯加州。之后,还不知道要干什么,也不知道要去哪里。

我没有去曼维尔见杰瑞的母亲,也没有与孤儿院的负责人谈起她。我忙着工作和安排行程,对杰瑞的事并没有太上心。一开始我对他的母亲感到愤怒——后来我们再也没有谈起她——但之后,无论如何,他有母亲,就住在不远的曼维尔,这让我不再为他感到难过。他对这种反常的关系并没有质疑。他并不孤独。这不关我的事。

他每天都来帮我劈柴,打杂,然后留下来聊天。天气愈来愈冷,我经常让他进到屋里。他会躺在炉火前的地板上,一只胳膊抱着指示犬,他们会一边打瞌睡一边等我。有时候,他们一起兴奋地跑到月桂花海去，由于这时紫菀已经消失了踪影，他会给我带回朱红色的枫叶和栗树枝。我准备走了。

我对他说："你成了我的好朋友，杰瑞。我会经常想起你，会想念你。帕特也会想念你。我明天就要走了。"

他没有说话。我记得他走的时候，山顶悬着一轮新月，我看着他悄无声息地上山。我期待着他第二天会来，但他没有出现。我忙着打包行李，装车，在座位上铺狗窝，一直忙到很晚。我关上屋门，发动汽车，看到太阳已经到了西边，在天黑之前应该能够开出大山。我在孤儿院停了一下，向克拉克小姐交还了钥匙，付了账单。

"能不能把杰瑞叫来，我跟他道个别？"

"我不知道他在哪儿，"她说，"恐怕他身体不舒服。他今天中午没吃饭。有个男孩说看见他去了月桂花海。他今天下午还要烧锅炉呢。这可不像他的性格，他为人很可靠的。"

想到我永远也不会再见到他，我有些感到释怀，或许不说再见倒更轻松些。

我说："我本来想和你聊聊他母亲的事——为什么他会在这里——但我比预想的忙。现在我也没时间见她了。这里有些钱，我想放在你这里，请你在圣诞节和他过生日的时候给他买点儿礼物。这可能比我送东西给他好一些。我怕礼物送重了——比方说，又送了一双溜冰鞋。"

这个老姑娘眨了眨诚实的眼睛。

"这里可用不上溜冰鞋。"她说。

看到她愚蠢的样子，我颇有些恼怒。

"我的意思是，"我说，"我不想和她妈妈送同样的礼物。如果我不知道他妈妈给他挑了一双溜冰鞋,我可能也会送一双溜冰鞋。"

她盯着我。

"我不明白,"她说,"他没有妈妈。也没有溜冰鞋。"

地下经历

作者 | 埃德蒙·韦尔·史密斯

埃德蒙·韦尔·史密斯（Edmund Ware Smith，1900—1967），美国作家、编辑。

主要作品：《上游与下游》（*Upriver And Down*）等。

地 下 经 历

三个人伫立在风雨中——阿拉莫·拉斯卡、尼克·克里斯托弗和一个从家里跑出来的男孩。他们靠在长柄铁锹上休息，看着他们费尽力气挖的大坑里又涌出蓝色的污泥，慢慢吞噬他们的劳动成果。

"游牧民"拉斯卡想起了大雁往南飞向温暖的河道，胸膛宽阔、肌肉发达的尼克心里想着远在海外的城市里居住的妻儿。男孩感觉雨水刺痛着他的脸庞，想起了身在远方、看起来和蔼可亲的母亲。

这是一个星期天。正式挖沟工们正躺在温暖的私人住宅里，喝着劣质红酒，这三名工人则在外面独自执勤。天气十分寒冷，他们喘着粗气，背上冒出灰色的蒸汽。

"坑里又冒浆了，"拉斯卡怒吼道，"根本挖不赢。"

"泥巴灌进管道了，"尼克说，"再这么灌下去，监理会让我们把管子挖起来。"

坑口旁边放着一台大型挖沟机。黄昏之中，它看起来像是一头蹲伏在地的幽暗怪兽——沉默、黑暗而又无所不能。这台机器的一个活塞坏了，导致引擎故障，现在机器已经用防水布盖上。

机器对面的坑口后面,是一片长长的土堆。土堆下面,是三十英尺长新埋设的下水管。从机器旁的坑底开始,管道在地下水平延伸一百码,通向一处人工检修井。这一百码新埋设的下水管出了问题,所以三名工人正在雨中挖掘。他们接连挖了十一个小时,想挖开管道的开口端,将其封堵起来,防止泥浆倒灌。但雨水、渗漏和风暴将他们挫败。坑壁已经崩塌,泥浆已经进入并堵塞了管道。

"天就要黑了,"拉斯卡说,"我们搞砸了。"

"我们也没辙。"男孩说。

尼克·克里斯托弗刮掉铁锹上的泥巴,眼睛看着天上的旋涡。"再过一年我就回乡下老家去。去看我妻子。去看我孩子。"

"尼克,"拉斯卡说,"到工棚去,拿几盏灯来,再打个电话给斯滕德。告诉他,如果不想惹监理发毛,赶紧带人过来。"

尼克把铁锹插进泥里,穿过平地往工棚走去。

冷气悄悄钻到男孩身上,令他感到恐惧,黑暗之中他的眼睛看着拉斯卡的脸。"就算斯滕德带人来,管道里面怎么清理呢?"

"或许可以拿消防水管冲。"拉斯卡说。

"一英里之内根本没有防火栓呀。"

拉斯卡不再多言。男孩期待他的回答,但他并没有回应。男孩捡起潮湿的衬衫,往头上一甩穿到身上。他没有把衬衫扎进裤子,任由衬衫在风中飘摆,拍打着他的身体。他看起来就像一只憔悴而又严肃的小鸟,试图飞离地面。他头上没戴帽子,被雨水淋得湿透的黄色头发缠在一起,显得十分稀疏。他的脸十分瘦削,甚至有些凹陷,脸上的绒毛上缀着细小的水滴。他的嘴唇已经冻得发青。他今年十七岁。

拉斯卡盯着坑里。由于光线太暗，坑里深不见底。但是黑洞里似乎有什么东西吸引了他。"如果我们能在管道里穿一条绳子到人工检修井，就能通过绳子牵拉沙袋。这样就能清理管道。"

"但绳子怎么穿过去？"

"我不知道。斯滕德会想办法。"拉斯卡走到挖掘机旁，躲在机器下面。雨已经变成雨夹雪。"天气真冷。"他说。

男孩紧跟着拉斯卡，跟他凑到一起取暖，两人之间有深厚的友谊。"但绳子怎么穿过去？"

拉斯卡的肩膀缓慢地抖动了一下。"等着瞧吧。等斯滕德来了再瞧吧。哎，天太冷了。"

等了很长一段时间，工棚里亮起了黄色灯光，他们听到靴子在木地板上发出沉闷的响声。工棚的门打开了。一道长方形的光照在地上。

这片光照的地面上接连闪过几个黑影，冲进外面的风暴中。

"嗨！"拉斯卡喊道。

"嗨！"对方一边回应，一边迎着风朝他们奔过来。

他们听到泥浆溅到工作服上发出的刺耳的声音、铁锹的叮当声，还有工头斯滕德的喊声。手提灯像黄色的钟摆一样挥动。几个长腿的黑影跑了过来。

挖掘工们聚拢在大坑边缘，看着坑里。手提灯照着斯滕德的脸。他皱起嘴唇，似乎时刻准备着亵渎神明。他身材魁梧，骂骂咧咧。他的喉咙里发出一通命令，大伙儿吵吵嚷嚷下到坑里，开始挖掘。他们喘着粗气，仿佛深陷困境的野兽在挣扎逃命。

男孩在黑暗之中张大眼睛。到目前为止，他一直将污水管道视作令人厌恶的东西。但拉斯卡、尼克和斯滕德却让它显得华丽而又重要。这些挖沟工是令人敬佩的怪物。他们熟悉土层，知道土壤的触感和结构，因为这些已经深深地刻印到他们的脑海和肌肉之中。他们个个身形健硕，眼睛乌黑而粗野。他们吃起饭来狼吞虎咽、津津有味，填饱肚子之后，他们对敌人也能变得宽容。他们玩乐起来尽情尽兴。他们工作起来令人惊骇。他们是土层下的挖掘者，在灯光的映照下变成一帮巨人。

斯滕德冒雨赶了过来，身上黑色的雨衣发出噼噼啪啪的声音。"他们下去了，"他说，"安杰洛已经挖到管道了。"

拉斯卡嘟囔了一声。

斯滕德用手指擤了鼻涕，走过去，爬进坑里。他们看着斯滕德的身影从坑口消失了。挖掘的声音停了下来，两三名挖掘工靠在铁锹上休息，坑底的灯光照着他毫无表情的脸庞。拉斯卡和男孩知道斯滕德正在探查管道里面的情况。他们听到斯滕德骂了一声，不知道他看到了什么情况。

过了一会儿，他手里提着灯，从坑口爬了上来。他嘴里紧紧咬着烟斗，烟嘴翻了过来，防止进水。

"得派人从管道里穿过去，"他提高嗓门说，"谁愿意在脚上拴一条绳，从管道里穿到检修井，就能得到五十块钱。五十块！"

大家一阵沉默。人们想着五十块钱，心里盘算着眼前的任务。男孩觉得他似乎是唯一对这项任务感到恐惧的人。他的心里想的不是五十美元，他的心里只有恐惧。这可是要穿过三百英尺长、直径只有十八英寸[1]的老鼠洞呀。三百英尺的泥浆，潮湿、

1　1英寸合2.54厘米。

黑暗，无路可退。可是，如果他不主动，大家就会觉得他怕了。男孩从拉斯卡身后站出来，有些犹豫地说："我去吧，斯滕德。"他真希望他能收回这句话。他朝身边看了一圈，没有一个人能钻进直径只有十八英寸的管道。他是唯一的志愿者。大家早就知道只有他能进去。

斯滕德提着手灯大步走过来。他看着男孩的脸。"脱掉衣服。"他说。

"脱掉衣服？"

"我是说脱掉衣服。"

"不脱衣服的话，你身上的锁扣在管道接缝处会卡住，"拉斯卡说，"明白吗？"

男孩觉得骑虎难下。如果是在家里，他可以堂而皇之地说自己害怕，因为家里人对他十分了解。在家里的话，他可以简简单单地说一句："我才不干呢。我害怕。会要了我的命。"但工友们的眼神简直要将他切开。拉斯卡拿来一团绳子，绳子一端会绑在他的脚踝上。

"只穿毛衣进去吧，"拉斯卡说，"衬衣外加毛衣和靴子就行。我们到检修井那里等你。"

他如此渴望在黑夜之中逃脱，以至于他感觉双腿已经准备好了纵身一跃，嗓子紧绷起来。然后，他机械地脱去衣服。尼克迈着沉重的步子去了工棚，不一会儿他就拿来一双高筒防水靴。"孩子，给你。我在工棚里给你暖了一下。"

他把脚塞进靴子，拉斯卡跪下来把沉重的绳子绑在他脚踝上。"紧不紧？"

"不紧，我看还好。"

"那好——行动吧。"

他们从斯滕德身边经过,斯滕德正在大伙儿身边踱来踱去。他们下到坑里,来到几个挖掘工身旁。他们站在部分被淹没的管道口。这里距离地面有三十英尺深。

拉斯卡弯下腰,拽了拽他拴好的绳结,然后朝管道口里看去。他小心翼翼地观察,仿佛担心有什么东西住在里面。男孩沿着潮湿的坑壁向上看了一眼。坑口一群黄色的面孔盯着他。雨夹雪落在灯上,滴滴答答地落下来,刺痛了他的身体。

"进去吧。"拉斯卡说。

男孩脸上煞白。

"心里只需要想着检修井,你会从那里出去。"拉斯卡说。男孩的喉咙哽咽了,身体里涌来一阵压力。他趴到雪泥上,冰冷慢慢钻进他的皮肤,传遍全身。他把头钻进管道口,又恐惧地缩了回来。他嚅动嘴唇说了些什么,声音高得出奇。拉斯卡的声音已经显得遥远。"你行的!去吧!"

他朝左侧躺下,伸出左胳膊,抓住一个接缝,将身体拉了进去。泥浆从四周涌来,钻到他身体的各个角落,淹没了他的左脸。他把右脸贴在管道顶上,防止泥浆灌进他的嘴巴和鼻子。拉斯卡的声音变得遥远而模糊。拉斯卡身处在另一个世界——一个充满黑夜、风暴、柔和灯光的正常世界。

"还好吗,孩子?"

男孩喊了一声,耳朵边立即响起了回声。声音沿着管壁回荡。管道将他缝起来,将他钳住,将他紧紧包裹起来,让他难以动弹。

没有哪一种黑暗像矿工们在地下经历的黑暗一样。它融合了黑夜的气息、坟墓的气息，以及蝙蝠栖息地的气息。这种不稳定的黑暗能吞噬火焰，令人窒息，让人疯狂。在这种环境中，人有一种强烈的欲望要挣脱，要用双手打破这种牢笼。男孩渴望用他作为人小得可怜的力量突破四壁。他渴望撕破眼前那不只是黑暗编织的黑幕。

他只不过向前移动了几英尺的距离，就感到恐惧涌遍全身。在他前面，泥浆已经形成坚硬的浊浪。他伸出手，感觉浪尖距离管道顶端不足两英寸。他别无选择，只能后退。如果他继续往前，就会窒息而死。他尝试着后退，但脚趾卡在一处管缝里。他被掩埋了！一个小时后，他会变成一具尸体。在大伙儿把他挖出来之前，寒冷和潮湿就会让他毙命。尼克和拉斯卡会将他从污泥里拉出来，拉斯卡会说："哎，他的钟表已经停了。"

他在这牢笼之中奋力扭动身体。随着他的身体在管壁内摆动，他感觉手背的皮肤被划伤。某些神祇肯定在暗笑，管道上方是三十英尺纹丝不动的黏土，管道下方则是八千英里的大地。它的力量，它的重量，它的黑暗，都超过他一千倍的想象。它们就压在男孩身上，要让他沮丧，将他碾碎，将他消灭。大地不会为战斗而哭泣。它不会流血，没有疼痛，没有呻吟。它只是无声地将他压扁。它以其邪恶的专制将他吞噬。它将重量无情地压在他的心里。它毫无人性，对于创造了人类的上帝不屑一顾。

他在一阵狂乱之中，将脸使劲贴在管壁上，脸上已经流出血来，他听到一声真实的人声，这声音来自人类的同情。是拉斯卡在喊："孩子，你还好吗？"

就在这一刻，男孩感觉他爱拉斯卡胜过爱自己的生命。拉斯卡的呼唤帮他卸下了重压，帮他驱离了黑暗，让他重新恢复平衡，重拾生的希望。

"好！"他发出一声撕裂的喊声。他又喊了一声，他很喜欢听到这种声音，又心想在这种地方呼喊是多么愚蠢。

他用左手摸索前行，发现在他自己身体的阻挡下，泥浪已经平静下来。他蜷缩身体，顶住管道。他伸直身体，向前移动六英寸。他的手指在一处接缝里摸到一圈麻絮，便拉动身体向前移动，左胳膊在前，右胳膊在臀部上方，像游泳一样。

他已经征服恐惧，他期待着胜利。每经过一处接缝，他就向终点迈进了二十英寸。每次爬上二十英寸这个高原，他就能向前期待另一个高原——下一个接缝。这些接缝就像长征中的驿站。

他已经爬了超过一个小时。他不知道自己爬了多远，三分之一，抑或是一半。他忘记了现在，忘记了恐惧、潮湿、寒冷和黑暗。他迷失在想象之中，想象着自己被囚禁在人类世界之外，仿佛他身处地狱之中的一处孤岛。

他不知道自己数了多久接缝，只听到自己念着数字："五十一，五十二，五十三……"想起来，每一道接缝的距离，他都要拖着沉重的绳子，在泥浆里蠕动许久。

突然，他盯着黑暗、盯得生疼的眼睛看到一丝微弱的光。他闭上眼睛，再次睁开，看了一眼。这缕光线真实存在，他发出了一声放松的呜咽。他知道这缕光肯定来自斯滕德的手提灯。他想象着斯滕德和一群挖沟工围在检修井旁，等待着他。这些人和检修井在他脑海里变得伟大，他对他们充满敬意。

"七十六，七十七，七十八……"

光线愈来愈亮，变得弥足珍贵。这光线呈椭圆形，愈来愈大，像一枚鸡蛋，最后变成了圆形。这里到检修井是一条直线，泥浆也变少了。

一个声音从管道里传到男孩的耳朵里,仿佛冷淡的雷声。是斯滕德的声音:"你怎么样?"

"噢,还好!"他的喊声反射进自己的耳朵里,耳朵仿佛被千百根针刺痛。

接下来很长一段时间里他感到浑身麻木。寒冷和潮湿已经让他的感觉变得迟钝,因此当管道壁粗糙的表面将他的脸划开,他根本没有感觉;因此在泥浆里挣扎变得舒适而正常,因为所有的恐惧、疼痛和想象都已经消失不见。温暖和干燥已经与他无关。他成了黑暗部落的土著,光明世界的陌生人。

他前方的圆形光盘成了让他感觉到生命存在的唯一东西。那就是一片阳光照耀的陆地,诱惑着他前行。他会闭上眼睛,数出五个接缝,然后睁开眼睛,庆祝这明显的进展。

然后,看似是突然之间,他接近了检修井。他能听到大伙儿移动的声音。斯滕德朝管道口看的时候,他能看到对方的头的轮廓。人们跪在地上,头挤着头,都想看他蠕动到大伙儿面前。他们开始激动地说话。他可以听到大家的呼吸,看清细节——斯滕德和拉斯卡把手伸进来。他们伸手抓住他。他们将他拽到他们身上,似乎要对他进行科学检查。他感觉他们把自己当成什么稀有物种,或者什么古怪的东西。灯光让他感到眩晕,有些灯光照在一个酒瓶上。他听到斯滕德的声音:"好,他成功了。你们懂什么?"

"给你,孩子,"拉斯卡说着,把瓶子递到他嘴边,"能喝多少喝多少。"

他无法站立。他觉得身上的肌肉和骨头是用油灰做成的。他一点儿也没听到他想象中的胜利之歌。他迟钝地看着自己的双手,滴血的双手毫无知觉——他的双手和双腿已经完全失去知觉。他只看到灯光和众人在潮湿的坑里呼出的水汽。

许多张脸看着他。大家脸上既好奇又惊讶。他感觉对这些人有种模模糊糊、难以理解的怨恨。斯滕德扶住他一边,拉斯卡扶住他另一边。两人交换了一下眼神。突然,拉斯卡俯身毫不费力地将他抱进怀里。

"这样会让你身上沾满泥巴。"男孩喃喃说道。

"他要是干不成我们就麻烦了。"斯滕德说,"这样就省得我们挖开管道。"

"去他妈的管道。"拉斯卡说。

男孩湿透的头靠在拉斯卡胸前。他能感受到拉斯卡上下移动的肌肉,知道他和拉斯卡正在爬上检修井里的铁梯。夜风猛烈地吹来。他把头深深埋进拉斯卡胸口,拉斯卡的身体成了一座温暖的大山。他感到一阵令人叹息的平静,仿佛一名战士因受伤而变得平静,因为属于他的战争已经结束。

别哭,"我的小姐"

作者 | 詹姆斯·斯特里特

詹姆斯·斯特里特(James Street,1903—1954),美国记者、作家。

主要作品:《再见,"我的小姐"》(*Good-Bye, My Lady*)、《吃饼干的狗》(*The Biscuit Eater*)等。

别哭,"我的小姐"

月光下的沼泽里,各种生灵合奏的交响曲突然停了下来,凄凉的沼泽像混沌未开时一样寂静,仿佛陷入了沉思。一个瘦削憔悴的男人朝身后看了一眼,示意男孩保持安静,但为时已晚。他们被发现了。一只大青蛙叫着发出警告,各种动物四散逃窜,沼泽顿时又恢复了生机。

西方亮起了狐火,长沼的水流拍打着柏树,旷野之中突然传来一阵笑声,这是一种奇怪的低声轻笑,笑声结尾是奇怪的"咯噜噜噜"声。

男孩睁大眼睛盯着前方。"就是它,杰西舅舅。快!我们抓住它!"

"啊哈。"男人抓紧猎枪,"这可不是野兽。这可是个可爱的小东西。"

他们静悄悄地朝着声音传来的方向快速前进,斯基特已经连续几个晚上听到这种声音。他们都是沼泽里土生土长的人,在猎物面前毫无畏惧,因此他们溜出沼泽,来到一处山丘边。突然,杰西伸手拦住男孩,然后指着山坡。月光之下,那东西清晰可见,它正蜷坐着,一边低声地笑,一边把头侧到一边。这是一种很高兴、很有韵律的低笑。

斯基特惊讶地咧开嘴说:"嘘——它能闻到我们的气味。"

杰西说:"不可能闻这么远。你以为那是什么哟?"他朝山丘上看去,打量着这个东西。他在没有遭到进攻的时候不会开枪,因为杰西·托利弗和他的外甥从来不滥杀无辜。

然而,这个动物的确嗅到了他们的气味,她在风中猛然移动鼻子,蹲在那里,绷紧身体。她大约身高十六英寸,重二十二磅[1]。一身顺滑的红色皮毛,胸前一片白毛,脖子上也有一圈白毛。她的脸就像一个老年智者一样,皱巴巴的,十分悲伤。

杰西摇摇头。"看起来像猎犬和小狗的杂交,"他轻声说,"我有点儿搞不——"

"是条狗,不管怎么说。"斯基特说。

"狗不会笑呀。"

"这条狗会。"男孩说着,伸出右手朝它走去,"嘿,嘿。我不会伤害你。"

这条狗将头从一边歪向另一边,看着斯基特。她浑身颤抖,但没有跑开。当斯基特在她身边跪下来,她停止了颤抖。他捋了捋狗毛,这条整洁的小东西抬头看着他,眨动着硕大的赤褐色眼睛。然后,她翻个身,斯基特挠了挠她的身体。她闭上眼睛,舒展身体,发出笑声,这是一种高兴的大笑。杰西慢吞吞地走过来,小狗跳起来,站到男孩和男人中间。

斯基特安抚小狗说:"这是杰西舅舅。"

杰西依然惊讶不已,他又摇了摇头。"我还是觉得这不是

---

[1] 1磅约合0.45千克。

狗。她没有嗅,也没有叫。有点儿不对劲。你看她!舔起毛来像只猫。"

"嗯,那就是只野猫,"斯基特说,"从没见过狗这样舔毛。"然而,他又很快为这个朋友的习性辩护说:"她只是爱干净。她是母的,我要叫她'我的小姐',她是我的,因为是我找到的。"

"叫她'小姐'?"

"不,'我的小姐'。如果只叫'小姐'的话,大家怎么知道她是我的?"说着他又开始给狗捋毛,"天呐,杰西舅舅,我以前可从来没有养过这么漂亮的狗。"

"我还是不明白。"杰西说。但他不在乎,只要孩子开心他就开心。

就像许多谜题一样,有关"我的小姐"的谜题其实根本算不上什么谜题。她是条母狗,没错,她是一条巴仙吉贵族犬,是原产于非洲的一种奇特犬类,不会吠叫。她的祖先曾被法老们养作宠物,当人类迁徙到欧洲各地向大自然乞求施舍时,它们一直保留了纯正的血统。她嗅觉灵敏,肌肉发达,无所畏惧,能在八十码远的地方闻到猎物的气味。她像羚羊一样善于奔跑,身上没有臭味,进食前后都会清洁身体。不过,她能发出的唯一声音就是尖厉的叫声,仿佛人的笑声。她只有高兴的时候才会发出笑声,她在丛林里的时候就很高兴。现在她又高兴起来。

按照大多数人的估计,她比杰西和他外甥全部财产加起来还要值钱。有几条狗被从水路运往新奥尔良,从而避免一路艰险,然后用汽车运往一处北方的狗场。经过密西西比河的时候,"我的小姐"从车上逃跑了。狗主人已经在好几家报纸上刊登了寻犬启事,但杰西和斯基特从来不读报纸。

斯基特说："快来，'我的小姐'。我们回家吧。"

这条狗丝毫没有犹豫，骄傲地跟在男孩身边，一起回到位于河口岸边的一幢小屋。斯基特把玉米面包碾碎，蘸了些肉汁，放到她面前。她先是不屑地闻了闻，看到男孩给他舅舅端了一碗同样的食物，才开始吃了起来。吃完之后，她把爪子舔干净，在小屋里转悠了一圈，闻了闻扫帚、成堆的野生山核桃和核桃仁，还有帆布床。最后，她心满意足地跳上斯基特的床，把鼻子塞到爪子底下睡着了。

"你看她，把这里当作自己家了。"杰西说。

"你看她是从哪里来的？"男孩从肩膀上脱下外套的带子，活动一下瘦得露筋的肌肉，打了个哈欠。

"天知道。或许是马戏团跑出来的。"他迅速看了一眼"我的小姐"，"哎，或许她是个怪胎，表演的时候逃跑了。可得让他们付我们两美元。"

斯基特拉长了脸。"你该不会把她送走吧？"

老人把猎枪放到壁炉架上，点上烟斗。"斯基特，你要是想让她留下来，就算有人拿一块一英里长的平坦耕地给我也不换。就算是一块已经耕好、种上庄稼的地也不换。"

杰西坐下来靠到椅子上，吐出烟赶走蚊子。男孩找来砖头和锤子，开始砸坚果，他把果肉碾细，这样舅舅才能咀嚼。斯基特黄色的头发已经有好几个月没有修剪，缠结在一起。他的脸上也长了雀斑。他真实的名字叫乔纳森。他母亲是杰西唯一的妹妹，在这孩子出生时难产死了。这附近没人知道他父亲的音讯。杰西已经垂垂老矣，牙齿早已掉光，蓝色的眼睛失去了光泽，他把孩子领养过来,给他取了斯基特这个名字,因为孩子身材瘦小。[1]

杰西很少去村里,村里人都怀疑他是否有能力把小孩抚养长大。他们觉得杰西不思上进,一无是处。杰西在沼泽地住了六十年,对于那些相信生活必须循规蹈矩的人来说,他的生活方式简直让人难以接受。他靠贩卖大青蛙和动物皮毛挣些花费,但他大部分时间都在沼泽地周围跋涉,到处晃悠,教斯基特一些生存技巧。

要是没有商店老板卡什,村民们可能已经把斯基特送到孤儿院去了。卡什是个冷酷无情的人,但他为人公正。他经常和杰西一起打猎,老人帮卡什训过几条狗。每次有人说要把斯基特送走,卡什就会说:"你们不能这么做。不能把小娃娃从亲人身边带走。"就这样。

杰西从来没有渴望得到"傻瓜们喜欢的花里胡哨的装饰",他只想得到两样东西——一是给斯基特弄一把二十口径的猎枪,二是给自己整一口商店里售卖的假牙。卡什已经答应把店里的猎枪和最好的假牙以总共46美元的价格卖给他。杰西已经存下9.37美元。

"总有一天我会买副假牙,"他经常对斯基特说,"那样,我就能啃烤玉米了。或许我还能在里面镶几颗金牙。我有一次看到有个人嘴里镶了六颗金牙。"

有一次斯基特问他:"你怎么不去公共事业振兴署[2]找份工作,挣钱买牙?"

---

[1] 斯基特(skeeter)有蚊子之意。
[2] 公共事业振兴署(1935—1943),"大萧条"期间美国总统罗斯福实施新政时期建立的一个政府机构,旨在解决大规模失业问题。

"我还没那么着急想要。"杰西说。

因此,他很高兴让斯基特留下"我的小姐",没有给他买猎枪,这也算是个弥补吧。

男孩给舅舅砸了足够的坚果,然后把锤子收起来。他一边脱衣服,一边看着狗。"天哪,杰西舅舅。我真担心有人来把她要回去。"

"我倒是没有听说附近有人丢东西。如果有的话,他们肯定已经来找我了,因为我对狗和沼泽最了解。"

"说得是,"斯基特说,"但是你看她不会属于另外一个像我这样的人吧?我知道如果我养了这样一条狗,狗丢了之后是什么心情。"

杰西说:"她不会属于一个像你这样的人。如果是这样,她在这里不会过得这么开心。"

早上,斯基特喂"我的小姐"饼干和糖浆,尽管这条巴仙吉犬吃了食物,她和男孩一起去沼泽的时候还是感到饥肠辘辘。他希望能找到一棵有蜂巢的树,或者找到野猪的踪迹。他们来到一片空地的边缘,突然"我的小姐"的尖鼻子竖起来,她一动不动,停留了很长一段时间。然后,她突然冲进至少六十码远的河口,跳进一片芦苇丛中,抓起一只河鼠。斯基特赶到时,她正在啃食河鼠。

"不要,"他责备道,"你怎么能跳到水里抓猎物?水里的大蛇或者鳄鱼会把你抓住。"

巴仙吉犬将河鼠扔到一边,低下头。她知道男孩不高兴,她抬头的时候,眼睛里充满了泪水,一脸忧伤。

斯基特尝试向她解释:"我不想责备你。不要哭。"他迅速退后，盯着她，看着她眼里的泪水。"她在哭！真见鬼！"斯基特叫上她，朝小屋跑去，杰西正在屋里劈柴。

"杰西舅舅！你知道我的狗会做什么吗？"

"难不成会吹口哨？"老人笑着说。

"她会哭！我发誓！没有哭出声，但她真会哭。"

杰西知道，大多数狗在某些情况下会流泪，但他不想打击"我的小姐"的成就，于是他问："她为什么要哭？"

"噢，先生，我们正往前走，她突然嗅到气味，用嘴巴和鼻子指示位置，然后——"斯基特想起什么。

"然后怎么样？"

斯基特坐到台阶上。"杰西舅舅，"他慢吞吞地说，"我们离那只河鼠至少有五六十码远。"

"什么河鼠？你这是怎么了？"

孩子给他讲了事情的来龙去脉，杰西根本不敢相信。一条狗在六十码远的地方闻到河鼠的气味简直不可思议。杰西觉得是因为斯基特太喜欢"我的小姐"，因此说起话来夸大其词。

斯基特知道杰西不相信，于是他说："快，我让你见识一下。"他吹了声口哨示意"我的小姐"过来。

狗狗跑过来。"嗨，"杰西说，"这家伙能听懂口哨。这说明以前有人养过她。"他看着狗的眼睛，命令道："跟上来！"

但"我的小姐"疑惑地低着头。然后她把头转向男孩，发出轻柔的笑声。她以前从来没有听过这个指令，这一点显而易见。突然她对着风翘起鼻子，转过身去。

她弯曲的尾巴突然一动不动，她的头摆好姿势准备行动。

"她在指示猎物位置，"杰西说，"哟，真是难以置信！"

"我的小姐"指示位置的动作只持续了一秒钟,然后她便朝距离小屋大约八十码远的一块玉米地飞奔过去。

走到半路,她改变了步态,开始缓慢行进。玉米丛中,一窝鹌鹑几乎在她鼻子底下炸开了锅。她纵身抓住了一只鹌鹑。

"鹌鹑!"杰西几乎惊掉了下巴。

孩子像石头一样一动不动,惊讶得脸色苍白,双眼圆睁。后来,他终于说出话来:"她在屋里就闻到了鹌鹑。距离八十码远呀。"

"现在我敢确定她不是普通的狗了,"杰西说,"普通的狗根本做不到这一点。"

"她行动起来快得像闪电,而且无所畏惧。"斯基特依然沉浸在之前的冒险经历之中,"她根本就是条猎犬。"

"她根本不是普通的狗,我告诉你。她简直神了。"杰西走到"我的小姐"身旁,让她把鸟儿叼过来,但狗狗没有听懂。相反,她用爪子按住鹌鹑。"哎,"杰西说,"有一点可以肯定,她不是猎鸟犬。"

"她什么都可以做,"斯基特说,"她猎鸟也可以。或许我可以把她训练成猎鸟犬。这不是很棒吗?"

"你真是疯了。或许可以训练成猎浣熊犬,但猎鸟犬肯定不行。说起猎犬我可比你在行。"

"我也在行着呢。"斯基特说。他的确在行。他已经见过杰西训练许多猎犬,许多指示犬,还帮舅舅训练了卡什·沃森的奖品猎犬"大小子"。

杰西看了一眼斯基特,看出了他的心思。

"不可能的,斯基特。"

"或许吧,但我得试试。随便一条狗都可以猎浣熊和兔子,但只有出类拔萃的狗才能成为猎鸟犬。反正试试又无妨,对吧?"

"无妨,"杰西慢吞吞地说,"但她会把鸟儿吓跑。"

"我要教她别这么做。"

"可她不会原地待命。任何一条狗都会指示猎物位置。让她猎老鼠就行。"

"我要让她只学猎鸟。说干就干。"斯基特说。他准备走开,然后转过身,"我见过一个人训练一头野猪指示鸟儿的位置。你知道,如果一条狗有纯种狗的一般知觉,驯狗人有蝙蝠一样的智商,他就能把狗训练成猎鸟犬。"

"想不想打个赌?"杰西提出了挑战,他想鼓舞斯基特的热情和决心。

"好呀,先生。如果我训不出来,我就劈一年柴。如果我训出来了,你就劈一年。"

"就这么办。"杰西说。

斯基特跑到河边,找到"我的小姐"刚杀死的那只河鼠。他将河鼠拴在狗脖子上。巴仙吉犬非常恼怒,她试图用爪子挣脱这可恶的负担。失败之后,她跑回屋里,钻到床底下,但斯基特把她赶出来。这时"我的小姐"眼眶里涨满泪水,露出了"难道没人喜欢我"的表情。男孩铁下心来,用死老鼠敲了敲"我的小姐"的鼻子,继续挂在她脖子上。

"你真是自寻烦恼,"杰西说,"就算你把她训出来了,她也会在树丛中走丢。她跑得太快,个子太小,你根本跟不上。"

"我会给她系上铃铛,"斯基特说,"我会教她所有东西。我们有狩猎犬了,杰西舅舅。"

老人坐在门廊里，靠在墙上。"孩子，我不知道这条狗是什么货色。但是你真是好样的。"

如果斯基特对"我的小姐"的爱没有那么深的话，在训练这条巴仙吉犬令人折磨的过程中他肯定已经失去了耐心。要训练一条猎鸟犬，需要准确的判断和极大的耐心。若不是男孩和狗之间有一种神秘的联系，若不是这孩子有一种莫名的信仰，这个目标根本无法实现。

"我的小姐"对斯基特完全忠诚，因此无论他要她做什么，她都积极配合。教她控制向前飞奔追逐野兔的冲动，紧紧跟在斯基特的身边并不难。男孩用布片搓成的绳子牵着她，让她跟着自己。第一次狗狗要去追猎物的时候，斯基特用绳子拉住她的脖子说："跟着我！"狗听话之后，他就把绳套松开。只用了几个小时，"我的小姐"就学会了一点：不听主人的话，就不会得到主人的青睐。

这条狗明白，要是她追到并杀死一只老鼠或是一只兔子，主人就会把猎物拴在她脖子上。她只有猎杀鹌鹑之后不会受罚。当然，她经常将斗鸡的味道和鹌鹑的味道混淆，会去追捕它们，但斯基特会责备她。他从来不会鞭打这条狗，但对"我的小姐"来说，男孩的责备比山核桃树枝更让她受伤。

杰西眼里看着狗狗取得的进步，故意装作波澜不惊的样子。他从来不主动提出建议。"我的小姐"学得很快，但教她指示鸟儿的位置却令人十分绝望。斯基特知道她永远也不能像指示犬一样指示猎物的位置，于是他发明了一套自己的训练体系。他教她，听到他喊"嗨！"就一动不动地站在那里。有一天，她嗅到了鸟儿的气味，就像大多数猎犬一样，停下了一会儿，抑或她是在指示鸟儿的位置，正准备冲出去的时候，斯基特喊了一声"嗨！"

"我的小姐"疑惑了。她的每一种本能都驱使着她去追捕鸟儿，但主人却说不要动。她还是冲了出去，斯基特责备了她。一开始她生气地噘起嘴，然后眼里流出泪水，但男孩不理她，直到她服从命令为止，然后他就拍打着她，她也笑起来。

这种训练持续了几天，几个星期，慢慢地"我的小姐"学会了这些内容。她知道当她闻到鸟儿的气味之后，必须停下来，直到斯基特把它们驱赶出来，还学会了在他开枪的时候身体不要发抖。

教她把鸟儿抓来很容易，但教她在不伤害鸟儿的前提下把它们抓来就是另一回事了。"我的小姐"嘴巴很硬——也就是说，她的牙齿会咬进鸟儿的身体。斯基特采用了边远落后地区最古老的一种狩猎技巧来教她。

他找到一节木棍在上面缠上铁丝，用来教狗。第一次"我的小姐"使劲咬住棍子，棍子上的铁丝伤到她敏感的口腔。很快她就学会用舌头和牙齿轻轻地含住猎物。接下来斯基特在棍子上绑上鹌鹑羽毛，很快"我的小姐"就学成了。

有一天，斯基特把杰西带到一块地里，将狗放了出去。她几乎立即指示了一处地方。她的样子很有趣，杰西差点笑出来。狗狗弯曲的尾巴竖起来，叉开前腿，做出下蹲的姿势，鼻子指示着鸟儿的位置，距离超过四十码远。她一动不动地待在原地，直到男孩将鸟儿驱赶出来，开了枪，然后她冲了出去，找到死鸟并把它们带了回来。

杰西感到格外自豪。"哇，斯基特，看来你的猎鸟犬已经训练成功了。"

"是的，先生，"斯基特指着柴堆说，"看来你找到工作了。"

卡什·沃森驾车带"大小子"来野外灌木丛训练的那天，沼泽已经披上了冬装。

他给杰西带来几罐烟草，给斯基特带了一袋薄荷硬糖。晚上，他把宝贝指示犬锁在玉米穗仓库里，到小屋里取暖，这是他第一次看到"我的小姐"。她正躺在壁炉前睡觉。

"这是什么？"他问。

"这是我的狗，"斯基特说，"漂亮不？"

"当然漂亮。"卡什朝杰西咧嘴笑了。斯基特走到屋外的井边去，卡什向老朋友问道："这狗是什么品种？"

"不知道，"杰西说，"斯基特从沼泽里捡回来的。我看这狗有大警犬的习性，又像比特犬，还有点儿家狗的味道。"

"我的小姐"立起一只耳朵，站起身，舒展一下身体。然后，她显然有些不太喜欢屋里的人，转身从卡什身边离开，趾高气昂地出去找斯基特。

两人都笑了。"她的喉咙有问题，"杰西说，"她不会吠叫。她想叫的时候，就发出一种滑稽的声音，噼啪作响。像是在笑一样。"

"嗯，"卡什说，"我相信这狗再普通娃娃也会喜欢。"

"等等会儿，"杰西说，"这狗可不普通。她是只猎鸟犬。"

正在这时，斯基特走进来，卡什开玩笑说："孩子，听说你捡到一条猎鸟犬。"

男孩背着手用脚跟站立着，他曾见过大人们这么干。"哈哈，我告诉你，卡什先生。'我的小姐'除了拿枪什么都会做。"

"听你这么说,她倒有两下子。明天把她和'大小子'牵出去比比怎么样?两条狗一起打猎对我的狗有好处。"

"我和我的狗不想让'大小子'丢人。他可是条出色的老狗。"

"哟!"卡什是个出了名的猎鸟犬爱好者,谁要是挑战他必须决个高下。而且,斯基特年龄还小,必须教他些做人的道理。"老壶也能烧开水。"卡什朝杰西使了个眼色。

"好吧,先生,如果你真想比,我们得打个赌才行。你要是敢的话,你得拿出点诚意来。"

卡什钦佩这孩子的自信。"好吧,孩子。就这么定。赌什么?"

斯基特想说他想要二十口径的猎枪,但他很快就改变了主意。他伸手拍拍"我的小姐",然后抬起头。"如果我的狗赢了,你就送给杰西舅舅一副假牙。"

杰西的胸口突然紧绷起来。卡什的眼睛从男孩转到男人,他也对斯基特感到自豪。"没想到你赌这么大。不过没关系。如果我赢了呢?"

"我给你砍十捆取暖炉木头。"

"再加上一堆木片?"

"可以,先生。"

卡什伸出手,斯基特跟他握了一下。"这是正式比赛,"卡什说,"杰西当裁判。"

第二天一大早,风儿吹拂着鼠尾草,寒意逼人,他们把狗牵到一处空地,让它们坐下来。斯基特给"我的小姐"脖子套上皮带,杰西一声令下,两条狗都被放了出去。

"大小子"跳跃着冲了出去,开始转着圈,钻进灌木丛。"我的小姐"在风中翘起鼻子,朝鼠尾草走去,铃铛发出响声。卡什说:"她倒是会巡视土地。"斯基特没准备跟上她,一直等到他听不到铃声,才冲到铃声消失的一处空地。"我的小姐"正在那里指示一个位置。

卡什差点大笑出来。"她这不是在指示位置,孩子。她这是在蹲坐。"

"她发现鸟儿的踪迹了。"

"在哪儿?"

杰西靠在树上看热闹。

斯基特指着一团鼠尾草。"她指的是那团鼠尾草。"

卡什忍不住笑出来。"孩子,我就说她指示不了位置吧。嗨,斯基特,那团鼠尾草有六七十码远呢。"

正在这时,"大小子"昂着头从"我的小姐"身边闪了过去。他冲到鼠尾草丛边,嗅到了气味,突然转过身来,指示着一个位置一动不动。卡什让杰西看他指示的位置。

"那是'我的小姐'指示的位置,"斯基特说,"她指的位置跟'大小子'指的位置一样。"

杰西慢吞吞地走过来。"这孩子说得对,卡什。我本来不想掺和,但'我的小姐'指示的就是这些鸟儿。她能嗅到八十码远的鸟儿。"

卡什说:"哈,继续吹吧。你疯了。"他走过去,把鸟儿赶出来。斯基特打中一只,命令"我的小姐"叼回来。她把鸟儿叼回来之后,男孩拍拍她,她发出了笑声。

直到这时卡什才第一次认真看了她。"嘿!"他突然说,"巴仙吉犬！这可是巴仙吉犬！"

"什么？"杰西问道。

"我本来早该想到的。"卡什非常激动，"这就是那帮有钱的北方佬丢的那只。我在报上看到了。"这时他的眼睛碰巧看到斯基特，他真希望自己的舌头没这么快。

男孩紧紧咬住嘴唇，拉下脸，脸色苍白。杰西已经闭上眼睛，用手揉着额头。

卡什想转换话题，他说："报上的启事说明不了什么。我看这跟报上说的不是一条狗。"

"你会告诉他们这条狗的下落吗？"斯基特问。

卡什看着杰西，然后看着地。"不关我的事。"

"你呢，杰西舅舅？"

"我谁都不会说，什么都不会说。"

"从我刚才听到的情况来看，"斯基特说，"这就是同一条狗。但她现在是我的了。"他提高嗓门，声音开始颤抖。"谁也别想把她带走。"他跑进沼泽里。"我的小姐"跟在他身后。

卡什说："瞧我这嘴。对不起，杰西。我要是管住这张大嘴巴，他就不会知道。"

"现在说什么都没用了。"杰西说。

"她肯定比'大小子'强。它们是世界上最出色的狩猎犬。她可值一大笔钱呀。"

他们已经没了心思打猎，回到小屋，坐在走廊上。两个人都没什么话说，而是朝沼泽里看去，斯基特和"我的小姐"正沿着河边散步。"别担心，"他温和地说，"谁也别想找你的麻烦。"

他在一个树桩上坐下来，"我的小姐"把头搭在他膝盖上。

她并没有担心。她现在可是十分自在得意。

"就算治安官来了我也不管。"斯基特把她拉到膝盖上,抱住她,"就算州长来了也没用。就算美国总统来也不怕!谁来也不行,谁也别想找你的麻烦。"

从他嘴里说出的这些话让他又有了勇气,他感觉舒服一些,但只是暂时的。然后,他和自己的良心展开了一场拉锯战。

"从前,我捡到过一把单刃大刀,留了下来,没什么问题。"他喃喃自语。

但这次不一样。

"谁找到就是谁的,谁丢了只能自认倒霉。"

不能这么说,斯基特。

"哼,我才不管。她是我的。"

记住你舅舅杰西说的话。

"他说的话太多了。"

对,但有一句话你记得最清楚。他说:"有些事情是对的,有些事情是错的。这一点永远也不会改变。只有知道这一点,才算是个人。"你还记得吗,斯基特?

一种绝望和孤独感几乎将他吞没。他竭力忍住眼泪,但最终放弃了,他啜泣起来,"我的小姐"看着他的脸,不明白她开心的时候他为何如此表现。他用胳膊抱住她的脖子,把她拉到怀里。"我的小狗狗哟。可怜的小狗狗。可是我必须这么做。"

他止住泪水,站起来,回到小屋。"我的小姐"蜷缩到炉火旁,男孩坐了下来,看着燃烧的木头发出毕毕剥剥的声音。过了几分钟,他低声说:"杰西舅舅,如果你强占别人的东西,是不是跟偷窃一样?"

卡什靠在壁炉台上，眼睛盯着火堆。

杰西慢吞吞地抽着烟斗。"孩子，这事儿你得自己掂量。"

斯基特坐在那里，转身背对着火光，暖着双手。

"卡什先生，"他慢吞吞地说，"你回商店的时候，请告诉那些人你知道他们的狗在这里。"

"如果这么办——"

"就这么办。"斯基特说。

火光映照在杰西的脸上，他一脸沮丧，斯基特看到之后立即说道："这样对'我的小姐'最好。她太优秀了，不适合待在沼泽地。他们会给她找个好地方。"

杰西退缩了一下，卡什看到了朋友眼中受伤的表情，说道："你的狗赢了我的，斯基特。你为你舅舅赢得了一副假牙。"

"我不需要假牙，"杰西像个孩子似的说道，"我才不介意我能不能吃烤玉米。"他迅速站起身，快步走了出去。卡什觉得他最好走开，留下斯基特在火堆旁——他正抚摸着他的狗。

杰西又直接走了回来，拉了一把椅子过来。斯基特想说话，但杰西先开了口。"最近我想了许多。你已经长大了。沼泽不是你待的地方。"

斯基特忘记了他的狗，惊讶地看着舅舅。

"我想你太优秀了，也不适合待在沼泽里，"杰西说，"我打算把你送到镇上待一段时间。我可以供你的衣服和花费。"他说话的时候不敢看男孩。

"杰西舅舅！"斯基特责备地说，"你不是说真的吧。你只是听到我对'我的小姐'说的话才这么说对吧。我之所以这么说，只是担心她走了你心里难受。天呐，杰西舅舅。我永远都不离开你。"他把脸埋进舅舅的肩膀里。"我的小姐"把头靠在杰西的膝盖上，他一边拍着男孩，一边用手抚摸狗狗。

"我还是接受假牙吧，"他最后说，"我已经等了很久很久了。"

几天之后，卡什开车过来告诉他们，狗场的人已经到商店了。斯基特什么都没说，但他把"我的小姐"唤过来，他们坐进卡什的车里。去镇子的路上，男孩一言未发。他把狗狗的头抱在膝上。

狗场主人看了一眼"我的小姐"说："就是她，没错。'刚果三世小姐'。"他转身要跟斯基特说话，但斯基特走开了。不过他还是看到了斯基特的脸。"天哪，"他喃喃说道，"我真希望你们没有告诉我。我真不想从小孩手里把狗带走。"

"是他主动想告诉你。"卡什说。

"先生，"——杰西闭上左眼，挑了挑鼻子——"我想和你换下这条猎犬。你看现在她对你来说也没有多大价值——"

狗场主人不知不觉地笑了。"如果她是我的，我可以送给孩子。但这条狗不卖。她的主人想让她在这个国家繁育后代。如果拿来卖的话，价格肯定超出我们的想象。"他喊了斯基特，伸出手。斯基特跟他握了手。

"你真是个好孩子。找到这条狗有奖励。"

"我不需要奖励。"孩子慌忙说，"我什么都不想要，只想一个人静静。你已经得到你的狗，先生。把她带走吧。拜托了。"他又走开了，担心自己会流下泪来。

卡什说："我帮他把奖励领了。总有一天他用得着。"

杰西走出商店，去找斯基特。狗场主人把钱递给卡什。"这很让人难过,这孩子会挺过来的。但这条狗永远也不会。"

"是这样吗?"

"是。这种狗的习性我知道。它们从来不会忘记。那条狗永远也不会笑了。它们只有开心的时候才会笑。"

他走到柱子边,斯基特之前把"我的小姐"拴在上面。他解开狗绳,朝车子走去。"我的小姐"用前腿抵着地面,到处寻找男孩的影子。看到他在走廊上,她从狗场主人手中挣脱,朝她的主人跑去。

她在斯基特腿上蹭。斯基特想不理她。狗场主人又伸手去牵狗绳,"我的小姐"蹲伏下来,露出了尖牙。狗场主人无奈地耸耸肩膀。

"野象也没办法从这孩子身边把她牵走。"他说。

"说得对,先生。"斯基特解开狗绳的扣子,把绳子扔到狗场主人手中。然后他走到车旁,打开笼门喊道:"嘿,'我的小姐'!"她朝他走去。"上去!"他喊道。她毫不犹豫地跳进笼子里。狗场主人锁上笼子。

"我的小姐"服从了命令,把鼻子伸出笼子,期待着斯基特拍拍她。男孩抚摸着她的头。她想贴得更近,但笼子将她拦住。她疑惑地看着钢筋,想将它们推到一边。然后,她用爪子使劲抓铁条。她的眼睛里突然闪现出绝望的神情,她死死盯着斯基特,一开始是渴望,然后是乞求。她叫不出声来,因为伤心已经封住了她的喉咙。慢慢地,她的眼睛里流出泪水。

"不要哭了,'我的小姐'。一切都会好起来的。"他伸手去拍她,但车子已经启动,留下他站在扬起的尘土里。

走廊里,杰西点上烟斗,对朋友说:"卡什,这孩子丢了一条狗,而我丢了一个孩子。"

"哎,杰西,斯基特不会离开你。"

"我不是这个意思。他已经长大了,卡什。他看起来并不大,但他已经长大了。从他去沼泽那天就已经长大了。"

斯基特走进商店,卡什跟了进去。"我帮你领了奖励,乔纳森。"

这是第一次有人叫他这个名字,听起来感觉把他当成了大人。

"二十口径的猎枪等着你呢,"卡什说,"我把它拿给你。"

"谢谢你,卡什先生。"男孩咬着下嘴唇,"我再也不想打猎了。我再也不想养狗了。"

"我能理解你的心情。不过如果你回心转意的话,随时可以来拿枪。"

斯基特回头看着走廊上等着的杰西说:"听我说,你帮杰西弄假牙的时候,在里面加几颗金的。钱就从奖励里面扣。"

"没问题,乔纳森。"

杰西走了进来,斯基特说:"我们得回去了。"

"我开车送你们,"卡什说,"但我们可以先喝点儿柠檬汽水,吃点儿沙丁鱼。"

"你太好了,"杰西说,"但我们得赶回去。"

"忙什么?"卡什打开汽水。

"我得回去劈柴了,"杰西说,"这就是我和好人打赌的结果。"

两个士兵

作者 | 威廉·福克纳

威廉·福克纳（William Faulkner，1897—1962），美国作家，1949年获诺贝尔文学奖。

主要作品：《喧哗与骚动》（*The Sound and the Fury*）、《我弥留之际》（*As I Lay Dying*）等。

两 个 士 兵

我和皮特会去希尔格鲁老头家听收音机。等到吃完晚饭，天黑了，我们就站在老头家的客厅窗外听，希尔格鲁的妻子聋了，所以他将收音机音量开到最大，这样我和皮特就能像他妻子一样，就算站在紧闭的窗户外面也能听得清清楚楚。

那天晚上我说："什么？日本人？珍珠港是什么？"皮特说："嘘——"

天气很冷，我们站在那里，听着收音机里的人播报新闻，只是我根本听不懂是怎么回事。然后那个家伙说"目前的消息就是这样"，于是我和皮特沿路走回家，皮特告诉我珍珠港是怎么回事。因为他快二十岁了，今年六月已经从联合学校毕业，他懂得很多：知道日本人在珍珠港扔下炸弹，还知道珍珠港在大海对面。

"哪个大海对面？"我问，"是位于牛津的政府水库吗？"

"不是，"皮特说，"就是最大的海。太平洋。"

我们回到家里。爸妈已经睡着，我和皮特躺在床上，我还是不明白珍珠港在哪里，皮特又告诉我一遍——在太平洋。

"你是怎么回事？"皮特说，"你已经快九岁了，九月份就已经入学，怎么什么都没学会？"

"可能我们还没学到太平洋那里。"我说。

当时，我们还在种野豌豆，这个活儿本来在11月15日就应该完成，但爸爸的进度落后了，打我和皮特记事起，爸的进度总是落后。我们还得挤出时间打柴，尽管如此，我们每晚都去希尔格鲁老头那里，顶着寒风站在客厅窗外听收音机。然后我们回到家里躺在床上，皮特就给我解释听到的内容。他只给我讲一会儿。说着说着，他就不说了，仿佛有什么东西他不想让我知道。他会让我闭嘴，说他想睡觉，但他并不想睡觉。

他会躺在床上，比睡着的时候更显安静。他肯定有心事，我能感觉得到，就像我生气时他也能感觉到一样。不过我知道他这不是在生我的气，也不是在担心什么事，因为他没什么事可担心的。他从来不像爸一样干活比别人慢，更不要说一直落在别人后面。他从联合学校毕业之后，爸就分给他十英亩地，我和皮特都觉得爸爸少了十英亩地应该很高兴，以后不用再为这些地发愁了。皮特已经给这十亩地都种上野豌豆，现在就等着越冬，所以他肯定不是在操心地里的活计。但他肯定有心事。我们每晚还去希尔格鲁老头那里听收音机，现在日本人已经打到菲律宾，但麦克·阿瑟将军在抵挡他们。然后我们回到家里，躺在床上，皮特不再向我解释新闻里的内容，他什么话都不说。他只是躺在那里一动不动，像是在打伏击一样，我摸他的时候，发现他的身体和腿僵硬得像钢板一块。没过一会儿我就睡着了。

然后，有一天晚上，他第一次什么都没说就对我发脾气，说我砍的柴不够。他说："我得走了。"

"去哪儿？"我问。

"上战场。"皮特说。

"柴火还没砍完就走?"

"让柴火见鬼去吧。"皮特说。

"好吧,"我说,"咱什么时候出发?"

但我说的话他根本没听。他躺在那里,黑暗之中像钢铁一样僵硬。"我得走了,"他说,"我可不能忍受有人这样对待美国。"

"对,"我说,"管他柴火砍完没砍完,我想我们得走了。"

这次他听到了我说的话。他又僵直地躺着,但跟之前有所不同。

"你?"他说,"上战场?"

"你打大的,我打小的。"我说。

然后他说我不能去。首先,我觉得他不想让我尾随着他,就像他去和塔尔家的姑娘们见面时不想让我尾随着一样。其次,他说我太小,军队不会收。这时我才知道他真的要走,我无论如何都不能去。直到这时,我才明白他要一个人去,他根本不会让我跟他一起去。

"我可以帮你们砍柴挑水!"我说,"你们总得砍柴挑水呀!"

不管怎么说,这时他在听我说话。他不再像钢板一块。

他侧过身,把手搭在我胸口上,这时我僵直地躺着。

"不行,"他说,"你得留下来帮爸干活。"

"帮他干什么活?"我说,"再怎么干,他也追不上来。他已经没法再落后了。我们去打日本人。他能搞定这么一小块农场。我也得去。你去,我也得去。"

"不行,"皮特说,"安静,安静。"他是认真的,我知道他是认真的。只不过他嘴里说出来让我更加确信。我放弃了。

"好吧,"我说,"那就闭嘴,我要睡觉。"

于是他安静下来，又躺了回去。我躺在那里，假装已经睡着。很快，他就睡着了。我知道他之所以心里焦躁得睡不着觉，是因为他想上战场去，现在他已经下定决心要去，心里反倒平静了。

第二天早上他告诉爸妈这个消息。妈倒还好。她哭了出来。

"不，"她哭着说，"我不想让他去。如果可以的话，我宁愿自己代他去。我不想拯救国家。这些日本人，想要什么就让他们拿去，只要我的家人孩子在一起就好。我记得我哥马什上过战场。他去的时候只有十九岁，我妈不理解，就像我现在不理解一样。但她告诉马什，如果他必须要去，就让他去。所以说，如果皮特必须要去，就让他去。但是别指望我能理解。"

但不同意的是爸。"上战场？"他说，"可是，我不明白上战场有什么用。你还不到入伍的年龄，再说我们国家又没有遭到入侵。我们的总统正在华盛顿关注着形势，有需要他会通知我们。而且，我参加了你妈刚说的那场战争，被派到得克萨斯州，在那里驻扎了八个月，直到他们退出战斗。依我看，你舅舅马什在法国战场上负伤，我们家在保卫国家方面已经尽力了，至少我这辈子尽力了。再说，你走了，农场谁来帮忙？我会落后很多。"

"从我记事起，你就一直落后，"皮特说，"不管怎么说，我都要去。我必须去。"

"他必须得去，"我说，"这些日本人——"

"你给我闭嘴！"妈哭着说，"没你说话的地儿！赶紧去拿柴火来！这才是你该干的！"

于是我去拿木头。第二天一整天，我、皮特和爸都在搬木头，因为皮特说爸觉得只有在墙边堆上一大堆柴，让妈随手能烧火才算够。在此期间,妈在给皮特准备东西。那天晚上,我和皮特躺在床上,听着她一边给皮特打包东西,一边哭泣。过了一会儿,皮特穿着睡衣回到屋里,我听到他们聊天,最后妈说:"你必须去,我也不拦你。但我不明白,我永远也不会明白,所以不要给我讲这些大道理。"于是皮特回到卧室,钻进被窝,一动不动地躺在床上,又僵硬得像一块钢板,然后他说,好像不是在跟我说话,好像没有对任何人说话:"我得走了。我得走了。"

"你当然得走了,"我说,"那些日本人——"他使劲翻身,侧躺着身体,在黑暗之中看着我。

"不管怎么说,你是对的,"他说,"我本来以为你比家里所有人加在一起都难说服。"

"我看我也是没办法,"我说,"兴许再过几年我就能去了。兴许有一天我们能撞见。"

"我可不希望见到你,"皮特说,"打仗可不是说着玩的。男人离开母亲,让她整天以泪洗面,可不是为了到战场上好玩。"

"那你为什么要去?"我问。

"我得去,"他说,"我就是得去。你赶紧睡觉吧。我明天早上要赶班车。"

"好吧,"我说,"我听说孟菲斯是个大地方。你咋找到部队在哪里?"

"我会打听到哪里入伍,"皮特说,"你赶紧睡觉吧。"

"你就这么问对吧?入伍在哪里?"我说。

"对。"皮特说。他又平躺下来。"闭嘴睡觉吧。"

于是我们都睡了。第二天早上,我们点上灯吃早饭,因为班车六点钟经过。这时妈已经不哭了。她一脸严肃,忙里忙外,把早饭端到桌上，我们一起吃。然后，她给皮特打包好行李，只是皮特不想带行李上战场，但妈说体面人无论去哪里，甚至上战场，也得带上换洗衣服，装在包里。她在鞋盒子里装上炸鸡和饼干，还放了《圣经》。终于到了出发的时间。我们直到这时才知道妈不上班车。她帮皮特拿来帽子和外套，她依然没有哭，她只是站在那里，双手搭在皮特的肩膀上，一动不动，抱着皮特的肩膀，脸上的表情就像头天晚上皮特看着我，告诉我我说得对的时候一样坚定而热烈。

"随他们侵占我们的国家吧，只要他们不伤害我们家人就好。"她说。接着她又说："永远不要忘记你是谁。你不是有钱人家的孩子，法国人湾外面的世界从来没有听说过你。但你的血跟任何地方、任何人的血一样出色，你永远不要忘记这一点。"

然后她吻了一下哥，我们走出屋子，尽管皮特不愿意，爸还是帮他提着包。天还没亮，我们站在邮箱旁的路边，过了一会儿天还是没亮。然后我们看到车灯向我们照过来，我看到班车开过来，皮特挥挥手，这时，我才留意到就在我不经意的时候，天亮了。这时我和皮特以为爸会说些愚蠢的话，就像之前一样，说什么马什舅舅在法国受伤，爸1918年在得克萨斯州当兵，这些成绩足以让我们不必在1942年去保卫美国，但他什么都没说。他表现得很棒。他只说："再见了，儿子。永远记住你妈的话，有时间就给她写信。"然后他握了握皮特的手，皮特看着我，把手放在我头上使劲揉了一下，差点把我的头从脖子上拧了下来，然后跳进车里，司机关上车门，汽车发出嗡鸣。车开动了，轰鸣声、压路声和吱嘎声愈来愈响。车速很快，两个红色的尾灯似乎并没有变小，很快，两个灯挨得越来越近，似乎要变成一个，但毕竟没有变成一个，然后汽车就从视线里消失，不到九岁的我，差点哭出声来。

我和爸回到屋里。白天我们一整天都在砍柴，所以只有到了下午过了一半才得空闲。然后我把弹弓拿出来，本来我还想把我所有的鸟蛋都拿出来——皮特已经把他收集的鸟蛋给了我，尽管他已经接近二十岁，他也经常把盒子拿出来，跟我一起欣赏——但装鸟蛋的盒子太大，路上不方便携带，所以我只带了那枚绿鹭蛋，这枚蛋是最棒的。我把它包好，将弹弓和这枚蛋一起藏到谷仓的一个角落里，然后我们吃完晚饭上床睡觉。这时我想，如果我在这个房间、这张床上再待上一晚，我肯定会备受煎熬。接着，我就听到爸打鼾的声音，我从来没有听过妈打鼾，不知道她睡着没有，我想她没有睡着。于是我拿上鞋子，从窗户丢出去，然后爬了出去，以前我经常看到皮特这么干，那时他只有十七岁，父亲觉得他还年轻，不允许他像个夜猫子一样四处逛，不准他出去。我穿上鞋子，走到谷仓里，拿出弹弓和绿鹭蛋，上了大路。

天气不冷，只是很黑，路上空无一人，道路伸展着，仿佛比平时远了一半，就像人躺着比站着长一样，因此，有那么一段时间，感觉要走完二十二英里到杰弗逊，太阳会出得老高。但实际上并没有花这么长时间。我走上山坡到了镇上，天才刚刚破晓。我能闻到沿途的小屋里飘来早餐的香气，我真希望走的时候身上带了冷饼干，但后悔也没有用。皮特告诉过我，孟菲斯就在杰弗逊的下一站，但我从来都不知道两地距离八十英里。于是我站在空旷的广场上，天渐渐亮了起来，街上的灯还亮着，一个警察低头看着我，而我距离孟菲斯还有八十英里，我走了一晚上，才走了二十二英里,因此,按照这个速度走下去,等我到了孟菲斯,皮特可能已经出发去了珍珠港。

"你是从哪里来的?"警察问我。

我又告诉他一遍:"我得去孟菲斯。我哥在那儿。"

"你的意思是你在这里没有亲人?"警察问,"除了哥哥没有别人?你哥哥在孟菲斯,你到这里来干什么?"

我又告诉他一遍:"我得去孟菲斯。我没时间废话,我也没时间走路过去。我今天就得赶过去。"

"跟我来吧。"警察说。

我们又走了一条街。那里有班车,就像昨天早上皮特上的班车一样,只是这时车还没亮灯,车里空无一人。这里有一个公共汽车站,像火车站一样,站里有一个售票处,柜台后面坐了一个人。警察说:"在那儿坐下。"我在板凳上坐下来。警察对那人说:"我想用一下你的电话。"他在电话上说了一通,放下电话,对售票柜台后的人说:"看着他点儿,等哈伯沙姆太太起床穿好衣服我就回来。"他走了出去。我起身走到售票柜台旁。

"我要去孟菲斯。"我说。

"当然,"那人说,"现在你在板凳上坐会儿,过一会儿富特先生就来了。"

"我不认识富特先生,"我说,"我想坐这班车去孟菲斯。"

"你有钱吗?"他问,"票价是七十二分。"

我拿出火柴盒,掏出绿鹭蛋。"我用这个跟你换一张去孟菲斯的票。"

"这是什么?"他问。

"这是绿鹭蛋,"我说,"你以前肯定没见过。这值一块钱。

我只要七十二分。"

"不行,"他说,"老板只收现金。我要是让乘客用鸟蛋和牲畜换车票,老板会把我开除。现在你在板凳上坐会儿,按照富特先生——"

我朝车门走去,但他抓住我,他一只手撑在柜台上,跳了过来,追上我,伸手抓我的上衣。我掏出折叠刀,将刀甩开。

"你敢碰我的话,我就剁掉你的手。"我说。

我准备躲开他,朝车门跑去,但他动作很快,比我看到的人都快,几乎和皮特一样快。他拦住我,背靠着门,抬起一只脚,没有别的出路了。"回到板凳上坐好,待在那儿。"他说。

既然没有别的出路,他背靠门站在那里,我就回到板凳上。这时,售票处似乎挤满了人。那名警察又出现了,还有两个穿着皮衣的太太,脸上化了妆。但他们看起来依然一脸倦意,一个年长的太太和一个年轻的太太低头看着我。

"他连外套都没穿!"年长的说道,"他一个人究竟是怎么来到这里的?"

"我问你,"警察说,"你只告诉我你哥在孟菲斯,你想回到那里。"

"对,"我说,"我今天得赶到孟菲斯。"

"你是得赶到孟菲斯去,"年长的太太说,"到了孟菲斯你确定能找到你哥哥吗?"

"我觉得可以,"我说,"我只有一个哥哥,我和他相处了一辈子。我猜见到他我肯定能认出他。"

年长的太太看着我。"他看起来不像是住在孟菲斯。"她说。

"他很可能不住在那里,"警察说,"谁也说不准。不管他穿没穿外套,谁知道他是从哪个地方来的。现在的男孩女孩突然一下子就从哪儿冒出来了。根据我们的经验,他可能昨天还在密苏里州或者得克萨斯州。但有一点可以确定,他哥哥在孟菲斯。我只能把他送到那里去,让他去那里找。"

"好吧。"年长的太太说。

年轻的太太在我身边的板凳上坐下来,打开手皮包,掏出纸和笔。

"亲爱的,"年长的太太说,"我们会让你去找你哥哥,但我们必须做个笔录。我们想知道你的名字、你哥哥的名字、你的出生地,以及你父母去世的日期。"

"我才不要笔录,"我说,"我只想去孟菲斯。我今天就得赶过去。"

"看到了吧?"警察说,他的口气不无开心,"我跟你们说过吧。"

"你很幸运,哈伯沙姆太太,"汽车售票员说,"我想他身上没带枪,但他会飞快地打开那把刀——我的意思是,和任何一个大人一样快。"

但年长的太太只是坐在那里看着我。

"哎,"她说,"哎。我真不知道该怎么办。"

"我知道怎么办,"售票员说,"我自掏腰包给他买一张票,防止公司出现骚乱和流血冲突。等富特先生告诉城市委员会,这就会成为一件公民事务,他们不仅要补偿我,还会给我颁发奖章。嗨,富特先生?"

但是没人理会他。年长的太太仍然站在那里低头看着我。她又说了一句"好吧"。然后,她从钱包里掏出一块钱,递给售票员。"他可以买儿童票吧？"

"嗯，"售票员说，"我不知道公司是怎么规定的。公司可能会因为我没有把他装在大木箱里，在上面标上'有毒'，而把我开除。但我愿意冒这个险。"

然后他们就走了。之后，警察拿着一个三明治回来递给我。

"你确定能找到你哥哥？"他问。

"我还不确定，"我说，"如果我看不到皮特，他也会看到我。他能认出我。"

然后，警察就出去了，我吃了三明治。这时，更多客人进来买票，之后售票员说时间到了，我就像皮特一样钻进车里，车开走了。

我看到许多镇子。我看到了所有的镇子。汽车平稳地开动时，我感觉想睡觉，但车外有太多我没有看见过的风景。我们开出杰弗逊，经过许多田野和树林，经过另一座镇子，镇上有许多商店、轧棉厂和水罐。我们沿着铁路开了一段时间，我看到信号臂移动，然后就看到火车，接着又经过几个镇子，我感觉很困，但又不敢睡着。接着就进入了孟菲斯的地界。我感觉城市绵延好几英里。我们经过一片商店，我以为这肯定就是孟菲斯，班车会停下来。但这里还不是。我们继续经过许多水罐和工厂的大烟囱，如果这些是轧棉厂和锯木厂，我还是头一次见到这么多家工厂，也是头一次见到这么大规模的工厂，真不知道他们从哪里弄到那么多棉花和木头原料。

之后我看到了孟菲斯。我知道这次我的判断是对的。城市高耸入云，看起来比杰弗逊大十几倍，比约克纳帕塔法县所有的山都要高。随后我们进入城里，汽车每行驶几英尺远就停顿一下，两边车来车往，街上人如潮水，我真不明白，为什么密西西比州竟然还有人得空卖公共汽车票给我，更不要说还有人得空让我留个记录。随后汽车停了下来。又是一个汽车站，比杰弗逊的站大许多。于是我问："好吧，入伍到哪里去？"

"什么？"售票员惊叹道。

我又说了一遍："入伍到哪里去？"

"噢。"他说。他告诉我怎么去。一开始我还担心孟菲斯太大，我找不到地方。但我还是找到了办法，只问了两次路就找到了地方。我很高兴暂时离开了川流不息的汽车、摩肩接踵的人群和喧哗的街道。我想，用不了多久了，如果有一群已经参军的人在里面，皮特会在我看到他之前先看到我。于是我走进屋里。皮特不在里面。

他根本不在那里。有一个袖子上带大箭头的士兵正在写字，两个人站在他面前，屋里还有许多人。我好像记得有许多人在场。我走到正在写字的士兵面前说："皮特在哪里？"他抬起头，我说："我哥哥，皮特·格里尔。他在哪里？"

"什么？"士兵说，"谁？"

我又说了一遍："他昨天来的，他要去珍珠港。我也要去，我要赶上他。你们把他送到哪里去了？"这时大家都看着我，但我根本没有在意。"快告诉我，"我说，"他在哪里？"

士兵放下手中的笔。他双手在桌上摊开。"哈，"他说，"你也要去，嗯？"

"对，"我说，"他们需要柴火和水，我可以砍柴挑水。快点告诉我，皮特在哪里？"

士兵站起来。"谁放你进来的？"他说，"快给我滚出去！"

"该死的,"我说,"你告诉我皮特在 ——"

他比公共汽车站里的那个家伙移动得还快。他没有从桌上跳过来,而是从桌旁绕过来,他朝我冲过来,我差点没反应过来,于是我朝后一跳,掏出折叠刀,甩开刀刃,划了一刀,他叫了一声,跳了回去,一只手捂紧另一只手,站在那里一边骂一边喊。

另一个人从背后将我抱住,我拿刀刺他,但够不着。

然后两个人一起从身后将我抱住,另外一个士兵从后面的门里面走出来。他一个肩膀上系着斜皮带。

"这是怎么回事?"他问。

"这小子拿刀割伤了我!"第一个士兵喊道。他说我还想刺他,但被两个人拦住了。系斜皮带的那个人说:"好了,好了。把刀收起来,小伙子。我们都没有武器。你不能拿刀攻击赤手空拳的人。"这时我才听到他说的话,他说起话来跟皮特一样。"放开他。"他说。他们将我放开。"是怎么回事?"我告诉他事情的来龙去脉。"我明白了,"他说,"你是想在他走之前看看他怎么样。"

"不,"我说,"我是来 ——"

但他已经把头转向第一个士兵,见他正用手帕包住手。

"你找到了吗?"他问。第一个士兵回到桌边,翻了一下文件。

"在这儿,"他说,"昨天入伍的。他加入了一只分遣队,今天上午去小石城。"他胳膊上戴了一块手表。他看了看表。"火车大概五十分钟之后出发。我知道这些乡下孩子,他们可能现在已经到了火车站。"

"让他过来,"系斜皮带的人说,"打电话给火车站。告诉门卫给他叫一辆的士。你跟我来。"他说。

在这间屋子后面有一间办公室,里面有一张桌子和几把椅子。我们坐在办公室里,那位士兵抽着烟。没过多久,我听出了皮特的脚步声。随后,一位士兵打开门,皮特走进来。他还没有穿上军装。他看上去跟昨天早上上汽车的时候一样,只是对我来说,这一天就像一个星期一样漫长,这一天里发生了太多故事,我赶了太多路。他走进来,站在那里,看着我,就像他还在家里一样。只是他现在身处孟菲斯,即将前往珍珠港。

"你怎么在这里?"他问。

我告诉他经过。"你们需要柴火和水做饭。我可以给你们砍柴挑水。"

"不行,"皮特说,"你得回家。"

"不,皮特,"我说,"我也得去。我得去。我心里难受,皮特。"

"不行。"皮特说。他看着士兵。"我不知道他经历了什么,中尉,"他说,"他以前从来没有掏过刀子。"他看着我。"你为什么要这么做?"

"我不知道,"我说,"我没办法。我必须到这里来。我得找到你。"

"好吧,你不准再这么干了,听到没有?"皮特说,"你把刀装到口袋里,装好了。如果我再听说你对人掏刀子,不管我在哪里,我都会回来要你好看。听到没有?"

"只要能把你找回来,割人喉咙我也不在乎,"我说,"皮特,皮特。"

"别。"皮特说。这时,他的声音不再像之前一样强硬,语速也缓和下来，声音变得很平静，我知道我永远也无法让他改变主意。"你必须回家。你必须照顾妈，我的十亩地还指望着你照管。我想让你回家。今天就回去。听到没？"

"听到了。"我说。

"他一个人回家行吗？"士兵问。

"他来的时候就是一个人。"皮特说。

"我想我可以一个人回去，"我说，"我住的地方只有一个，又不会变。"

皮特从口袋里掏出一块钱塞给我。"你拿去买票，够你一直坐到邮箱那里，"他说，"你要听中尉的话，他会把你送到班车上。你回家去，照顾好妈，照管好我的地，你的刀必须待在口袋里。听到没？"

"听到了，皮特。"我说。

"好吧，"皮特说，"现在我得走了。"他又把手搭在我头上。但是这一次他没有拧我的脖子，只是把手在我头上搭了一会儿。他俯身亲了我一下，我听到他的脚步走出房间，门关起来，我没有抬头，就这样，我待在那里，用手抚摸着皮特亲我的地方。士兵靠到椅背上，一边看着窗外，一边咳嗽。他把手伸进口袋，看都没看一眼，递给我一样东西。是一片口香糖。

"谢谢，"我说，"嗯，我得回去了。我得赶很远的路。"

"等一下。"士兵说。他又打了个电话，我又重复说了一遍我得回去，他说："等一下。记住皮特跟你说的话。"

于是我们等了一会儿，另一位女士走进来，她也上了年纪，也穿着皮衣。但她身上的味道很好闻，她没有拿纸和笔，也没让我留下记录。她走进来，士兵站起身，她扫了一眼，看到我，走过来轻轻地把手搭在我肩膀上,动作麻利而又轻松,就像妈一样。

"来吧,"她说,"我们回家吃饭。"

"不,"我说,"我得赶车去杰弗逊。"

"我知道。时间还早呢,我们先回去吃点饭。"

她有车。这时我们已经涌进车流之中。我们几乎在班车的下方,车外的街上的人流离我们很近,如果我认识他们,就可以直接跟他们聊天。过了一会儿,她把车停下来。"我们到了。"她说。我看了一眼,如果那地方都是她家的话,她家里一定有很多人。但那不都是她家。我们穿过一个栽了树的大厅,进入一个小房间,里面什么都没有,只有一个黑人穿着比军装还鲜亮的制服。黑人关上门,一边喊"当心!"一边伸手去抓,不过还好,这个小房间往上移动,然后停下来,门打开了,我们进入另一个大厅,这位女士打开一扇门,我们走了进去,里面还有一名士兵,是个年长的人,也系着斜皮带,两个肩膀上都有银鸟标志。

"我们到了,"女士说,"这是麦克克罗格上校。你想吃点儿什么?"

"我只想吃点儿火腿、鸡蛋和咖啡。"我说。

她正拿起电话,却停了下来。"咖啡?"她说,"你多大开始喝咖啡的?"

"我不记得了,"我说,"估计是从我记事之前就开始了。"

"你八岁了吧?"她问。

"不是,"我说,"八岁零十个月,快十一个月了。"

她打了电话。然后我们坐在那里,我告诉他们皮特出发去珍珠港,我打算跟着他一起去,但我得回家照顾妈和皮特的地,她说他们也有一个跟我年龄相仿的孩子，现在正在东部读书。然后，另外一个黑人，穿着短式燕尾服，推着手推车一样的车子进来了。车子上有我要的火腿、鸡蛋、一杯牛奶和一块馅饼。我想我是饿了。但我吃了一口就咽不下去了，我迅速站起身。

"我得走了。"我说。

"等会儿。"她说。

"我得走了。"我说。

"等一小会儿，"她说，"我已经打电话叫了车，一会儿就到。你把牛奶喝了吧？要么喝点儿咖啡？"

"不用了，"我说，"我不饿。我回到家再吃。"这时电话响了，她没有接电话。

"喏，"她说，"车来了。"我们又从那间里面有个黑人、会动的小房子下去。这一次是一辆大轿车，司机是个士兵。我坐到前排。她给了士兵一块钱。"他可能会饿，"她说，"找个好点儿的地方给他买点儿吃的。"

"好的，麦克克罗格太太。"士兵说。

然后他就开动了。汽车绕着城里开动，我又见到沐浴在阳光之下的孟菲斯。首先，我知道我们正沿着早上班车来的路返回——沿途是连成一排的商店、一家接一家的轧棉厂和锯木厂，孟菲斯绵延好几英里，然后才出了城市。接着我们又经过田野和树林，速度飞快，如果没有这个士兵，我会觉得好像从来都没有去过孟菲斯。汽车开得飞快。按照这个速度，用不了多久我就能回到家里，想到我坐着这辆大轿车经过法国人湾，还有一名士兵当司机，我开始哭泣。我从没想到我会哭出来，可我情不自禁。我坐在士兵身边哭泣。我们开得很快。

孩子们的抱怨

作者 | 乔治·吉恩·内森

乔治·吉恩·内森(George Jean Nathan,1882—1958),美国作家、戏剧评论家、编辑。

主要作品:《无名之书》(*A Book Without A Title*)等。

孩子们的抱怨

一件让孩子们痛苦不堪的事，就是家长们总以为孩子得接受这样或者那样的音乐培训，不管孩子能否分得清钢琴和学步车，也不管孩子们是十指健全，还是十根手指已经有六根被隔壁家孩子爷爷的猎枪打断。我之所以拿钢琴来说事，是因为尽管还有许多别的乐器可供选择，而且其中的许多乐器学了之后更有实用价值，一般而言，家长们总是为了学习钢琴和孩子们产生冲突，这些学钢琴的孩子们百分之九十成了保险销售员、不择手段的律师、餐馆勤杂工或者成为崇尚留声机的男人的妻子。

做家长的总以为，对男孩来说，就算学一些简单的音阶（结果很可能是孩子只会用一根手指弹奏儿歌《当他走过麦田》），也一定能在日后的生活中变得高雅，而对于女孩来说，则会在男性眼中变得更加温婉，更讨人喜欢。一个愤世嫉俗的男孩可以这样反驳他的父母，除了帕德雷夫斯基之外，从帕赫曼到莫里斯·罗森塔尔这些世界上最伟大的钢琴家在自己所从事的艺术方面接受的高雅灌输并不比一个普通的股票经纪人多；一个务实的小女孩也可以反驳她的父母说，一个会弹钢琴的女人，她的丈夫常常会投入患有严重指关节风湿的女人怀抱——如果男孩或者女孩这么做了，那他们当天就别想吃晚饭了……

如前所述，如果家长们在这个问题上能够多一分理性和务实，少一分成见，情况可能会更好。孩子们可能喜欢钢琴之外的其他乐器，而这些乐器表面上看起来比较庸俗，那么那些根本分不清短笛和竖琴的家长们会咬牙切齿，明确表示他们担心孩子长大后会成为流浪乞丐。

例如，如果孩子说他喜欢萨克斯管、短号或者鼓，家长听到这个消息，通常会表现得像是他们的父母刚刚在炸弹袭击中死亡一样。从前，他们常常因为把梳子包在厕纸里当乐而被他们的父母打得不行。尽管萨克斯管、短号和鼓发出的声音（尤其是未经正规训练的孩子们纯属娱乐地弹奏的时候）并不会给家庭带来和平与安静，我们也应该认识到它们发出的声音并不比钢琴的响声更让人难受。这一点很重要，但这还不是问题的关键。关键是乐器本身与尊严无关，总的来说，如果孩子确实喜欢演奏某种乐器，那么这个孩子长大后成为一名优秀的萨克斯管、短号演奏者或者鼓手，要比在家长不断扔啤酒瓶的管教下长大的钢琴演奏家好。

天知道，有些艺术职业甚至消遣比萨克斯管、短号或者鼓更加高级，但是——职业且放到一边，消遣倒是可以包含进来——我个人并不觉得演奏萨克斯管就比打牌消磨时间低一个档次，不觉得吹奏短号就比在收音机上听肥皂剧、男性布鲁斯歌手和印第安纳波利斯交响乐团的演奏更可耻（除非小区居民已经被吵得不行，大家怒不可遏），不觉得打鼓就比所谓的"游戏"更有辱斯文，那种"游戏"就是一个人像表演哑剧一样郑重其事地躺到地上，身体弯曲成螺旋形，另一个人猜他表演的是什么词。

而且，如前所述，家长们还得投入大量真金白银，对大多数人来说这一点很有说服力。还有一点可以让感情受到伤害的家长们得到进一步安慰，那就是音乐厅里令孩子家长们无比敬重的交响乐团也是由各种各样的乐器组成的，如果家长们觉得有些乐器庸俗而拒绝孩子们学习这些乐器，那交响乐团也就根本不会存在。

我们应该记住，孩子们对什么感兴趣，对什么不感兴趣，这涉及通识教育的问题。当孩子们从学校拿回很低的分数，而且这样的分数持续下去的时候，家长们不应该怒不可遏。通常，如果家长能够研究一下低分和高分之间的关系，就会发现孩子并非在具体的科目上落后或者懒惰，只是他对这门功课不感兴趣，因此没有集中精力学习。强迫孩子学习这些科目，就算能让他获得高分，他仍然会厌学。

回顾我自己的童年，我记得我的算术成绩总是十分糟糕，父亲总是得翻到成绩单最下面，甚至翻到另一面才能找到我的成绩，看到成绩之后他根本无法相信他的眼睛。我解释说我对算术不感兴趣，但这根本说服不了他，我只得硬着头皮学。我的确是坚持学了下去——我们那个时候，算术是上大学的必考科目——到了大学我们还得学算术，我却总是觉得这门课是个负担，从来没有从中得到快乐，学完以后根本没用过算术，直到今天，尽管大家都觉得我在其他方面有些天赋，我计算七乘九还是不会用乘法口诀，只是用九个七相加。

家长们在教育孩子方面依然存在许多短视和误区。比方说，教师们喜欢往孩子们的脑子里塞进许许多多的历史日期，过不了一天孩子们就会忘得一干二净,他们这是在浪费孩子们的时间,更糟糕的是,孩子们会因此觉得学校让人讨厌。等孩子们到了十五岁,教师们强塞的历史日期,他们顶多能记住三四个——1492年、1775年、1861年,或许还有1898年。只要记住这几个日期,再加上1月1日、2月22日、3月17日、5月30日、7月4日、11月的最后一个星期四、12月25日,就够了。三万个孩子里也找不出一个认为记住下面的历史事件有什么用处的:1781年10月19日英国人在约克镇投降,或者1863年5月2日,斯通沃尔·杰克逊在钱斯勒斯维尔战役中身负重伤。这种知识只适合那些长大以后满足于一个星期赚18美元的学校教师和那些郁闷得在收音机上玩智力竞赛节目自娱自乐的孩子们……

家长们最担心的,用他们自己的话说,就是自己的孩子跟着坏孩子学坏。这些坏孩子通常就是左邻右舍的孩子,可笑的是,他们的家长最在乎的,也是自己的孩子别跟前面说到的所谓好孩子们交往。

孩子们百思不得其解,家长们是凭着什么样高超的智商判断出他们亲密的玩伴人品不行的,因为用不了多久,孩子们就发现这些被家长嗤之以鼻的伙伴,在行为、道德、品味,甚至在给狗尾巴上系易拉罐的能力上表现得并不比他们差,而且,经常还比他们更加出色。

回顾我自己的童年,我记得父母特别担心我和三个男孩在一起玩。第一个——请恕我写出他的真名——是一个叫查尔斯·巴克曼·斯图尔特的男孩,在我们那群男孩中间的诨名是"雄鹿"。这个"雄鹿"体重有一百五十磅,力大无比,令人羡慕。他的气力可是帮他建立了不朽功勋,比方说一只手掀翻家中马厩里的四轮马车,挥动棒球砸穿住在另一个街区的牧师家的窗户玻璃,把个头高出许多的干洗店送衣服的男孩摔倒在地等,没有一件不让我们惊叹不已,佩服得五体投地。可"雄鹿"的父母却经常表示,他们家孩子身体虚弱,和我们这群孩子在一起——我们中间除了一个孩子之外,其余的都不到九十磅,我们这些孩子只要走进雨水坑,就会患上严重的感冒——对他的身体健康、社交圈子和审美旨趣都不好。"你们知道,"我清楚地记得他母亲告诫我们,"查理不像你们这么强壮,你们做的事情他做不到,我必须告诉你们,离他远点,让他好好休息,或者你们跟他在一起要看着点儿他。"说完,一脸羞愧的查理会拖着沉重的步伐,跟在母亲身后回到家中。还没等到他母亲转过头,他就从后门溜进后院里,举起大块砖头扔向隔壁后院里的牛奶桶,等奶桶里的东西倒光之后,又用肩膀撞开马厩门,推着家里的马车拼命地在路边狂奔。

第二个男孩名叫兰德尔·克劳福德,我们给他取的诨名叫"老粗"。估计家长们忌惮他的原因是他举止下流,喜欢扯女孩们的马尾辫,喜欢和那些长相美丽的女孩摩擦鼻子,因此就成了卡萨诺瓦[1]一样的二流子。但我们后来发现,真实情况是,"老粗"在女生面前十分胆小,见到女孩子就会吓得一口气跑上一个街区。我的父母之所以对"老粗"有如此成见,主要是因为我的栽赃陷害,有一次一个小女孩哭着跑来说我搞乱了她的头发,我就撒谎说是"老粗"干的。正因为我每个星期至少三次这么说,其他男孩也在他们父母面前大言不惭地栽赃,可怜的"老粗"才

---

[1] 贾科莫·卡萨诺瓦(1725—1798),意大利冒险家、作家,享誉欧洲的风流情圣。

背负了恶名，树立了克尔·贝柳[1]、吉姆·菲斯克[2]和开膛手杰克[3]的复合体形象。

第三个男孩名叫比利·莫里斯，只要我和他在一起，我父母就会感到无比恐惧。在他们的想象里，比利就是个"花花公子"。出于这样或那样的原因，他们觉得他喜欢赌钱，爱好抽"甜蜜卡波拉尔"牌香烟，对着路过的姑娘吹口哨，沉迷享乐。的确，比利喜欢掷骰子，但他也是身不由己，是我们这帮神圣的天使为了弄到他翻出的硬币想出的花招。他的确喜欢抽点儿"甜蜜卡波拉尔"香烟，只不过他是从我们手中求得的。他也的确会朝着女孩儿们大声吹口哨，只不过这也是在我们的强迫下干的，因为我们这些人口哨吹得都不如他，为此我们又得拿出一枚通过掷骰子从他手上赢来的硬币给他作为奖励。

---

[1] 克尔·贝柳（1850—1911），英国演员，外表俊朗，多次卷入风流情事。
[2] 吉姆·菲斯克（1835—1872），美国股票经纪人，牵涉许多婚外情事。
[3] 欧洲最臭名昭著的杀手之一，1888年8月7日到11月9日间在伦敦连续杀害至少五名妓女。

一个小男孩的爱

作者 | 哈夫洛克·霭理士

哈夫洛克·霭理士（Havelock Ellis，1859—1939），英国性心理学家、思想家、作家、文艺评论家。

主要作品：《新精神》（ The New Spirit ）、《性心理学》（ Psychology of Sex ）等。

一个小男孩的爱

正常来说，孩子们经历的爱情是一种精神之恋，而非肉体之恋。在这方面——尽管有许多超乎寻常的情况，我是正常的。一个小男孩的爱是由于受到真实世界的刺激在体内产生的一种精神上的激情，他自己对此可能毫无心理上的意识，更没有身体上的欲望，因为这些意识和欲望很容易察觉。生活中一次偶然的邂逅在他身上开启了新的视野，这种视野亘古以来已经印刻在一代又一代人的大脑里，它与一个女孩贪玩的手不经意间打开暗窗揭开宇宙奥秘并没有关系。

我当时十二岁，在默顿学院上完最后一个学期，暑假刚刚开始。半个世纪之前（五年之后我在澳大利亚读到他有趣的《自传》之后才发现这一点），就在同样的年龄，就在默顿同一个村庄，一个我永远都难以企及的文人利·亨特[1]遇见了自己的初恋。我将在这里遇到我的初恋。

尽管我的母亲偶尔也会表现得热情好客，但她不太喜欢留陌生人住在家里。有时她会邀请一个表兄弟姐妹来家里住上一个

---

[1] 利·亨特（1784—1859），英国作家。

星期，但他们并没有给我留下多少印象。除了亲戚之外第一个住到我们家里的外人是一个十六岁的女孩，她是我母亲继兄弟家唯一的女儿，家庭十分富有。她的名字叫艾格尼丝，她接到邀请暑假到我们家住一两个星期，那是1871年，我们家位于温布尔顿。她皮肤黝黑，漂亮活泼，一头修长的卷发，如今想来，她与她祖母——第二任惠特利太太长得很像，她祖母的样子我依然记得很清。在我眼里艾格尼丝既像是成熟的姑娘，又像是同龄的伙伴。她很快就适应了这种关系，立即就俘获了我的心。我对她一点儿都不放肆，并且从来都没有这种想法，她对我表现出的随和与亲近，超过了我以前遇到的任何一个女人。尽管我当时还无法理解这个事实的重要意义，但它毫无疑问对我产生了影响。她会率真地和我一起玩耍嬉戏。我们经常一起出去漫步，这时她会让我伸出胳膊给她扶着，把自己当作一个成年的淑女。她会请我喝柠檬汁，带我去一些好玩的地方，以此来彰显她的优势。有一天，她正挽着我的胳膊散步穿过一片种有罂粟的玉米地，这片玉米地位于默顿火车站和学院之间——正是在这片玉米田里我第一次发现罂粟的美——我严厉的老师突然从拐弯的地方走过来。一向比较胆怯的我，丝毫没有畏缩，也没有在班主任的注视下把胳膊缩回来，而是取下帽子打了个招呼，从那以后，我就为这勇气可嘉的小小举动而感到自豪。毫无疑问，看到一个漂亮女孩挽着他一个性格安静的学生的胳膊，他自顾自笑了，后来他向我父亲打听女孩是谁，但我想，他并没有提及更多细节。后来，艾格尼丝回家去了，奇怪的是，从此以后我再也没有见过她的面。她临走时我送了她一本《济慈诗选》，她回赠我一本《广阔的世界》[1]；我们通了几封信，但渐渐地断了联系，对此我并没有什么抱怨。那可能是艾格尼丝这次造访期间发生的一件小事造成的——她有一次提出来要帮我们做些家务，于是家人就让她帮忙剥豌豆，她母亲知道这件事后耿耿于怀，觉得让她女儿做这种事太下贱——从此以后，她母亲和我母亲之间的关系就变得冷淡，两个人都觉得受了委屈。现在她还活着，尽管她曾经到了谈婚论嫁的地步（我听到她和我们家用人谈到过），现在她依然单身一个人，作为家里的独女，她决心留在家里照顾年迈的父母。

我再也没有见过艾格尼丝。我也没有想着去见她一面。我再也没有提过她的名字，没人知道我曾经想念过她。但在长达四年的时间里，她的身影深深印记在我的脑海里挥之不去，让我对自我有了更加深刻的认识。我对她并没有产生生理上的渴望，我从来没有想象着和她有身体上的接触或者做过关于她的美梦。但我被一个男孩的纯情所吞噬。我痴心想象着她会成为我的妻子——尽管我从没想过这意味着什么。我会躺在床上，眼泪汪汪地向上帝祈祷，这个愿望有一天会实现。我时常感到庆幸，有些祈祷上帝并未听到。

这是因为，在这种热情的煎熬下，我长大成人，并且具备了诗人的气质。我发现了世界之美，体味到一种新的情感之脉在体内流动。我开始创作诗歌。我开始欣赏艺术，与此同时，也开始欣赏自然。我所有的文学创作都具备了新的特征，尽管这种特征还不鲜明、尚显稚嫩。在此之前，它们一直都比较客观，展现了

---

[1] 作者为苏珊·沃纳（1819—1885），美国作家。

一定的研究，彰显出严谨系统的精神，这种精神或许与生俱来，却缺乏明确的个性。从这时开始，个性的元素开始成型。与这个天真烂漫、生性活泼的女孩偶然的邂逅，给我的生命带来新的活力，触动了我浑身上下每一根神经。这是我一生中一个具有重大意义的事件。

儿时的哲思

作者 | 欧文·埃德曼

欧文·埃德曼（Irwin Edman，1896—1954），美国哲学家。

主要作品：《艺术与人：美学入门》（Arts and the Man: A Short Introduction to Aesthetics）、《哲学之用》（The Uses of Philosophy）等。

儿 时 的 哲 思

我觉得，大多数对哲学感兴趣的人可能都会记得他们是从何时开始对这门"学科"产生兴趣，记得他们读的第一本入门书是什么。在我的印象里，哲学总是与贝克韦尔的《古代哲学文献选编》密不可分，这本书收罗了早期希腊哲人的各种思想碎片：包括泰勒斯、阿那克西曼德、赫拉克利特和恩培多克勒。这些名字听起来如同咒语一般。起初我有一个印象（这种印象我至今无法抹除），出于某些原因，爱奥尼亚半岛的希腊哲人只会写些残篇断句。大学一年级的时候，我隐隐约约觉得贝克韦尔在耶鲁的时候收集了这些只言片语，抑或是他自己在那里编写了它们，这位博学的教授就成了希腊哲学的一个文献来源。我早期读到的哲学著作还包括一部巨大的灰色专著，这部作品是从晦涩难懂的德文翻译成令人抓狂的英文的：即包尔生[1]的《哲学导论》。这时我认识到哲学包含许许多多的学说，学说里面又分为许许多多的流派，在这些纷繁芜杂的学说和流派丛林之中蕴藏着真理。最终，在课堂之外，我自己发现了"家庭大学丛书"里的一本小书，即

---

[1] 包尔生（1846—1908），德国哲学家、伦理学家、教育家。

约瑟夫·约翰·汤姆逊[1]的《科学入门》，这本书揭示了许多学问的分支，阐明了它们之间的关系，让我觉得假以时日，我也能掌握所有这些学问——哪怕只是大纲。

但还有一个时间节点，或者说一类时间节点，大家都很难确定。我想，这个时间节点应该是在一个人明白"哲学"这个词的含义之前，他会模模糊糊地将这个词与以下情形联系在一起：固执而又坚韧的印第安土著被绑在火柱上烧死，一个人看着房子在火中化作灰烬，抑或一个人听说妻子撒手人寰或者与人私奔。当一个缺乏经验的人经历某些事情、听到某些言语或者产生某些联想的时候——人们就可能产生或者感受到一些令人愉快或者令人困惑的哲学问题或者终极事物（他们并不知道这两个概念）。我的一些朋友们偶尔会说起他们的小孩产生一些推理的想法的例子，我知道，从约翰·洛克[2]以降，哲学家们一直青睐儿童的案例——幼儿会将橘子的色彩、声音、味道、气味和感觉放到一起说："喏！这是个东西，这是个橘子！"

我没有孩子，我手头有关孩子身上萌生哲学意识的案例并不多，但朋友们给我的印象是他们的小孩都是形而上学家。比方说，我从伊恩的父亲口中得知，九岁的伊恩在读吉本[3]的作品时，就像休谟[4]一样颇具怀疑精神，表现得谨小慎微。有一次我和一个小孩聊天，他突然问道："谁创造了世界？"我简要地回答说："上帝。"他接着问："谁创造了上帝？"对一个孩子来说，要说上

---

1 约瑟夫·约翰·汤姆逊（1856—1940），英国物理学家，电子的发现者。
2 约翰·洛克（1632—1704），英国哲学家，代表作包括《论宗教宽容》《政府论》《人类理解论》等。
3 爱德华·吉本（1737—1794），英国历史学家，代表作为《罗马帝国衰亡史》。
4 大卫·休谟（1711—1776），苏格兰哲学家、经济学家、历史学家，代表作包括《人性论》《道德原则研究》《人类理解研究》等。

帝是根源、是不需要创造的造物主，可能有点儿困难，这种回答还会引来更多的问题。我说我以后再向他解释。关于儿童身上哲学意识的觉醒，我只能从我自己的经历中找到一个例子，我会尽量避免我后来接受哲学教育过程中那些复杂的解释影响到这种记忆。回头来看，我相信关于所有重大问题的思考，包括自由与决定论、上帝、不朽、外部世界的现实，以及现实的本质等，都是自幼儿的时候产生的。我甚至可以想象，有一天精神病学家会证实推理的兴趣是从儿时养成的，并且证实形而上学家就像是婴儿室里处于不正常精神状态的婴儿。

时间当然是许多当代思想青睐的话题之一，我十三岁的时候肯定没有读到当代物理学家或者爱因斯坦的早期作品。如果我没记错的话，正是在那个时候，我第一次对这个问题感到困惑。自从柏拉图将时间定义为"永恒的影像"，这个话题就一直延续下来，而永恒又是一个十分令人疑惑的词。我记得有一天我走到姐姐身边，说我对时间感到困惑。姐姐一直都是个理性的人，深谙人情世故，从来不会对这种无聊的问题分心，无论问题本身多么复杂，多么令人印象深刻。她是个摆脱了混乱思想的哲学家。

"你什么意思，"她说，"对时间感到疑惑？"

"嗯，"我说，"就拿今天来说吧。今天就在此时此刻，对不对？"

"当然了。"她说着又转到钢琴上，她正在弹奏四手联弹版的贝多芬《第五交响曲》，刚弹到一半。

"等会儿，"我说，"到了明天，今天就会变成昨天，对不对？今天就不存在了。明天还没来，所以它根本不是明天。这真让人疑惑。什么是时间？"

"你该上床去睡觉了。"她干脆地说,她不想继续纠缠无聊而又幼稚的问题,她又开始弹奏行板乐段。

我是上了床,但根本睡不着觉。因为此前一直以为理所当然的东西忽然显得如此不真实,让我百思不得其解。我沉思道,上个暑假在新泽西海滩时——漫长的夏日午后,当你走进海水,白色的海浪拍打着你的身体,盐雾发出刺鼻的气味;当你躺在沙滩上,温暖的阳光照在身上。这是上个暑假的事,但它又不再是上个暑假的事了。我突然惊奇地意识到,它已经成为过去。但什么是过去?过去在哪里?此时此刻,一个冬天的夜晚,我躺在位于纽约的一幢公寓的床上,听着姐姐弹奏钢琴,时间依然在移动,到了明天,这种关于过去的想象也将成为过去。这让我有些不安。但我无暇多想就睡着了。

接下来的几个星期里,我经常思考这个问题。我敢肯定,"思考"这个词显得过于严谨,实际上我还做不到系统思考。我并没有想着解决这个问题。我并没有表现出早熟的辩证技艺。我"思考"它是因为我感受到这个问题。我像做梦一样,反复思考着已经逝去但留在记忆之中的过去,必将到来但还没有到来的虚幻的将来,以及正在消失的现在。或者说,我自己念叨着,昨天已经过去,今天正在不断流逝,明天即将到来但还没有到来。我过去常常向别人解释这个问题,尤其是开电梯的黑人男孩,他似乎是唯一会倾听的人,尽管他说:"你的脑瓜不用操心这些事!"直到五六年以后,我才发现我远非唯一被这个问题困扰的人。我私下里想,担心这种问题有些特别、有些私密、有些不正常,就像一个孩子会在很长的时间里以为他是唯一被性的问题困扰的人一样。

但时间并非儿时困扰我的唯一哲学问题。在大学里读了包尔生的著作之后我发现了所谓"认识论"的问题。我们是怎么"知道"的,我们又是怎么知道我们已经知道?我还学到了形而上学,试图严谨地定义什么才是真实。但在我知道这些术语很久之前,认识论和形而上学就已经进入我的理解范围,那时我还不知道有许多成年人穷其一生围绕这些难题展开论辩,还教育学生这样做,并且因此得到大学的资助。我不能说是我自己萌生了对这些问题的思考。是朱利安·L.,据说现在他是纽约备受推崇的儿科医师,通过一个十四岁儿童的观察引领我这个十四岁的儿童了解了认识论和形而上学(尽管他也不知道这些概念)。后来我才发现,他谈到的事实,其实在哲学论著中经常被引用,是一个经典的解释。

当时在大山里,时值七月一个炎热的下午。我们在一条小溪边的树下懒洋洋地聊天。我都快要睡着了。朱利安拿着一根树枝在水里搅动。

"树枝看起来像是折断了,对不对?"他说。

我心不在焉地抬起头。"对,那又怎么样?"我说。我有时也和姐姐一样务实。

"但它并没有折断,你看到的只是水里的影子,那是不真实的。"朱利安说。他一边陷入沉思,一边继续搅动着。"但影子是真实存在的,"他说,"影子本身是真实的。"

"对,"我说,"我要睡一会儿。"

我当时并没有把朱利安的话放在心上。在这个阳光明媚、绿树葱茏的夏日,真实的影子、不真实的折断的树枝看起来并不重要。但是几天之后,当我再次和朱利安一起在河边漫步,我自己拿一根树枝插进水里，这位朋友几天前的话突然又清晰地闪现在我的脑海里，意外地令我十分信服。

"从某种程度上说影子是真实的。"我突然对朱利安说。然后，两个十四岁的认识论学家，坐在一条山间小溪旁，穷尽所能辩证地思考着真实与非真实，我们是如何真正知道任何事物，以及眼睛看到的东西是否可信等问题。我很快就对这种矛盾感到厌倦——从那之后我就经常对这种矛盾感到厌倦。这个问题，那个时候我甚至就感觉到，是人为的，就像现在我有充分的理由这么认为。但那个问题一直萦绕着我，那个夏天我心里经常思考它。梦也像影子一样，人们的记忆也像梦一样。我准备写一首相关的诗，但以我十四岁的标准来衡量那首诗也没有成功。的确，即使是现在，我也觉得关于这个问题更适合写一首诗歌，而不是追究学问，这个问题无论是起因还是结果都很有诗意，而不适合当作真正的问题加以分析。当时的结果是，我成了一个孤独的唯我主义者——如果我当时知道这个词汇，我该是多么喜欢它哟——我会尽量假装我的房子、我的床、我晚餐吃的肉奶蛋、夏天里其他的游客们，包括朱利安自己，都只不过是影子或者我脑子里的梦，或许我自己也只是一个梦，直到我感到饥肠辘辘或者精疲力竭。我似乎记得，在接下来的一两个星期里，母亲觉得我格外心不在焉，让人十分恼火。将我身边的世界当作我理解和想象中的幽灵着实令我着迷。多年以后，桑塔亚纳创造了"本质"这个概念，专指这种梦、这种瞬间的表象、这种短暂的直觉的对象。直到我开始回忆青春年少时对认识论的探索，我才意识到我很早以前就开始思考"本质"的问题。

也正是在同一时期，因为朱利安，我第一次开始思考自由与决定论、命运与机会、必然与偶然，但是这种思考必定不像这些概念一样细微。我和这位朋友经常讨论我们成为朋友的偶然性。我们认为，这是一种幸运的偶然。但我们又觉得，这种偶然中的幸运，又证明它不仅有幸运。它应该不是偶然。你看吧，我们都认为，我们的父母彼此之间并不认识，首先得决定来到相同的地方，在他们彼此并不认识的情况下，租住的房子就在彼此对面。这不是偶然。这是一连串必然的链条。这是预定的。这就是命运。我们进而热心地认为，命运安排我们永远保持友谊。命运与自由，都是自圣保罗和圣奥古斯丁以降的这些神学家长久思考的命题。死亡与不朽亦是如此。我后来才发现，许多哲学概念都产生于儿童和野蛮人的心灵之中。有关灵魂的原始概念数不胜数。如果我记得没错的话，原始社会的武士梦中见到死人，就会相信他死去的朋友和敌人到了另一个世界里生活。我倒是不能说在很小的时候就思考过灵魂的性质或者不朽的问题。我小时候也没有思考过死亡。小时候我只知道死亡会发生在老人身上，发生在四十岁、五十岁和七十岁的人身上；会发生在人们的祖父母身上，而不会发生在孩子们熟识的人或者孩子们的玩伴身上。但我们的一个玩伴男孩的死亡——他名叫赫伯特，身材胖墩墩的，性格温和，在我们的本杰明·富兰克林俱乐部里是个不太爱好文学的成员——第一次让我停下来思考，让我觉得死亡十分不可思议。年长的人死去给人的感觉是他们只是离开我们或者是去了别的地方，无论如何，我们对他们从来都不了解，况且，成年人本来就会做千奇百怪的事情。但赫伯特是个生龙活虎的孩子，直接就消失了，他躺在棺材里，被抬去埋掉了。这比我一个朋友的父亲S先生的死更让人不安。S先生的死让人悲伤，来得十分突然——他从外面出差回来,得了肺炎。他们给他准备了氧幕,但三天之后他还是去世了。但是,他已经秃顶,一直看起来很苍老。他已经年过五十。再也看不到他在九点差一刻的时候戴着高顶礼帽悠闲地出现,让人感觉非常奇怪。他的儿子,也就是我的伙伴,系着黑领带和黑纱,不能去电影院,在一段时间内显得格外庄严和重要。但赫伯特的死不一样。我们中间的一个同龄人的死是另一回事。年少的孩子不相信永生,但他们认为世人可以长久存活。一个年轻的生命真的会神灭形消,停止存在,这的确令我感到不可思议。但我同意,一个成年人的哲学观点是很早就形成的,如果这个人会形成哲学观点的话。我从来没有想过我的朋友会成为另一个世界里的天使。他只是停止了存在。死亡就是终结,死亡之中蕴含着不可思议和悲伤。死亡,就像出生一样,是一种存在的事实,不可避免,自然而然。我儿时就隐约体会到这一点。现在,我完全相信这一点。

然而,华兹华斯所谈到的不朽的思考,当然与来世没有关系。与它有关的是一种"更加混杂"的东西,一种渗透在粗糙或者精致表面下的美丽事物。像其他孩子一样,尤其是在音乐艺术方面,我感觉到一种强烈的哀伤和紧张的预兆,感觉到超凡脱俗。给我带来这种感觉的是《天使小夜曲》《石岛》或者《唐豪瑟》之"酒神节的狂欢"这些并不高深的音乐,或者根本不是一些所谓真实的音乐。这种感觉如果不是来自音乐,就是来自诗歌,而且这诗歌不必十分深奥。

我想,现在我知道我是从哪里获得了神秘哲学和先验哲学启蒙。我想又是我和朱利安的偶然相识帮助我形成了一种思想,把这个一半是邪恶、一半是启示的世界看作一个超越现象的世界。朱利安的父亲白天是商人，晚上则是众多没有资历的哲学家中的一员，关于这一点，我在之前的书中提过。[1] 闲暇时间，他喜欢研究哲学问题。他发现我像个"新人"。"新人"这个词选得很对，因为他向我介绍的是一种"秘密智慧"。由于他的儿子不感兴趣，他就不断启发我，我对他介绍的一些理论理解得比较模糊，尽管它们令我印象深刻。或许直到今天L先生也不是很清楚这一点，但我的确模模糊糊地从他那里学习，而他又是从一个首字母缩写为"T.K."的作者那本紫色封皮的著作中学习的。我不知道这个神秘的"T.K."是谁，他也不知道，我在图书馆里也一直没找到"T.K."的作品。现在想来，我经常会遇到与这位孤僻的作家相似的观点，至少这些观点经过我朋友具有神智思想的父亲苦思冥想过。L先生借给我一本"T.K."的书，我发现里面的词汇和句子都太长、太多。但作品的主题比较清晰，因为"T.K."的追随者已经热情洋溢地向我传达。我们周围的物质世界并不是真正的世界，它是真实世界的影子，比我们感官接触到的世界更加正确、更加深刻、更加真实。真实的（或者说神圣的）世界包含着灵性的存在体，他们真与美的合唱构成了我们这个有形世界的秩序与美，我们通过美德、智慧或者天才就能触及它们。我们应该注重的是去接触这些无形的灵性的存在体，接触这些现象之外的真理的秩序。L先生使用了上面这些词汇，但我当时不怎么明白它们的含义（我现在也不确定我已经明白），它们听起来十分宏大和严肃。后来，我读到了相同的内容——或多或少相同——但这种思想在二世纪希腊神秘主义者和辩证家

---

[1] 作者指的是《哲学家的假期》一书。——原注

普罗提诺的著作中表述得更加清晰、中肯。许多年以后，我才意识到"T.K."和朱利安的父亲的思想都来源于柏拉图、普罗提诺、奥古斯丁和印度古代哲学。

我头脑里的一些恶魔或者天使经常促使我反驳"T.K."的预言。当时，我内心有东西警告我（现在依然如此），不要相信这种令人气绝的思想。我尽力相信感官世界是真实的，不去相信任何人所宣称的另外的世界。但那时我被这种富有诗意的推测所触动，直到今天我依然被触动，我一直心存感激，一个商人兼业余神智学者在我小的时候就给我启蒙，让我对"从不照在海上和地上的光"[1]产生同情。当时我觉得，现在我依然觉得，神秘主义者们谈论的是一个现实上"不真实"，精神上比一般感觉更加真实的世界。

直到上了大学我才发现，在最伟大的实践家的手里，哲学是为了寻找和达成一系列"美好生活"的原则，严肃地讲，哲学就是或者说就成了道德哲学。年少时在我的左邻右舍中间，我怀疑在当时的大多数邻里之间，道德主要与性道德有关，而不道德只有一个含义，最好不要大声说出那是什么。我想我并没有被"什么是美好？"这样的问题严重困扰。所谓的"美好"凭着一个人自己的家庭以及他认识的家庭奉行的标准来定义。人们相信道德哲学具有历史性，当传统准则崩塌，相反的善恶理论、相互竞争的价值标准将开始产生冲突。在我们的社区并不存在这种标准的对立与竞争，但我现在知道当时它在转型。就在两个街区远的廉租公寓里住着许多恶棍，但那是另外一个世界。

---

[1] 英国诗人威廉·华兹华斯（1770—1850）的诗句。

在我的记忆里，年少时接触的社会怀疑主义来自我的高中同学，他的家庭格外贫穷，他课后必须辛苦地干各种各样的工作。看到我的这位朋友不得不在课后努力工作，看到他暑期不得不待在城里，我开始思考公认的价值观构成的有序世界、中产阶级生活的高雅体面及其经济基础等问题。但还不仅是他的例子，而是他的话让我开始思考我所知道的小世界里对与错的运作。本·F. 是奥地利移民，比我大两三岁，在我看来他显得很成熟，他肯定读过成人的书。不到一年的时间，我就跟着他公开谴责资本主义制度，陪着他去麦迪逊广场花园，在那里待了二十分钟，为尤金·维克托·德布斯[1]喝彩。我还不太了解马克思的劳动价值学说，但我知道人们的劳动待遇太低，知道富人在压榨穷人，知道社会必须改头换面，知道所有人必须拥有平等的机会和回报。而且，具体而言，本下午不应该去工作，他应该像我一样，或许应该和我一起去乡下过暑假。我对经济的理解十分原始，我对社会公平的热情也很模糊。尽管如此，它们引领我进入道德哲学之门。或许，当时我开始怀疑，我认为公正合理的一切思想本身就是中产阶级家庭的偏见。世界上肯定还有别的生活方式，还有别的看待正确与错误的方式。

我怀疑许多道德哲学家的探索是在十三岁的时候由于意外的不安而开始的，由于某个男孩小时候发现他所认识的好人身上有许多瑕疵，这个男孩就开始探索"美好"，因为他发现外人有关于美好的不同标准远远超过他的想象。但对我而言，关于美好生活的反思经历了很长时间的间歇，直到我自己偶然发现它之后许

---

[1] 尤金·维克托·德布斯（1855—1926），美国工人运动领袖、社会主义宣传家，美国社会党创始人。

久，我才清楚地知道有道德哲学这种东西的存在。也正是在这时，我发现了诗歌，然后我就忘记了"美好的社会"，以及我安逸地生活、本艰难地生活的世界里的各种邪恶。

直到大学一年级，我才开始从更加严格的意义上更多地思考"哲学"。我想，美国高中生的这些一般观点主要来自文学和历史课程。甚至大学管理者们都有一种盲目的想法，觉得哲学这门课程对低年级学生来说太过"深奥"、太过"艰涩"。我（像大多数高中生一样）通过学习几何学或者分析伯克关于和解的演讲习得逻辑，通过《罗杰·德科弗利爵士正传》《亚瑟王传奇》和《鲁拜集》学习道德哲学。但是，回想这些少时的哲思，我在想我们为什么不能像法国一样更早地引入哲学。真实与非真实、善与恶、命运与必然、决定论与自由、思维方法、存在或者时间的幻象，这些主题肯定从很早就浮现在所有青少年的脑海，除了最迟钝的那些人以外。有一次我在公共图书馆里浏览分类码为100的书籍，杜威十进制图书分类法的发明者早就将哲学包含在其中。[1] 图书管理员向我推荐《三个火枪手》和《悲惨世界》。但是现在，如果孩子们自然而然产生了兴趣，我更希望我们可以推荐哲学著作。当他们在大学里接触到哲学时，那只是一门必修的课程。但我敢肯定，有许多孩子在更早的时候就已接触到哲学。水中弯折的树枝、夏日在海边或者山间感受到的深远的感觉，对时间的困惑与哀伤，对"美好"的忧虑，都使人产生了疑问，这些问题不应该等到上大学的时候才受到重视，才被认为是值得提出与回答的。

---

1 杜威十进制图书分类法中，分类码"100"为哲学类。

哈罗的考试

作者 | 温斯顿·丘吉尔

温斯顿·丘吉尔（Winston Churchill，1874—1965），英国政治家、演说家、军事家和作家，曾两度出任英国首相。1953 年获诺贝尔文学奖。

主要作品：《第二次世界大战回忆录》（The Second World War）、《我的早年生活》（My Early Life）等。

哈罗的考试[1]

我刚满十二岁那年,就开始进入荒凉的"考试国度",在接下来的七年时间里,我就在这个国度里煎熬,经受巨大的考验。考官们青睐的科目几乎总是我最不感兴趣的科目。我可以忍受历史、诗歌和写作考试,但考官们偏偏看重拉丁语和数学。到最后只能听从他们的意志。更糟糕的是,他们在这两门考试中出的考题几乎总是我无法作答的题目。我可以回答一些我知道的知识,但他们总是考我不知道的内容。我想彰显我的学识,但他们总是要暴露我的无知。这样一来只能出现一个结果:那就是我的各科考试都不理想。

我进入哈罗公学的入学考试尤其如此。校长韦尔登博士对我的拉丁语散文比较宽容,他看重的是我的综合能力。这一点实在难能可贵,因为拉丁语试卷我一道题都答不上来。我在卷头上写下名字。接着,我写下考题编号"1"。左思右想之后,又在"1"上加了括号。除此之外,我再也写不出任何与题目相关的内容了。更糟糕的是,试卷上不知从哪里冒出几点墨渍。整整两

---

[1] 本篇目节选自作者自传《我的早年生活》。

个小时，我满怀忧伤地盯着这些污渍。接下来仁慈的监考将我的试卷和大家的试卷收到一起，放到校长的桌上。就是这些有限的学业表现让韦尔登博士得出结论，我可以升入哈罗公学。这全是他的功劳。此举表明，他这个人能透过事情的表象看到本质：他不仅看重卷面成绩。我一直对他敬佩有加。

有了他的决定，我如期被分到四年级（也就是最低年级）三班（也就是最差的班）。新生的名字按照字母顺序印在全校名单上。由于我的真名叫"斯潘塞-丘吉尔"，开头是"S"，比起按成绩排名，我在排名上并没有占到什么便宜。实际上，全校只有两个人排在我后面，而且这两个学生，不知是生病还是别的原因，很快就从名单上消失了。

哈罗公学与伊顿公学的点名制度不一样。在伊顿，孩子们站成一排，点到名字的学生举起帽子。在哈罗，学生得排队从班主任前面经过，顺次点名。因此，我的位置谦卑得有些惹人不快。那是1887年。我的父亲伦道夫·丘吉尔勋爵刚从下议院领袖和财政大臣的位子上退下来，但他依然在政坛具有重要影响。因此，许多男生和女生经常在学校台阶上等着看我从旁边经过。我经常听到他们发出毫不相关的感叹："唷，他可是全校倒数！"

这种谦虚低调的情况持续了近一年时间。然而，在最低的年级待这么久，让我在聪明的孩子们面前赢得了一个巨大的优势。他们都继续学习拉丁文和希腊文之类的课程，而我只学习英文。萨默维尔先生——他是个非常令人愉快的人，我对他亏欠很多——负责教最笨的孩子们最不受待见的课程，那就是英文写作。他的教学很有一套，教学方法别出心裁。我们不仅学习系统的英语语法分析，而且不断地加以练习。萨默维尔先生有一套自己的操作模式。他找来较长的句子，用黑色、红色、蓝色和绿色的笔将句子分成不同的成分：主语、动词、宾语，关系从句、条件从句、从属句和分离句！每种成分都用不同的颜色和括号标记出来。这是一种操练。我们几乎每天都做。由于我在三年级四班待的时间是其他学生的三倍，我做的练习也是别人的三倍。我算是系统掌握了这项技能。于是我已经深入了解日常英语句子的结构——日常英语是一种高贵的东西。后来，我的那些因为写作出色的拉丁诗歌和简练的希腊警句而获得各种奖励、崭露头角的同学们又得回到日常英语，凭借普通英语谋生和发展，我并没有觉得自己有任何劣势。我赞成孩子们学习英语。我会让他们都学英语。然后我会让那些聪明的学生将学习拉丁文当作荣耀，将学习希腊文当作奖励。但只有一件事会让我责罚他们，那就是不懂英文。我会为此狠狠地责罚他们。

我在夏季学期进入哈罗公学。学校有我见过的最大的公共浴池，与其说是个浴池，倒不如说像个河湾，上面架着两座小桥。我们经常在那里玩耍，一连休息几个小时，泡浴池的间歇里就爬到温暖的沥青路边吃硕大的蛋糕。当然，这时候，走到一个浑身赤裸的朋友或者敌人身后，将他推到水里，是一件很惬意的事。我到学校一个多月后的一天，看到一个男孩身上包着浴巾站在池边发呆。他长得并不比我高，于是我就想好好捉弄他一下。我偷偷溜到他身后，把他推到池子里，同时抓住他的浴巾，避免浴巾被水打湿。我惊讶地发现，男孩从浪花中抬起愤怒的脸，他游到岸边，显得力气很足。我准备逃跑，但根本没用。这家伙一阵风似的追上来，猛地抓住我，把我拖到水池最深的地方。我很快游到浴池另一边，发现一群年龄稍小的男孩激动地围了上来。"你闯祸了,"他们说,"知道你刚才干了什么吗?他是埃默里,六年级的。他可是级长。他是体操冠军、足球高手。"大家不停诉说着他令人肃然起敬的各种头衔,夸大即将降临在我头上的惩罚。我浑身战栗,不仅有一种恐惧,而且感到一种亵渎的负罪感。他披着浴巾,个头又这么矮,我怎么知道他是六年级的?我决定立即道歉。我惶恐不安地走到这个统治者身边。"很对不起,"我说,"我以为你是四年级学生。你个头这么矮。"这么说,他的怒气一点儿都没有平息。于是我又急中生智补充说:"我父亲是个伟大的人,他个头也很矮。"听我这么一说,他笑了,随便骂了一句,警告我以后要小心,这件事就这么完了。

我很幸运后来对他有了更多了解,到那个时候,在学校时相差三岁已经显得不那么重要。我们后来在内阁是多年的同事。

我是最低年级的学生,却在一次面向全校的竞赛中,在校长面前一字不差地背诵出一千二百行麦考莱[1]的《古罗马叙事诗》并赢得了奖励,这让大家都觉得不可思议。我还在学校垫底的时候,还成功地通过了陆军的预备考试。这次考试让我变得格外努力,因为学校里许多成绩排名在我前面的学生都没有通过。我的运气也很好。我们都知道,必定有一道题是凭借记忆画出某个国家的地图。考试前一晚,我把世界地图上的国名写在纸条上,装在帽子里抽签。我抽的是新西兰。我凭借出色的记忆记住了这处领地的地理特征。结果试卷上的第一道题就是:"请绘出新西兰的地图。"这在蒙特卡洛被称作"正好",我可能会赢得三十五倍的筹码。[2] 当然,我的试卷得分最后很高。

---

1 托马斯·巴宾顿·麦考莱(1800—1859),英国历史学家、政治家。
2 蒙特卡洛是摩纳哥的一座城市,位于地中海之滨,赌博业十分发达。

这时，我开启了军事生涯。我参军的想法完全源自收集士兵的爱好。我收藏了近1500个锡兵。这些士兵是清一色的英国士兵，都是一个尺寸，合在一起组成了一个步兵师和一个骑兵旅。我哥哥杰克指挥敌军，但按照《限制军备条约》的规定，他只能指挥一支有色人种部队，而且不能拥有炮兵部队。这一点很重要！我只能集结十八门野炮——还有几个要塞。但所有的其他配置都很齐全——除了一点，每个部队都面临着运输工具的短缺。我父亲的老朋友亨利·德拉蒙德·沃尔夫爵士很羡慕我的兵力配置，他还提供资金让短缺在一定程度上得到了改善。

有一天，父亲亲自视察了我的部队。所有士兵都进入正式攻击阵型。他足足看了二十分钟——场面的确十分壮观——他目光犀利，露出了迷人的笑容。最后，他问我想不想加入陆军。我觉得指挥军队很有意思，不假思索地说"想"，他立即就把我的话当真了。多年以来，我一直在想，父亲凭着他的阅历和天赋，早就看出了我的军事天资。但后来他告诉我，他得出的结论是凭我的聪明才智还不足以胜任律师。不管怎样，这些玩具士兵改变了我的人生。从那以后，我的教育目标就是进入桑德赫斯特英国陆军军官学校，掌握各项军事技能。至于其他，全靠自学。

我在哈罗公学待了近四年半的时间，其中三年上的是军事班，因为我通过了预备考试。班上都是些中高年级不同年龄段的学生，所有人不是准备去桑德赫斯特就是伍尔奇军校。我们不再需要参加学校的一级一级的学习。最终，我的年级没有得到多少提升，我依然在学校名单上排在最后，尽管我身边几乎都是来自五年级的学生。我从来没有"正式"离开过低年级，因此我没有机会让低年级学生当自己的"手下"。随着时间的推移，我成了所谓的"三届元老",因为我比同年级的孩子年龄大,我在低年级学生中间被任命为"低年级的领头羊"。这是我第一个职务,职责只是荣誉性的,主要是保管这些"手下"的名单,安排他们的职责和日程,将名单送到各班班长、足球和板球冠军以及其他精英分子的手中。这份差事我干了一年多,对此我只能听天由命。

与此同时,我发现了一种学习翻译拉丁文的好方法。我查词典速度很慢,就像查电话簿一样。找到相应的字母很容易,但接下来我总是翻来覆去找不到对应的页码。总而言之,我查字典十分费事,但别的孩子查起来毫不费力。不过,这时候我和一个六年级学生结成了对子。他很聪明,拉丁文对他而言就像英语一样简单。对他来说,恺撒、奥维德、维吉尔、贺拉斯甚至马提亚尔的警句都信手拈来。我每天的作业就是翻译十到十五行。这可能要花费我一个到一个半小时,而且还经常出错。但我这位朋友在五分钟之内就能逐字逐句帮我翻译,听他解释一遍,我就能牢记在心。同时,我这位六年级的朋友为校长布置的英语作文感到头疼。我们商量好,他帮我做我拉丁语翻译,我帮他搞定英语作文。这种合作十分完美。拉丁文老师对我的作业格外满意,上午我赢得了更多的个人时间。同时,每个星期我得帮六年级朋友写一次作文。我经常在屋子里踱来踱去,口述文章——现在我还经常这么做——他则坐在角落里奋笔疾书。这种情况持续了几个月没有出现任何纰漏,但有一次我们差点被发现。原因是其中一篇作文写得非常出色,被送到校长手中,校长把我朋友叫过去,表扬了他的作文,兴致勃勃地想跟他就作文的话题展开探讨。"我对你的这个观点很感兴趣。我猜你还有更加深入的想法。告诉我你到底是怎么想的。"尽管我的朋友惊恐不已,什么都答不上来,韦尔登博士还是继续说了一通。校长不想把表扬变成苛责,最后说了一句"你的口头不如你的文笔嘛",然后让我朋友离开了。朋友回来的时候,像是从鬼门关里闯了一遭。自那以后,我帮他写作文的时候就格外小心,只敢写些中规中矩的作文。

韦尔登博士对我非常关心。当他得知我对古典语言的知识比较薄弱后,决定亲自帮我补习。他每天的工作本来就十分繁重,依然每周三次,在晚祷前抽出一刻钟时间给我单独辅导。校长一般只辅导班长和成绩拔尖的学生,对于他这般纡尊降贵,我自然感到万分荣幸,但又备受煎熬。如果读者朋友接触过一点拉丁文,肯定知道在初学阶段就要学习独立离格,以及其常受鄙视的替代形式,即将"quum"一词与过去完成式虚拟语气连用。我总是宁可使用后一种,诚然,这样写起来长一点,因而也失去了拉丁文应有的简洁和力度,但另一方面,这样能够避免很多常见错误。我经常弄不清楚独立离格结尾是"e""i""o""is"还是"ibus",使用正确的词尾至关重要。每次我用错这些词尾,韦尔登博士就会露出痛苦的表情。我记得多年以后在内阁会议上,当我引用我所熟悉的为数不多的几句拉丁语时,阿斯奎斯先生的脸上也会露出相同的表情。我的拉丁文不仅令人烦恼,简直令人痛苦。但是,首相们并没有校长那样的权力。因此,每晚韦尔登博士对我进行辅导时,简直给我的生活带来巨大的烦恼。近一个学期的耐心辅导并没有收到多大成效,他最终选择放弃,我也感到如释重负。

在这里,我要谈谈对拉丁语的一些看法,这些看法很可能对希腊语也同样适用。在英语这样逻辑严谨的语言里，重要的词与词之间都是通过一些小词连接在一起。但是思维僵硬的罗马人觉得这种方式松散而又没有意义。他们认为每个词的结构都应该按照复杂的规则受到相邻词汇的制约，从而满足不同情景对词汇的要求。毫无疑问，这种方法听起来也好，看起来也好，都比我们的语言更加完美。一个句子就像一台抛光的机器。每一个短语都有丰富的意义。就算你从小开始学，也会非常麻烦。但毫无疑问，罗马人和希腊人的确通过这种造句方法赢得了名声：他们在思想和文学领域成为先驱。他们对生活、爱情、战争、命运和礼节等方面进行了简单的思考，并将这些思想编成口号或者警句。他们的语言很适应这些口号和警句，因此就一直占据着它们的专利。因此他们闻名于世。在学校没人告诉我这些。这都是我后来悟出的道理。

但从我在学校上学开始，我就质疑是否应该把古典语言作为主要教学内容。当他们告诉我说格莱斯顿先生阅读《荷马史诗》是为了消遣，我觉得他是在遭罪。他们还说，读荷马将会让我下半生其乐无穷。当他们发现我有些狐疑，他们又说学习古典作品对写作和表达大有裨益。他们还说，许多当代词汇都是从拉丁语和希腊语演变而来。知道这些词的来源，用起来必然得心应手。对于这些现实意义我一度勉强接受。但是现在，就连这些现实意义也不复存在。外国人和苏格兰人读起拉丁词来和英语大相径庭。他们把"群众"读作"纯众"，"民事"读作"民四"。我最喜欢的一句拉丁格言被他们读得滑稽不堪。这些人真该受罚。

我考了三次才进入桑德赫斯特军校。总共有五门课，其中数学、拉丁和英语是必选科目，此外我选了法语和化学。我手中只握有英语和化学两张王牌。只有得到三张王牌才能中奖。我得再找一张王牌。拉丁文我可学不来。我打心眼里讨厌拉丁文，根本就学不进去。拉丁文总分 2000 分，我顶多能拿 400！法语很有意思，但里面有很多窍门，在英格兰学起来的确不容易。因此，只剩下数学一门。第一次考试结束之后，环视一下战场，只有找到援兵我才能打赢战争。而数学是我手头仅剩的资源。我的目光转向了数学——绝望之下，我开始研习数学。我一生中时常得在短时间内从事不喜欢的工作。但我觉得，无论是从道德上讲还是从技术上讲，我在六个月之内在学习数学方面取得的成绩最为卓著。数学总分 2500，第一次考试中我考了不超过 500，第二次我考了接近 2000。取得这样的成就不仅是因为我自己"破釜沉舟"的决心——在这方面再怎么夸赞也不为过，而且因为哈罗公学一位备受尊敬的班主任 C.H.P. 梅奥先生的悉心帮助。他让我认识到，数学并非枯燥无味，这些有趣的符号背后都有其自身的意义和规律，我完全有能力学好它。

当然，我所学的数学知识只是文官委员会指定的知识，用以通过基本的考试。在我看来，与那些在数学方面天赋异禀的尖子们相比，我们所游弋的水域就像小池塘在大西洋面前一样。即使是这样，当我一头扎进去时，还是被淹没了。我依然清楚地记得那几个月让人忧心忡忡的时光。当然，我的进步远不止分数和十进制这些内容。我进入了一个"爱丽丝镜中世界"，在这个王国的入口就是"二次方程"，它做着鬼脸指引我进入"指数理论"，接下来便是"二项式定理"。继续前行，我得经过几个点着火把的暗室，里面住着一条名叫"微积分"的恶龙。幸运的是，文官委员会考官们并没有要求打败这个怪物，因此我们在数学王国迷人的山峰下转了个弯，进入一条神秘的通道，里面是正弦、余弦和正切等函数，简直就像谜语和藏头诗一样让人难以捉摸。当然，这些知识非常重要，尤其是这些函数在一起相乘或者平方时，真叫人好看！它们倒是有一点好处——那就是只要记住常见函数的结果就好办了。在我的第三次也就是最后一次考试中，我就遇到了一道题目，求余弦、正切的平方根。这道题目将决定我下半生的命运，而且题目很难。幸运的是，就在几天之前，我还见过这道题丑恶的嘴脸，这次第一眼我就认出了它。

从那以后，我再也没有和这些知识打过交道。通过第三次考试之后，它们就像发烧时的幻觉一样消失了。我相信，这些数学知识对于工程学、天文学之类的学科至关重要。它能帮助我们修筑桥梁，开凿运河，揭示事物的压力和潜力，更不要说计算恒星和星系的数量，测量它们的距离，预测日食、月食和彗星等。我很高兴有许多能人异士具有数学天赋，并对数学很感兴趣，就像能蒙上眼睛同时下 16 盘棋的伟大棋手一样，他们经常因为癫痫英年早逝。这是他们付出的代价。不过，我希望他们都能得到公正的待遇。我发誓永远都不会涉足他们的职业，或者从他们口中抢夺面包。

我曾以为，我掌握了数学的全部内容——揭开了一层又一层奥秘——包括最表层和最深层的东西。我看到了一个数值从正到负，不断地变化，就像金星凌日的轨迹或者"伦敦市长就职巡游"一样。我明白这背后的原理，明白了这种自相矛盾的必然性，以及一个步骤和其余所有步骤之间的紧密联系。这和政治如出一辙。但这都是过去的事，我就由着它去！

说实在的，如果这些上了年纪、思想守旧的考官们没有出这道我在不到一个星期之前碰巧复习到的关于余弦、正切的平方根的题目,那么本书的后面几章就根本不会存在了。我可能进了教会,勇敢地鼓吹与时代格格不入的正统说教。我可能去了伦敦发了大财。我可能去了殖民地,也就是现在所谓的"领地",去讨好或者平息土著,那样的话,我可能会成为林赛·戈登[1]或者赛西尔·罗兹[2]这样的人。我甚至有可能去当律师,那些正为自己的罪恶不为人知而自鸣得意的家伙可能已经在我的诉讼下被处以绞刑。无论如何,我的一生都会发生变化,进而给许多人的生活带来变化,而这些人生活的变化,又会造成进一步影响……

---

[1] 亚当·林赛·戈登(1833—1870),澳大利亚诗人。
[2] 赛西尔·罗兹(1853—1902),英裔南非商人、金融家和政治家,戴比尔斯钻石集团创始人。

第 三 部

早 春
EARLY SPRING

最好的小礼物

作者｜萨莉·本森

萨莉·本森（Sally Benson，1897—1972），美国短篇小说家、剧作家。

主要作品：《少女》(Junior Miss)、《相逢圣路易》(Meet Me in St. Louis) 等。

最好的小礼物

平安夜的晚餐吃得兴味索然，晚餐结束时一家人都感觉如释重负。吃饭的时候，朱迪·格雷夫斯甚至问都没问就吃起羊扒来，她拿刀把羊肉从骨头上切下来，叉着肉片在盘子里搅来搅去。两个星期以来，她的心里一直企盼着，现在，这种企盼突然变得更加强烈，就像一个冰冷而沉重的负担落在心里。她一口喝完牛奶。"我来帮爸爸把圣诞树搬下来。"她主动说。

格雷夫斯先生把椅子往后推开。"好吧，"他说，"我们可以开始了。"

圣诞树三天前已经选好，放在公寓楼顶的一个角落里，楼顶气温低，便于保鲜。圣诞树的造型是妈妈和路易丝精心挑选的。格雷夫斯先生和朱迪离开餐桌时，路易丝说："树的尺寸不算太大。我的意思是它不像爸爸以前买的超大圣诞树一样，但很不错，长得枝繁叶茂，造型可爱。等下装好你们就知道了。"

楼顶上摆放着十几棵圣诞树。空气中弥漫着枝叶的香气。朱迪看了一眼最高的那棵圣诞树上悬挂的标签。"肯定不是这一棵，"她说，"这一棵上的名字很长。"

在一排整齐摆放的圣诞树尽头，在避风的角落里，栏杆上靠着一棵小圣诞树，树枝被绳子系拢着。"肯定是这一棵。"朱迪说。她把树立起来，靠在她身上。树梢碰到她的脸，香气飘进她的鼻孔。她用胳膊把树紧紧抱住。"不是很大，"她有些不服气地说，"但是这棵小树很漂亮。真是不错。我来搬吧。"

他们朝电梯走去。

路易丝一脸焦虑地站在门口等着他们。"这棵树很可爱，"朱迪立即对她说，"它一点也不小。楼顶有些树大倒是挺大，但看起来瘦巴巴的。真的。"

她把圣诞树抱到客厅，放在两扇窗户中间早已铺好的干净地垫上。她双手沾上了树液，黏糊糊的，深绿色的松针扎到她的毛衣上。

路易丝脸上的焦虑一扫而空。她已经在裙子上穿了罩衫，看起来十分干练。"我有个主意，"她说，"如果我们只挑蓝色和银色的装饰，将圣诞树装饰成蓝色和银色风格，肯定会不同凡响。我觉得这棵树比之前的树小了许多，这两种颜色肯定够用了。"

"不把所有的装饰都用上？"朱迪感叹说，"你疯了！"

"噢，"格雷夫斯太太反驳说，"我看还是都装上吧。我们一直都是这么做的，我很喜欢这些装饰。"

"说实在的，"路易丝说，"你们都是保守派，永远听不进新的想法。"

格雷夫斯先生把圣诞树固定在底座上，解开捆绑树枝的绳子。"照我说，"他说，"路易丝，等你到了十八岁，你想怎么装饰就怎么装饰；等朱迪到了十八岁，她想怎么装饰就怎么装饰。怎么样？"

他走到桌边，桌上的盒子里装着圣诞树的装饰品。他故意挑出一只有红色和金色条纹的球,挂到树上。这下他既剥夺了路易丝的权威,又打消了朱迪心里的担忧。

"我要先把猫脸挂件装上。"她说。

他们花了一个多小时装饰圣诞树,在树下铺上棉花。朱迪正跪在这棵小松树下安放一只小赛璐珞驯鹿,她突然想起已经死去的猫比尔吉,去年他们装饰好圣诞树之后猫儿把现场搞得一团糟。她的眼泪流了出来,她用头发遮住了脸。

"一个玩具都没有,看起来确实挺怪的,"格雷夫斯太太悲伤地说,"圣诞树下面没有玩具看起来空落落的。"

"说起玩具——"路易丝欲言又止,咯咯地笑起来。

"说起玩具怎么了?"朱迪问。

"噢,没什么,"路易丝说,"当然,你已经不是小孩了,还要什么玩具。"

"我十二岁的时候,"格雷夫斯先生说,"还玩洋娃娃呢。"

"洋娃娃!"路易丝惊叹道,"妈,你听听!"

"那时我们住在纽约,"格雷夫斯先生说,"还在上那愚蠢的学校。"

"好了,把你们的袜子拿出来,孩子们,把它们挂上去。"格雷夫斯太太迅速插话说。

路易丝的袜子是细长的丝袜,袜脚很小。朱迪拿来一双齐膝羊毛袜,脚趾的地方缝补过。"转过脸去,朱迪。"路易丝说。她把一个小盒子塞进朱迪袜子的脚趾处。

"你们就用烛台把袜子固定起来吧,"格雷夫斯太太告诉她们,"我等会儿再弄。"

她回到房间,出来的时候怀里抱了一大堆盒子。"这些都不准动。"她说。

给朱迪的礼物放在考格斯威尔安乐椅上,给路易丝的礼物放在靠背扶手椅上,给格雷夫斯两口子的礼物放在沙发上。以前,朱迪的椅子上基本没什么东西,因为给她的玩具都是在她上床睡觉之后放到树下面的。今年,她的椅子看起来和路易丝的一样。

朱迪看着这些盒子,心里揣测最大的盒子里装的会不会是翡翠绿色的家居服。她从衣柜里的架子上拿来送给爸妈和路易丝的礼物。她给爸爸买了一个叫作苏格兰人酒保的小玩意儿,正好能装一小杯威士忌;给妈妈买了一件实用而又美观的礼物,那是一个烟灰缸,上面有一个青蛙头,把香烟塞进青蛙嘴里,烟灰就会落到烟灰缸里。青蛙头里面有一截橡胶管,管子下面连接着精致的烟托。有了这个烟灰缸,就能在床上吸烟,而不用担心烟灰落在毯子上,或者引起火灾。她给路易丝准备了一双红色的手套,手背拉链上有镀金的圣诞铃铛。她已经小心翼翼地将礼物包好,在外面覆了一层贴纸,上面写有"节日致意""圣诞快乐"或者"圣诞节当天开启""12月25日启封"等字样。

路易丝准备的礼物用蓝色赛璐玢玻璃纸包着,外面系着银色丝带。她的贴纸上有银色的星星。

等到一切收拾停当,大家唱完圣诞颂歌,已经接近午夜时分。忙碌了一晚上,朱迪心里的疙瘩逐渐消失了,她有些意外地感到困倦。"我肯定会睡不着。"她说。

等到路易丝和朱迪上床之后,格雷夫斯太太走进来亲了她们,道了晚安。"我真不敢相信,你们再也不相信圣诞老人了。"她感叹道。

"朱迪从不到八岁开始就是假装的。"路易丝说。

"我才没有。"

"我才不信。"

格雷夫斯太太掰开朱迪的手指。"你没有洗漱呀。"

"我洗过了,"朱迪说,"只有这只手没洗。这不是灰尘,只是松树汁液,我觉得很好闻。"

她侧过身,关上了头顶的灯。接下来近五分钟,她辗转反侧,感觉早晨永远都不会到来。

等到朱迪醒来,迎接她的便是一连串的薄绉纸、红丝带、家人发出的感叹和相互之间的亲吻。那个大盒子里装的的确是翡翠绿色的家居服,但衣服有点短,得拿去换。六双丝袜,一条粉色带蕾丝边的内裤,一件下摆拖地的睡袍,有花押字的信笺,一只坠有十四个装饰的吊坠手链,一瓶4711经典古龙香水,带拉链的白色手套,一小瓶真正的香水(幽谷百合),带毛的卧室拖鞋,还有路易丝送给她的一个蓝缎袜盒。当然,重要的礼物就是家居服,但路易丝塞在她袜子里的东西最有意思,那是一个小婴儿床,上面躺着两个小娃娃,从小杂货店买的。娃娃们身上裹着便宜的蓝色小毯子。朱迪看到的时候尖叫着笑起来。

"这就是为什么,"路易丝说,"妈妈昨晚说到玩具的时候我差点死过去。"

"我一点儿都不惊讶。"朱迪说。她把小婴儿床放到圣诞树下。"看,妈,这样会让你觉得好受点。"

她在椅子上仔细整理自己的礼物。"我想我得把傅菲的礼物送过去。"她说。傅菲是她最好的朋友,就住在两个街区外。

她回到卧室,脱下羊毛袜,往腿上套上新丝袜。丝袜感觉又怪又冷,她穿上鞋子,鞋后跟总是上下松动。尽管她膝盖长得不瘦，袜子在膝盖处仍然有些褶皱，怎么都理不顺。她戴上白色新手套和吊坠手链，在一块手帕上洒了一滴幽谷百合香水，然后朝傅菲家走去。她在半路上遇到了傅菲。朱迪扫了一眼，发现她穿着丝袜，尽管傅菲戴着她的旧连指手套，朱迪还是看到她的双排扣外套袖口处露出一件新衬衣。傅菲也拿着一个盒子，和朱迪手里的盒子形状一模一样。她把盒子塞到朱迪怀里。"给你，"她说，"圣诞快乐。"

"圣诞快乐。"朱迪回答说，"这个送给你。"

她们走到角落里，站在一个大金属篮旁边，把包装纸小心地扔到里面。"我给你买的是绿色的。"朱迪说。

"我给你买的当然是红色。"

她们给对方买的是彩色人造革钱包，里面配有口红、胭脂粉盒、梳子和香烟盒。

"我喜欢这个礼物。"傅菲说。

"我也喜欢。"

她们把钱包挂在胳膊上，朝公园走去。街上到处都是穿着鲜艳的羊毛雪地服的小孩，五到十岁的孩子们踩着溜冰鞋和滑板嗖地从她们身边飞过。婴儿有的推着小玩具车，车轮转动的时候发出铃声，还有的坐在闪亮的红色婴儿车里。自鸣得意的小女孩们一边推动英式推车，一边抚弄着玩具娃娃身上的毯子。朱迪摆弄了一下她的吊坠手链。"看。"她说。吊坠停止晃动，傅菲欣赏着这些吊坠。"喔，有个小碎冰锥，有个钳子！还有一个灯笼和一个手推车！说实话，这是我看过的最可爱的手链！"

"是爸爸亲自给我挑的。"朱迪说。她的语气中充满自豪，仿佛她说的是一个头脑迟钝的孩子突然开窍了一样。

她们聊着各自收到的礼物。由于她们在学校课间休息时列出的礼物清单几乎一样,她们的谈话并没有什么新意。

"天哪,"朱迪一边说,一边避开一个穿着溜冰鞋冲过来的小女孩,"今天在大街上走可真要命!"

"还记得你以前得到的小汽车吗?"傅菲问。她的眼神显得很伤感。"我想我再也没有你得到小汽车那一年圣诞节那么快乐。那一年我得到的礼物是蹦蹦跷。"

"对呀,我们拿着它到处跑!"朱迪低声笑道,"我回家吃晚饭都晚了。"

"我们得到三轮车的时候几岁?"

"噢,肯定很小,"朱迪回答说,"我猜,只有五六岁吧。"

"我还记得很清楚。"

她们故意避开公园,待在第五大道上。空气中弥漫着孩子们的喧闹声:他们的尖叫声,口哨声,车轮压在水泥路上的声音,轻柔的拍球声,还有盖过一切声音的笑声。朱迪戴着新手套的手冻得有些疼,袜子的线缝在腿上扭转了。她们走呀走呀,在街角静静地等待着路灯变了颜色,胳膊上挥动着新包。到了第十六大街她们掉头往城里走。朱迪的鞋后跟有些磨脚,脚跟生疼,傅菲也好几次停下来整理她的袜子。

等她们到了第七十九大街上傅菲家的公寓时,两个人都陷入了沉默。"嗨,圣诞节快乐,感谢你送的包。"朱迪说。

朱迪很惊讶地发现,她回到家时,还不到中午。家里很安静。路易丝和妈妈出去了,爸爸躺在客厅沙发上打瞌睡。

她脱下外套和帽子,挂在走廊柜子里,进了客厅。小圣诞树立在窗户中间,上面缀满了装饰。阳光照耀下,它看起来负担沉重，仿佛树枝根本无法承受这么多礼物的重量。她开始重新整理礼物。这时礼物显得并不那么多，手套已经装进外套口袋，手链和其中一双袜子已经穿戴在身上，香水也已经被她拿到房间里。她准备把自己的礼物收起来，发现一趟就能拿走。她把路易丝送的袜盒放到抽屉里，将袜子装了进去。她把新睡衣和丝内裤叠放到旧内衣垛上。

她关上抽屉，把剩下的礼物放在床上，然后回到客厅里。她朝窗外看了一阵，将手链凑到玻璃上，发出响声。然后她又走到圣诞树边。她弯下身，拿起小婴儿床。然后，她趴到地上，差点钻到最矮的树枝底下，凑到小婴儿床边上。

点点银雨落在她的头发上，头顶的树枝将她包裹起来，就像一幢小房子一样。她将小婴儿床放到大腿上，解开了娃娃毯的别针，将毯子捋平，又将毯子紧紧地别在两个小娃娃身上。"睡吧。"她一边轻柔地说，一边用手指轻轻地摇着摇篮。

第一次舞会

作者 | 凯瑟琳·曼斯菲尔德

凯瑟琳·曼斯菲尔德（Katherine Mansfield，1888—1923），新西兰作家。

主要作品：《花园酒会》(The Garden Party and Other Stories)、《幸福》(Bliss and Other Stories) 等。

第一次舞会

莉拉不知道舞会究竟什么时候开始。或许她第一个真正的舞伴就是出租车。尽管她是和谢里登家的姑娘以及她们的哥哥一起挤在出租车上的也没关系。她坐在小角落里,手放在靠垫上,感觉靠垫就像是一个陌生男子西装的袖子。他们一行人急速飞驰,灯柱、房屋、围栏和树木从车窗外闪过。

"你以前真没去过舞会吗,莉拉?可是,孩子,这太怪了吧——"谢里登家的姑娘们惊呼道。

"我们离住得最近的邻居都有十五英里远。"莉拉一边轻声说着,一边轻轻地开合手中的扇子。

噢,天哪,她要装着像其他人一样平静有多难呀!她尽力不露出笑容,尽力显得不以为意。但眼前的一切都如此新鲜,如此令人激动……看看梅格身上的晚香玉、乔斯长长的琥珀项链,还有劳拉白毛皮衣上一头黑色的秀发,宛如雪地里盛开的花朵。她会永远记住这一幕。看到表哥劳利扔掉新手套扣上的棉纸条,她感到有些心疼。换作是她,肯定会把这些纸条保存下来,留作纪念。劳利的身体靠上前来,一只手放在劳拉的膝盖上。

"嗨,亲爱的,"他说,"三号和九号,还像往常一样。'豆秆儿'?"

啊,有个哥哥多好呀!莉拉十分激动,如果有时间,如果有可能,她肯定会哭一场,因为她是家里的独女,没有哥哥说她瘦得像"豆秆儿"这样的话,也没有姐姐像梅格对乔斯一样说道:"我真没料到,你的头发今晚扎得这么好看!"

但是,当然啦,没时间了。他们已经来到排演厅,前后都是出租车。道路两旁是明亮的灯光,人行道上欢快的情侣们往来如梭,小缎子鞋一只接着一只,像鸟儿一样追逐着。

"跟紧我,莉拉,别走丢了。"劳拉说。

"快点,姑娘们,冲呀。"劳利说。

莉拉两根手指牵着劳拉的粉色天鹅绒披风,她们经过一只金色的大灯笼,穿过走廊,挤进了写着"女士"的小房间。这里挤满了人,几乎连放东西的地方都没有。房间里闹声喧天。房间两边的板凳上已经堆满了披肩。两个身穿白色围裙的年长妇女来回走动,抱着许多披肩。每个人都朝房间尽头的小化妆台和梳妆镜前挤。

房间里点了一盏汽灯,火光跳跃着。这盏灯已经迫不及待地开始舞蹈。门打开时,传来排演厅里调音的声响,汽灯的火苗几乎窜到了屋顶。

姑娘们肤色有黑有白,有的在理头发,有的在系丝带,有的在塞手帕,有的在捋白色的手套。大家脸上都洋溢着笑容,莉拉觉得她们个个都很可爱。

"没有隐形发卡了吗?"一个姑娘喊道,"真是怪事!我连一个隐形发卡都找不到了。"

"在我的背上擦点粉。"另一个喊道。

"但我必须找到针和棉线。我的褶边已经撕开了很长的口子。"第三个喊道。

这时，又有人喊："麻烦递一下，麻烦递一下！"装着节目单的草篮从一个人手上传到另一个人手上。这是些可爱的粉色和银色节目单，上面有粉色的铅笔字迹和蓬松的流苏。莉拉从篮子里拿了一份，手指激动得抖了起来。她本来想问一声："我能拿一张吗？"结果她刚读到"华尔兹3：《独木舟上的两个人》；波尔卡4：《让羽毛飞舞起来》"，梅格就突然喊道："准备好了吗，莉拉？"她们从走廊里挤向排演厅的两扇大门。

舞会还没有开始，但乐队已经停止了调音，人声鼎沸，给人的感觉是就算乐队开始演奏也根本听不到声音。莉拉紧贴着梅格，从梅格的肩膀上看去，感觉天花板上颤动的彩色小旗子似乎也在说话。她已经将害羞抛之脑后。她已经忘记，就在出门之前梳妆打扮的时候，她坐在床上，只有一只脚穿了鞋子，她请求母亲打电话给表哥表姐，说她不能参加舞会。她在那与世隔绝的乡下家里，坐在走廊上，聆听月光下小摩雷波克猫头鹰的啼叫时那种渴望的心情，现在变作甜蜜的欢乐，令人无比激动。她握紧扇子，凝视着闪亮的金色地板、鲜艳的杜鹃花、璀璨的灯具、一端铺着红色地毯并摆放着镀金椅子的舞台、角落里的乐队，她屏住呼吸想："天哪！我的天哪！"

姑娘们都站在门口一侧，男士则站在另一侧，女伴们身着黑裙，一脸傻笑，小心翼翼地从抛光的地板上朝舞台边走去。

"这是我的乡下表妹莉拉。对她好点儿。给她找个舞伴，我罩着她。"梅格一个接一个地跟姑娘们打招呼。

陌生的面孔对着莉拉微笑——那笑容很甜美，但有些心不在焉。陌生的声音回答道："当然了，亲爱的。"但是莉拉感觉这些姑娘们并没有真的在看她。她们都在看男士那一边。男士们为什么还不行动？他们还在等什么？他们站在那里，整理自己的手套，抚摸油亮的头发，自顾自地笑着。突然，仿佛他们刚刚下定决心，明白他们该做什么，男士们从拼花地板上滑了过来。姑娘们中间涌起一阵欢乐的骚动。一个身材魁梧、皮肤白皙的男士轻快地来到梅格身边，抓住她的节目单，飞快地写下几个字。梅格把他交给莉拉。"我能邀您跳一支吗？"男士低下头笑了。接下来是一个肤色黝黑、戴着眼镜的男士，继而劳利带了一位朋友过来，劳拉带来一位脸上长了雀斑、领带有些扭曲的男士。之后是一个老头儿——身材肥胖，头上有一大片秃顶——拿起她的节目单，自言自语道："我看看，我看看！"他拿着自己的节目单和莉拉的节目单凑在一起看了许久，他的单子上写着黑压压的名字。他似乎匹配不上合适的节目，莉拉显得有些不好意思。"噢，那就不用麻烦了吧。"她急忙说。但是老头儿没有回答，在她的节目单上写了些什么，然后看着她。"我怎么不记得这张光彩夺目的小脸？"他轻声说，"我们认识吗？"正在这时，乐队开始演奏，胖老头不见了。音乐的巨浪从闪亮的地板上涌了过来，将他们拍散，人群立即化作一对对舞伴，分散开来，旋转飞腾……

莉拉在寄宿学校学过舞蹈。每个星期六下午，寄宿生们都被赶到一个小小的由波纹铁建造的传教厅里，在来自伦敦的埃克尔斯小姐的指导下上"精选"课。但那个舞厅和这里相比简直是天上地下，那里弥漫着一股灰尘的味道——墙上挂着长了斑点的乐谱，一个头戴缀有兔耳的棕色绒帽的可怜胆小的女人敲击着冰冷的钢琴，埃克尔斯小姐用她那长长的教鞭戳着女孩们的脚——而这里如此敞亮,莉拉觉得,如果没有舞伴来找她跳舞,如果她只能听着曼妙的音乐,看着别人在金色的地板上辗转腾挪,她肯定会死,会晕倒,或者抬起胳膊从闪耀着星光的黑暗的窗户跳下去。

"您好,我想——"有一位男士鞠了一躬,微笑着向她伸出手臂;她终于不必去死了。这个人揽住她的腰,她像花儿一样飘起来,飞入了舞池中央。

"地板不错,对吧?"一个微弱的声音在她耳边慢吞吞地说。

"很棒,非常光滑!"莉拉说。

"对不起,您说?"那声音中露出诧异。莉拉重复了一遍。于是那个人稍微停顿一下说:"嗯,对呀!"他又引导她转了一圈。

他带舞伴旋转时做得很漂亮。和男人在一起跳舞与和姑娘们在一起跳舞最大的区别就在这里,莉拉心想。姑娘们总是会撞到对方,会踩到彼此的脚;扮演男士的女孩总是把你抓得很紧。

杜鹃花不再是一朵朵孤立的花朵,而是成为飘动的粉色和白色旗帜。

"上星期你去了贝尔家吗?"那个男人又问道,声音听上去有些疲倦。莉拉心想要不要问一下他想不想休息一下。

"没有,这是我第一次参加舞会。"她说。

她的舞伴气喘吁吁地笑了。"噢,是吗?"他的语气中透着怀疑。

"真的,这真是我第一次参加舞会。"莉拉十分较真。能把心里话说出来,她感觉如释重负。"实不相瞒,我一直住在乡下,这才……"

这时音乐停了下来,他们一起坐到墙边的两把椅子上。莉拉把穿着粉色缎鞋的脚收拢到裙子下面,扇起扇子,看着舞伴们成双成对穿过旋转门,消失在门后面,感觉十分幸福。

"跳得开心吗,莉拉?"一头金发的乔斯点头问她。

劳拉从她身边经过,对她微微眨了眨眼,这让她心里开始琢磨,她是不是已经长大成人了。当然,她的舞伴没有说什么话。他咳嗽一声,把手帕收起来,拉了拉外套,从袖子上捻起一根细线。但这没关系。这时乐队又开始演奏,她的第二个舞伴似乎是从天花板上跳下来的。

"地板不错哈。"这个新的声音说。是不是每个人都要说这么一句?然后他说:"星期二你去了尼夫斯家吗?"莉拉又得解释一遍。或许有些奇怪,她的舞伴们并没有继续追问。这真是令人兴奋不已。这是她的第一次舞会!所有的东西她才刚开始体验。她觉得她以前从不知道夜晚的样子。在此之前,夜晚一直是黑暗、寂静、美丽的——噢,是的——但也有些忧伤。太严肃了。现在,夜晚再也不会是那个模样——它已经焕发出令人眩晕的光彩。

"想吃冰吗?"她的舞伴说。他们穿过旋转门,经过走廊,来到餐厅。她双颊火热,口渴难耐。堆在玻璃盘上的冰看起来甜蜜诱人,结了霜的勺子冰爽迷人!他们回到大厅时,胖男人在门口等着她。她吃惊地看到他有多么苍老,他本来应该和那些为人父母的舞伴在一起跳舞。他和莉拉的其他舞伴比较起来,显得十分寒碜。他的背心染了油渍,手套掉了一枚扣子,外套像撒了滑石粉一样,灰蒙蒙的。

"来吧,小姐。"胖男人说。他根本不愿意抱紧她,他们的舞步非常轻柔,与其说在跳舞不如说在漫步。但他并没有提起地板的事。"这是你的第一次舞会,对吧?"他低声说。

"你怎么知道?"

"啊,"胖男人说,"人老了总有老的好处!"他带着她绕开一对笨拙的舞伴,轻轻地喘了口气。"你知道吗,我已经跳了三十年了。"

"三十年?"莉拉惊讶地说。比她出生还早了十二年!

"是不是不堪回首?"胖男人郁闷地说。莉拉看着他的秃顶,为他感到遗憾。

"你能坚持跳这么多年倒是很神奇。"她好心地说。

"你真是个善良的小姐。"胖男人说着,将她抱得更近一些,哼了一小节华尔兹。"当然,"他说,"你可别指望能跳那么久。不会,不会的,"胖男人说,"根本用不了那么长时间,你就会坐在那里的舞台上,穿着漂亮的黑色天鹅绒看着大家。这美丽的胳膊将会变得臃肿肥胖,你会摇着一把迥然不同的扇子——黑色的骨扇。"胖男人似乎有些颤抖。"你会像那些可怜的老太太们一样一笑置之,指着自己的女儿,告诉身边的老太太,说俱乐部舞会上有一个恐怖的男人想亲吻她。你会感到心痛,心痛,"——胖男人将她捏得更紧,仿佛她真的为这可怜的心儿感到遗憾——"因为那时没人想吻你。你会说这些抛光的地板走起来多么不舒服,多么危险。是不是,舞姿曼妙的小姐?"胖男人柔声说。

莉拉微微笑了一下,但她又不想笑。这是不是——这会不会是真的?听起来真令人恐怖。这第一次舞会会不会成为她的最后一次舞会?想到这里,音乐似乎发生了变化。音乐听起来有些悲伤,愈来愈悲,它发出了深深的叹息。噢,事情的变化多么离奇！为什么幸福不会永远驻足？永远也不算长呀。

"我想休息一下。"她喘着气说。胖男人领她到门口。

"不，"她说，"我不想出去。我不坐。我就站在这里，谢谢。"她靠在墙上，一只脚轻敲着地板，拉了拉手套，勉强露出笑容。但在她内心深处，一个小姑娘用围裙捂住了头开始啜泣。为什么他要破坏这一切呢？

"我说，嗨，"胖男人说，"千万别拿我的话当真，小姐。"

"说得好像我把它当回事似的！"莉拉说着，甩着一头黑发，抿着下唇……

舞伴们又列队走过。旋转门开开合合。这时，乐队开始演奏新的乐曲。但莉拉再也不想跳舞。她想回家，坐在走廊上听小猫头鹰唱歌。她从黑暗的窗户往外看，繁星闪烁着光芒，仿佛长了翅膀……

可是正在这时，一曲轻柔、曼妙而又迷人的音乐响起，一个卷发年轻男子向她鞠了一躬。出于礼貌，她不得不接受对方，直到她找到梅格为止。她木然走进人群，傲慢地把手放在舞伴的袖子上。但很快，只消一个转身，她的脚步滑动起来，开始飞舞腾挪。那璀璨的灯光，那色彩鲜艳的杜鹃花，一袭袭舞裙，一张张粉色的脸，一把把天鹅绒椅子，都化作一个美丽的飞轮。当她的下一个舞伴带着她撞在那个胖男人身上，他说了一声"对不起"，她对他流露出更加灿烂的笑容。她甚至没有认出他来。

早春

作者 | 斯蒂芬·文森特·贝尼特

斯蒂芬·文森特·贝尼特（Stephen Vincent Benét，1898—1943），美国诗人、作家，两度获普利策诗歌奖，三度获欧·亨利奖。

主要作品：《约翰·布朗的遗体》（John Brown's Body）、《魔鬼和丹尼尔·韦伯斯特》（The Devil and Daniel Webster）等。

早 春

我要把这件事写下来,因为我永远也不想忘记它本来的样子。如今看来,我似乎不会忘记它,但人们说任何事情都会改变。我觉得此言不虚。人老了肯定会忘记许多事情,否则他们也不会老。对于我们最亲近的人来说,比如父亲和格兰特先生,也是这样。他们都尝试着表示理解,但似乎不知道该如何理解。其他人要么让你觉得自己很下流,要么让你感觉自己像个傻瓜。直到后来,连你自己也开始忘记——你开始思考:"哎,或许他们是对的,事情就是这么回事。因为他们一锤子将你打死——但事情并非他们所说的那样。"

格兰特先生在作文课上总是说"开头就从头开始"。只是我不知道这件事该从何说起。我们在"大湖"度过了一个愉快的暑假,但那也只是一个寻常的暑假。我在谷仓里搭了一个篮筐,非常卖力地练球,我还学会了屈体后仰。我永远也无法像克里那样佯攻突破,但我想尽可能全面。暑假结束,我量了一下,身高达到 5 英尺 9¾ 英寸,体重增加了 12 磅 6 盎司。[1] 这对一个十六岁

---

[1] 约合 1.77 米和 5.6 千克。

的少年来说已经很不错，胸部扩张数据也还好。你肯定不想长得太重，因为篮球是一个比速度的项目，前一年我在长个头，身体很瘦，容易疲劳。但是今年，克里帮我训练了几次，他觉得我很有机会入选校队。所以我感觉信心十足——队里还从来没有招过高二学生。克里天生就是个运动健将，因此这对他具有颇多意味。他也是个好哥哥。大多数上了州立大学一年级的孩子可不会理高中的孩子。

写到这里可能会让人觉得有些跑题，其实并非如此。我也想回忆那个暑假，因为它是我最后一个快乐的暑假。噢，等我长大——到了三四十岁的时候——事情或许会出现转机。但三四十岁太远了，到了那时再也无法回到从前。

无论如何，从某种角度上说那个暑假不同寻常。因此，肯定是从它开始，尽管我当时并没有意识到这一点。我和那帮孩子们在一起玩得很开心，但时不时地，我觉得我们这群孩子很淘气。他们觉得我自恃清高，但我并没有这样。只是跟他们在一起玩没什么意思——就算是去洞窟里也没意思，感觉就像是你上了高中还去打弹珠一样。

我有自知之明，不想去尾随克里和他的朋友们。不能这么做。但是在温暖的夜晚，当他们都划着小船到了湖上，还有人带了留声机，我经常一个人去岬角听。他们有时聊天，有时听留声机，在水面上一切都给人一种神秘的感觉。我并没有打算偷听他们说些什么。只有托特·皮肯斯才会干那种事。我只是双手抱膝听着——有时听着听着我会感到受伤——即使这样，我也不想和那群孩子一起玩。

有天晚上，我正坐在湖边的四棵松树下。天上升起一轮硕大的月亮，那帮孩子正在唱歌。你不开心却只有自己一个人知道的感觉很滑稽。

我在想希拉·科。她是克里的女朋友。他们经常吵架，但还是合得来。她长得格外漂亮，游泳特别厉害。有一次，克里派我去给她送网球拍，我们一起聊了一会儿。她人很好，并没有在我面前摆谱。有些女孩喜欢在朋友的小弟小妹们面前装腔作势。

当那艘独木舟沿着湖边划过来时，我还以为是她。我想，或许她在找克里，或许她会停下来，或许她喜欢和我聊天。我不知道为什么会这么想——个中原因我不得而知。然后，我看到来者是沙龙家的孩子，她修着新式齐短发，看起来像个大人。我有些生气。她这个年纪不应该到湖上来。她还在上高二，跟我一样。

我朝水里扔了一块石头，正好落在她的船边，但她没有发出尖叫。她只是说"傻瓜"，说完就笑了。这只是孩子之间的小把戏，吓唬人的。

"你好，海伦，"我说，"你这炮艇是哪里来的？"

"我是偷偷划出来的，"她说，"噢，你好，查克·彼得斯。'大湖'好玩吗？"

"还好，"我说，"你的度假营怎么样？"

"很好，"她说，"我们的辅导员摩根小姐很赞。她是韦尔斯利曲棍球队队员。"

"哇，"我说，"我们很想念你们的陪伴。"事实并非如此，因为他们在湖对岸，并没有在我们的独木舟旁游泳。说话嘛，总得客气点。

"谢谢，"她说，"你有没有做英语课的专题阅读？我觉得太傻了。"

"一直都很傻，"我说，"你划的是哪条船？"

"是那条老的，"她说，"他们不准我晚上划出来。你不准告诉任何人，知道吧。"

"理解，"我仗义地说，"如果可以的话，我来划一会儿。"

"可以。"她说着，把船划过来，我上了船。她退到船头，我操起桨。我不太擅长带着孩子们到处玩。但这总比一个人坐在那里强。

"你想去哪儿？"我问。

"噢，往回划吧，"她有些害羞地说，"我得回家了，真的。我本来只想听听他们唱歌。"

"开动。"我说。我划得不快，只是让船往前缓慢滑行。水上月光明朗。我们沿着湖边前行，避免被那帮人发现。他们的歌声像是从遥远的地方传来一样。

她是个敏感的女孩，并没有问一些愚蠢的问题，或者没事傻笑。我们经过了彼得斯一家的湖湾。那是郊野平房居住区的男孩们在温暖的夏夜经常去的地方。你能听到他们在低声聊天，有时还发出笑声。有一次托特·皮肯斯和一伙人拿着手电筒去了那里，一个粗汉追着他们跑了半英里。

我和她一起从这里经过，感觉很滑稽。我漫不经心地说："哇，这是在举办'旧友联欢周'[1]吗？"——毕竟，你得老练一点。她的回答也很配合："说得真好笑。"听她这么说，我对她有了好感，我们开始聊天。沙龙一家来到镇上只有三年时间，不知

---

1 美国习俗，邀请原来住在一起的人回来欢聚一个星期。

怎么,我一直没有留意过她。沙龙太太长得格外漂亮,但她和沙龙先生经常打架。孩子夹在中间很不容易。她是个文静的女孩。她的脸很小巧,眼睛像小猫的眼睛。你可以看出她很想假装大人——但又不全是在假装。有几次,我感觉和我聊天的是希拉·科。只是,跟她聊天给人的感觉更舒服,因为毕竟我们是同龄人。

你能想象吗?我们把独木舟拉上岸之后,我沿着湖走回了家——几乎是一路跑回了家。我心里有一种按捺不住的喜悦,感觉自己可以永不停歇一直跑下去。我仿佛有了某种发现。我从来没有想到,居然还有人和我对某些事物的感觉一样。她就是这样一个人,尽管她是个女孩。

克里的房门开着,我从他门口经过时,他把头探出来,咧着嘴笑。

"喂,小子,"他说,"约会去了?"

"那可不,约了葛丽泰·嘉宝[1]。"我说着,也朝他咧嘴笑了,示意我这是开玩笑。经过一阵奔跑,我感觉有些头晕。

"嘿,小子——"他似乎想说什么,欲言又止,脸上露出滑稽的表情。

但是,直到假期结束回到高中我才再次见到她。沙龙先生的叔叔去世了,在美国东部,他们的小别墅突然之间就关了门。但是从此以后,在"大湖"的时光里,我一直怀念着那个夜晚和她那小巧的脸蛋。如果我第一次见她是在白天,或许情况会有所不同。不,那也不会。

---

[1] 葛丽泰·嘉宝(1905—1990),瑞典籍好莱坞演员,主演《茶花女》《安娜·卡列尼娜》等,多次获得奥斯卡奖最佳女主角提名,1954年获得第27届奥斯卡终身成就荣誉奖。

无论如何，直到开学第一天我们撞上对方之前，我并没有想到她。那天下雨，她穿着绿色雨衣，帽子下面是一头卷发。我们笑着打了招呼，然后就跑了。但是我猜我们之间产生了某种东西。

现在我得说——这不像是托特·皮肯斯和梅布尔·帕尔默，也不像朱尼尔·戴维和贝蒂·佩奇——尽管他们从幼儿园开始就在一起。根本不像这些。我们并没有粘在一起。这和谈女朋友并不太一样。

天哪，除了上课之外，有时候接连许多天我们都见不到对方。我几乎每天下午都有篮球训练，有时晚上还在训练，她每个星期要上四次音乐课。但是两个人如果心有灵犀的话，没必要时时刻刻粘在一起。你们知道彼此的想法和感受，像了解自己一样了解对方。

让我描述一下她吧。她长着小巧的脸蛋、小猫一样的眼睛。下雨的时候，她脖子后面的头发卷曲着。她个头不高，但也不显得矮胖——她轻巧、精致而又敏捷。她很有活力，从不紧张——她不会咬指甲或者铅笔头，但她回答问题比班上所有人都迅速。几乎所有人都喜欢她，但她没有和哪一个女孩成为至交，也不像她们那么多愁善感。老师们对她的评价都很高，包括伊格尔斯小姐在内。好吧，这一点我得承认。

如果我们像托特和梅布尔一样，我想我们在一起的时间会更多。但是海伦并不会撒谎，我也不是个卑鄙之徒。去她家里并不容易，因为沙龙夫妇表面上十分客气，背地里却潜藏危机。她得夹在两个人中间做人，但他们总是找她的碴。我们总是隔着桌子看着对方，这样就好。

我不知道是从什么时候开始，我们都觉得在不远的将来，我们会步入婚姻的殿堂。有一天，我们开始聊这个话题，就像我们平时聊天一样。我们都很理智，知道现在还不是时候。我们心想得等到十八岁吧，那还有两年时间。我们也知道我们得先上学，不上学就找不到好工作。至少人们都这么说。

我们不像有些人那么多愁善感。我们有时分别的时候会亲吻，因为恋爱中的情侣都这么做。她的吻很有意思，就像树叶一样。但是大多数时候，我们并不聊结婚的事，我们只是在一起下棋，复习拉丁文，或者偶尔跟着那帮孩子一起去看电影。我们度过了一个美好的冬天。我打了第一场比赛之后，后面每次都上场，她就坐在顶层楼座上看，我知道她在那里。我能看到她的绿色小帽子和金色头发。那是最棒的颜色，绿色和金色。

这有些不寻常，但所有人都很高兴。这就是我的内心久久无法平复的原因所在。他们都喜欢看到我们在一起。我的意思是那些成年人。噢，当然，他们会拿我们开玩笑。老威瑟斯太太会用她那无比沉闷的嗓音询问"我的小甜心"怎么样了。但是总体来说，他们还好。母亲也没说什么，尽管她不喜欢沙龙太太。有一次我的确听到她对父亲说："真的，乔治，就放任他们这样下去吗？有时候我感觉受不了了。"

父亲会笑着说："哎，玛丽，去年你还担心他对女孩儿一点都不感兴趣呢。"

"嗯，"她说，"现在还是这样。噢，海伦是个好孩子——这可不能归功于伊娃·沙龙——感谢上天，她不会咯咯傻笑。哎，查尔斯年纪倒是不小了。但他对海伦太认真了。这有点儿不自然。"

"噢，别管查理了，"父亲说，"这孩子没问题。他只是有点儿一根筋。"

但是到了春天，事情变得不那么顺利了。

在州里我们所在的地方，一般来说春天来得很晚。但这一年春天来得格外早。往年这时候孩子们还在打雪仗，今年他们已经出来玩滑板车了。突然之间，教室里的暖气片让人觉得很干燥。几个月来，你已经习惯了这种气味——但是突然有一天，你对它产生了厌倦，大家都嚷嚷着要打开窗户。第一个星期，班长们的日子很辛苦——春天来临的时候他们总是很辛苦——但是今年尤其如此，因为你根本始料未及。

通常到了春天，篮球比赛已经结束，但是今年春天到来之际，我们还有三场比赛。这是几场恶战。在布雷兹堡队差点战胜我们之后，格兰特先生叫停了训练，直到对阵圣马修队前一天才恢复训练。他知道我们已经是强弩之末——对手已经连续两年赢得州冠军。按照我们的实力，他们可以轻松碾压我们。

我做的第一件事就是打电话给海伦。因为这意味着我们能在一起多待六个下午，如果她能摆脱音乐课的话。嗨，她说，你看巧不巧？她的音乐老师感冒了。这真是天公作美。

哎，那是无比美好的一个星期，我们过得很开心。我们一起去看了五场电影，有一次沙龙太太让我们开了她的小汽车。她知道我没有驾照，但是我从十三岁就开始开车，她说没问题。她这个人很有意思——有时她对你格外和气，有时她又像一块干冰。她对沙龙先生也是这个德行。但是有车开我们很开心。我们从厨房里搬出许多东西——海伦真是买了不少东西——然后把车开到乡下。我们在一个山顶上找到一处已经没有窗户的老房子，停了车，把东西搬到房子里，在里面吃起来。房子里没有桌椅，但我们假装这些都一应俱全。

我们假装这就是我们的婚房。这一点我永远也不会忘记。她甚至带来了纸餐巾和纸盘子，在地上铺了两个人的餐具。

"哎，查尔斯，"她盘着脚坐在我对面说，"不知道你还记不记得我们在学校的时候。"

"当然记得，"我说——她在假装某些事的时候入戏总是比我快得多——"我记得。那是托特·皮肯斯当选总统之前的事了。"说着我们都笑了起来。

"这是多少年以前的事啦——我们已经结婚大半辈子了。"她的口气说得跟真的一样。她看着我。

"你能不能把收音机关小一点，亲爱的？"她说，"这种现代音乐听起来真让人不自在。"

"我们有收音机吗？"我说。

"当然了，查克。"

"有电视机吗？"

"当然了，查克。"

"天哪，我真高兴。"我说。我走过去把收音机关掉。

"当然，如果你想听最新的市场报告——"她说话的语气就像沙龙太太。

"不，"我说，"市场——呃——今天的表现很好，涨了二十六点。"

"涨得真不少，是吧？"

"嗨，这个国家除了愚蠢的国会之外，倒是没什么说的。"我的口气很像父亲。

她的眼神低下来，就像她母亲一样，然后推开餐盘。

"今天晚上我不太饿，"她说，"你不介意我上楼去吧？"

"啊，别这样。"我说。这简直太像她母亲了。

"我只想看一下我能不能做到，"她说，"但是我永远也做不到，查克。"

"我永远也不会告诉你你很紧张，"我说，"我——噢，天啊！"

她咧嘴笑了，还好。"我们结婚以后，我和阿什兰先生从来没有大吵过，"她说——每个人都知道那个家庭里谁说了算，"我们只是心平气和地商量着行事，做出让双方都满意的决定，通常是我的决定。"

"瞧瞧，我们有什么样的房子？"

"那是一栋很可爱的房子，"她说，"每个房间都有收音机，有许多用人。我们还有一台电影放映机，有许多经典著作，冰箱里总是不缺吃的。我还有一个鞋柜。"

"一个什么？"

"一个鞋柜。我的鞋子全部都放在鞋架上，就像母亲一样。所有的裙子都挂在软垫衣架上。我对女仆说'爱丽丝，夫人今天要穿法国新款'。"

"我的衣服挂在哪里？"我说，"圣诞树上？"

"嗯，"她说，"你有很多衣服，养了很多狗。你的身上散发出雪茄，以及户外穿的哈里斯粗花呢的味道。"

"我才不呢，"我说，"我要是有一条狗就好了，可杰克已经死了很久了。"

"噢，查克，对不起。"她说。

"噢，没关系，"我说，"它已经很老了，耳朵出了毛病。但它是条好狗。接着说吧。"

"嗯,"她说,"当然了,我们要举办宴会——"

"宴会还是算了吧。"我说。

"查克!我们可是要办盛大的宴会呀!"

"我这个人就喜欢待在家里,"我说,"只想和我的——呃——妻子和孩子们——噢,我们要养几个孩子?"

她掰了掰手指头。"七个。"

"天啊。"我说。

"嗯,我一直想要三个孩子。三个也行,如果你愿意。"

"噢,七个也行吧,我觉着,"我说,"但是他们不会挡路吗?"

"不会,"她说,"我们有家庭教师,还要送他们去寄宿学校。"

"好吧,"我说,"但是老爹的钱包可得受苦了,不管送到哪里。"

"查克,你真要这么说吗?查克,我是说我们有钱之后。"突然,她变得一脸忧伤。"噢,查克,你觉得我们会变得有钱吗?"她说。

"当然。"我说。

"就算穷得住在垃圾堆里,我也没有怨言,"她说,"我可以为你做饭。我不停地向希尔达请教怎么做饭。"

我感觉有些难受,感觉有点儿想哭。

"我们会有钱的,"我说,"你别担心。"

"噢,查克,你真会安慰人。"她说。

我抱了她一会儿,就像是抱着一件宝贝。这并不是多愁善感。我知道这是什么感觉。

"长大还得很长时间,"她说,"我真希望明天就能长大。我希望我们都能长大。"

"别担心,"我说,"一切都会好的。"

开车往回走的时候,我们没说什么话,但都很开心。我想我们在转弯的地方经过了伊格尔斯小姐身旁。这让我有点儿担心,因为我没有驾照。但是毕竟沙龙太太说过我们能开。

从那以后,我们还想去那里,但是走路过去太远,而我们只有那一次机会开车去。沙龙太太对我们很好,但她深思熟虑之后说,最好等我们拿到驾照之后再开车。在我十七岁之前父亲不想让我拿驾照,但我想他会改变主意。我不想让海伦在家里为难。从中可以看出我对她多么上心。至少我是这么想的。

无论如何,我们决定,如果球队赢了圣马修队,我们就庆祝一下。我们想着,如果我们能找个地方做牛排肯定很有意思——诸如此类的事情。当然,如果我们跟那帮孩子一起做起来更容易,但我们不想跟他们一起。我们想单独待在一起,就像在那个老房子一样。我们只想这样。我不知道这有什么问题。我们甚至把纸盘带回家,不想乱丢废弃物。

天啊,那场比赛别提多精彩了!我们的比分是36比34,进入加时赛,加时赛似乎永远都不会结束。在上半场,这两分的领先优势就像落基山脉一样重大。我们赢下比赛之后,赢得了全校的呼声。这种事情你永远都不会忘记。

赛后,格兰特先生在家里设宴为球队庆祝,去了很多人。克里开车从州里回来观看比赛,这让我感觉非常自豪。更让我感到欣慰的是他把我拉到一边说:"听着,小子,我不想让你膨胀,但是你打得真不错。哎,只管记住这个。不管别人怎么说,你都得去州立大学。你会喜欢那里的。"格兰特先生听到他的话,笑着说:"嗨,彼得斯,我不是诱导你,可是你弟弟可以考虑东部的一些大学。"简直像是痴人说梦。听到这样的话你会感觉自己无所不能。真是太棒了。

但是海伦并不在场,只有几个年龄大一些的女孩在。比赛之后,我看到她,她很好,但我只见到她一小会儿。我想告诉她圣马修队身材魁梧的前锋,还有——噢,还有一切。哎,在你喜欢的女孩儿面前你想无所不谈。

父亲和母亲很自豪,但他们得去参加乡村俱乐部的舞会。克里带着希拉·科也去了。但是格兰特先生说他会开车送我回家。他是个了不起的人。他跟我开玩笑,说我是篮球神童,都是些善意的玩笑。我一点都不介意。但是不管怎么说,当我跟他道别回到屋里时,我感到有些失落。

我知道第二天我会很疲惫,但我还毫无困意。我太激动了。我想找人聊天。我在楼下晃悠,想知道艾达是否还醒着。哎,她已经睡觉了,但她留下了半个巧克力蛋糕,用东西盖着,放在厨房的桌上,上面还写了张字条:"恭喜查尔斯·彼得斯先生。"哈,她可真好。我吃了些蛋糕,然后打开收音机,听到上面报时——十一点——听了会儿流行音乐。但我还是不想睡觉。

所以我想打电话给海伦,转念一想——或许她已经睡觉,希尔达或者沙龙太太接到电话肯定会生气。接着我又想——嗯,不管怎么样,我可以去她家小区附近转转,看看她家。我可以呼吸新鲜空气,不管怎么样,这和跟她见面没有分别。

于是我去了——这天晚上很美,天气凉爽,繁星满天——

我像个国王一样，走了过去。沙龙家一楼是黑的，但楼上的灯亮着。我知道那是她的窗户。我绕到车道后面，吹了声口哨——这是我们约好的哨声。我完全没有料到她会听到。

但她听到我的哨声，趴到窗户上，对着我笑。她示意说，她会从侧门出来。

说实话，见到她我激动得喘不上气来。她的睡衣外披着黄色的衣服，看起来美极了。她穿着拖鞋的脚也叫人着迷。你简直觉得她应该再抱上那些小孩儿们喜欢的小动物——她看起来就是这么年轻。我知道我不应该进屋。但我们根本没有考虑——我们只是很高兴见到彼此。我们还一直没有机会聊比赛的事。

我们在客厅里坐在壁炉前，她去厨房拿了饼干和牛奶。我并不饿，但就像在老房子那一次一样，我们一起吃起来。沙龙先生和太太也去了乡村俱乐部，所以我们并没有打扰到他们。我们关上灯，因为火光十分明亮，沙龙先生像许多人一样，无法忍受别人开着许多灯。我父亲也喜欢这样节省开支。

屋里安静而又温馨，火光在天花板上跳动着。我们聊了很多，然后我们就坐在那里，彼此都知道对方在那里。房间里越来越安静，我已经和她聊了比赛的事，我不再感到激动或者紧张——只是感到平静和幸福。然后，从她的呼吸我可以听出来她睡着了，我用胳膊抱了她一会儿。听着她安静的呼吸，感觉很舒服。我打算过一会儿叫醒她。我没有意识到自己也困了。

之后，我们又回到乡村的那栋房子，那是我们的房子，我们本来应该感到高兴。但是有些问题，因为窗户没有玻璃，风儿不停吹进来，我们要关门却关不上。这让海伦有些分心，我们在屋子里跑来跑去，不停关门，感觉又冷又怕。之后，窗外的太阳升起来，发出温暖的金色光芒，照亮了整个天空。我们听到一声恐怖的哭声。是沙龙太太的声音，"噢，我的天哪，噢，我的天哪"。

醒来的一瞬间，我不知道发生了什么。稍后我明白过来，感觉十分糟糕。沙龙太太说："噢，海伦——我本来相信你……"感觉她要昏死过去。沙龙先生看了她一眼，他的脸色十分恐怖，他说："本性难改。"她的脸色看起来像是被他打了一样。然后他对海伦说——

他说的话我根本不敢想，他说的话我一点都不敢想。沙龙先生是个卑鄙的男人。沙龙太太是个卑鄙的女人，即使她是海伦的母亲。无论如何，他说什么我还能忍受，但她说的话不堪入耳。

我一点都不敢想。现在一切都搞砸了。全搞砸了。伊格尔斯小姐看到我们去了乡下的那栋房子，她说的话很难听。海伦无法忍受，再也没去学校。我再也没办法见到她。即使我们见面，场面也会十分尴尬。我们会回想他们说的话。

我不知道学校有多少人知道这件事，但是托特·皮肯斯递给我一张纸条。那天下午，我在他家屋后见到他。如果不是众人把我拉开，我肯定会打断他的鼻子。我是来真的。母亲听到之后哭喊出来，父亲把我带到他房间跟我谈话。他说你不能把整个镇上的人都打遍。可是我得揍所有像托特·皮肯斯这样的人。父亲和母亲对我倒还好，但他们谈论海伦的话简直更难入耳。他们为我说话，因为我是他们的儿子。但他们不明白事情的真相。

我本以为我可以和克里谈谈，但我做不到。他人很好，但他看我的眼神有些异样。怎么说呢——那种眼神有点儿让人难以忘怀。我没想到他会是那种表情。但他还算体面。他几乎每个周末都回来，我们在院子里玩抛接球游戏。

你看，我还是去上学。他们想让我和那帮孩子们一起玩，就像以前一样，但我做不到，和托特打了一架之后再也做不到了。当然，我的学习成绩提高了许多，因为我花在学习上的时间更多。但我还是过不了伊格尔斯这一关，尽管父亲让她向我道歉。我还是没法在她面前背诵。

我想格兰特先生可以理解我，因为有一次他叫我去他家，我们聊了一下。没有聊这件事，我很担心他会提这件事。他向我展示了许多他在大学里的旧东西，还有他在表链上戴的金足球。他还讲了许多有趣的事情。

然后我们不知怎么聊到了过去的一些事情，聊到时代已经改变。怎么说呢，以前的国王和王后不到我和海伦的年龄就已经结婚，只是现在人的寿命更长，学习的东西更多，所以现在不能如此。"这是文明，"他说，"所有的文明都是违背天性的，但我想我们必须拥有文明，只是有时候这并不容易。"不管怎样，这番话让我觉得不再孤单。在那之前，我觉得我是地球上唯一一个感到孤单的人。

今年夏天，我要去科罗拉多州的一家牧场，明年我要去东部上学。格兰特先生说，如果我努力的话，他觉得我可以参加校队，尽管东部的比赛不像我们这里这么隆重。我得让那边的人看看我的本事，这会让他们满意的。他说一开始不用太卖力，但我不会那样。

那是一所男校，学校里连女老师都没有。或许，以后我可以成为职业篮球运动员，根本不需要见到女人。克里说我能走出阴影，但我办不到。现在，他们的笑声，听起来都跟沙龙太太的笑声一样。

　　他们要把海伦送到女修会开办的学校 —— 我打听到了消息。或许在她走之前他们会让我见她一面。但是，我们见面将会很糟糕，因为要当着众人的面，大家只会装腔作势。我几乎希望他们不要让我们见面 —— 尽管我很想见她。那天晚上，当她母亲把她带到楼上时 —— 她已然不再是原来的海伦。她看着我，仿佛对我感到害怕。现在不管他们为我们做什么，这一点都无法弥补。

十六岁的夕阳

作者 | 多萝西·坎菲尔德·费舍尔

多萝西·坎菲尔德·费舍尔（Dorothy Canfield Fisher，1879—1958），美国作家。

主要作品：《满溢之杯》(*The Brimming Cup*)、《深流》(*The Deepening Stream*)等。

十六岁的夕阳

　　特里杰在酒店餐厅里见过这对老年夫妇。她跳上岩架，喘着粗气，这对夫妇正坐在岩架另一边，她一眼就认了出来。天气寒冷，太阳低悬在湖对岸，老两口穿着外套，披着围巾，戴着帽子——老年人出门总是里三层外三层地包裹着身体。他们的装扮跟之前不一样，但她认出了脸——两张布满皱纹的脸，死气沉沉的皮肤、死气沉沉的灰色头发，还有干枯的双手、凸起而又脆弱的指甲。特里杰在岩架的另一端瘫倒在地，喘了口气，想起了另一只手。那是同样干枯而又柔弱得令人恐怖的老年人的手，同样布满凸起的指甲，那只手搭在她的手上，而她所在的病房里充满了令人难以察觉但又无法忍受的恐怖气味……

　　她的曾姨祖母亨丽塔由一个白衣护士照顾，这名护士帮她清洁、刷牙、洗澡、擦粉，以及打扫病房。特里杰跟着家人去探望她的那天，病房里已经摆放了鲜花，红丝绒玫瑰散发出迷人的香气。特里杰和母亲刚进房间的时候，只闻到香皂、鲜花和消毒剂的味道。于是，特里格毫不犹豫地走上前去，到了大病床边。她十二岁，个头很高，在病床前俯身看着病人。

　　病人动了一下，她的脸像干果皮一样，笑的时候露出上百万条褶皱，老妇人换了个姿势，把手搭在特里杰手上——随着被褥的抖动，从那衰老的躯体上，从那只抓着她手的衰弱的手上，散发出一股淡淡的令人难以觉察的恐怖气味。

这孩子愣在那里，双眼圆睁，心里已然明白那是什么气味。她清楚地知道那是死亡的气息——她浑身上下都感觉到恐惧。她一动不动地站在那里，连睫毛都没有动，死死盯着老妇人，感受死亡侵蚀她的身体留下的痕迹——那毫无生气的白色头发，那干果皮一样的皮肤，那凸起而又脆弱的指甲——它们都已经死亡，这淡淡的、令人恐怖的腐烂气息，这对于这个身材高挑、活力四射的少女来说简直难以忍受。

在她身边，大家像平常一样寒暄。"她看起来跟佩姬一样。""这额头就是格兰德家典型的额头。"特里杰什么都没听进去，她的脑子里对死亡的侵蚀充满了憎恶。她闻到那种腐烂的气味——这真是不可饶恕的侮辱。她还年纪轻轻，死亡跟她有什么关系？

那时她只有十二岁，现在她已经十六岁，长高了四英寸，正值青春年少。四年前，在经历了令父母费解的一个星期的面色苍白、恶心反胃之后，她的身体慢慢恢复过来，她再也没有想起老年人那种半死不活的状态——除非有时候，当她闻到花瓶里枯萎的玫瑰花或者看到其他老人的时候。比方说这一次，她又看到一对老人在粗糙的木头盖成的餐厅里吃饭——特里杰和参加夏令营的女孩儿们也到餐厅来吃饭，她们来这里爬山，这时还光着腿，浑身上下散发着青春和活力。

看了这对老人一眼之后，她就没有再留意他们。她和其他女孩儿们一起呼喊着，说笑着，吵闹着，来到她们的座位。看到热汤，她也像身边的同伴们一样兴奋地惊叫起来。但是在这种活力与兴奋背后，她想起了老妇人干枯灰白的头发、老头儿脖子后面和额头上深深的皱纹。这个整洁、凉爽的山中小屋弥漫着柴烟、咖啡和新鲜木头的香味。但是，她的鼻孔里似乎回忆起一种淡淡的令人作呕的气味。她把头埋到餐盘上，快速地舀起汤，贪婪地喝了下去，然后用手背擦了擦嘴。

"沙格西要是看见你这么干肯定会活剥了你。"旁边的女孩说。

特里杰没有理会她。这对头发稀疏、皮肤干瘪的老人并不像她曾姨祖母那么苍老。她刚过了十六岁生日，但她看得出他们跟她爷爷奶奶，或者学校校长的年纪相仿，六十岁上下，但也是黄土埋到半截的人了——他们的头发、皮肤和指甲已经衰老——她多么、多么憎恶老人的模样呀！想到她有一天也将变成这副模样，她的心里是多么、多么、多么憎恶呀！

汤盘已经收走，她们一边等待主食，一边唱歌——夏令营的负责人坚持认为"大家应该及时行乐"。她们唱了一首莫扎特的曲子，是音乐指导教师在营地里教她们唱的，接下来唱的是《弹曼陀林的男子》，这首歌不知道她们是从哪里学来的。接下来，餐厅里端上来粉嫩的烤牛肉、成堆的土豆泥和满满的咖啡（离开营地远足的时候，她们可以喝咖啡），刀叉响动起来，喧闹的声音平息下来。

餐厅另一边，这对白发苍苍的老人离开餐桌，走了出去。但是特里杰没有看到他们。她已经将他们抛之脑后。她的心思又回到了最近一直在想的事情上——她再也不会见到他，她再也不想见到他——要是再也见不到他，任由他用那双深沉的眼睛看着她，她肯定会死——她怎么能活得下去，既然他们之间有些东西永远无法打破，永远、永远无法打破，尽管他们之间隔着整个大陆——实际上只隔着半个大陆，因为他住在明尼阿波利斯，而不是旧金山。

他们对彼此很有分量，她满怀激情地想，换作任何别的人都无法取代。他们之间经历了一些事情——这是共同的经历，别的任何经历都无法取代——从那一刻开始，他们就不同了，这是深入骨髓的变化，他们焕发出新的光彩。真是庆幸，他不是抬头不见低头见的邻居。毕竟，经过他们共同经历的那一刻之后，再跟他见面、再跟他一起上学将是一件恐怖的事，然而——如果她明天、今天、现在见不到他，她要怎么活下去！

她已经吃完餐盘里的食物，把盘子递了过去，添了一些牛肉，和大家一起唱《雨中的丁香》。她环顾四周，看着这些女孩圆润光滑的脸蛋洋溢着青春的活力，她们被风吹得凌乱的头发散发出青春的气息。她们还是孩子，她心想，看看她们就知道，她们从来没有像她那样被震动过，就像狗儿摇动老鼠一样。

冰淇淋和蛋糕也端了上来。大家又开始大声聊天，伴着刀叉碗碟的当啷声，就像是接连打碎盘子发出的声响。

"我也不会，我告诉你！他很让人讨厌！"

"噢，好吧！你可别！一个四十，一个十五！真是不敢相信！"

"我穿好衣服，等着电话铃声，他……"

"要想做出美妙的天鹅姿势，身体得跳到空中！那个讨厌的旧跳板太不结实了！真应该……"

特里杰一声不响地吃着冰淇淋，对身边的骚动充耳不闻，任由自己被一种无法解释的力量支配着：一旦她想起他，她就会重新回顾他们在一起的经历，从和他第一次见面开始，一天一天，历历在目。

那天吃完甜点的时候，他来找她的堂哥，她堂哥带他去看高一的戏剧表演彩排，他抬头看着舞台上的她——她对他一见倾心！

这时，这群女孩开始往外走。她们走得慢吞吞的，修长的光腿留有荆棘划下的痕迹。特里杰又回到那一刻，他站在一个大泛光灯下，她第一次看见他眼中的橙色灯光。

酒店走廊上，夏令营负责人使劲拍手，像火车站的广播员一样大喊道："大家都出来看夕阳。大家都出来看夕阳。"

女孩儿们喊道："噢，天啊！我们每年都得爬那块老石头？为什么不能……"

"啊，沙格西，我们就待在这儿吧。我的腿都要断了。"

但是沙格西很坚定。她们每次来这里远足，都要爬上飓风岩去看夕阳，今年也没必要改变。特里杰夹在人流里，女孩们沿着走廊的木头台阶走下去，沿着长满青苔的石头小路出发。她心想，这件事发生的时候她只有十五岁——想想，只是三个月前的事！她还是个孩子，是个儿童，就像这些在小路上挤挤撞撞的女孩儿一样。现在她已经十六岁——但是真正让她长大的不是过生日，而是当她……

她越走越慢。其他人前呼后应地从她身边超过去，她一个人走在绿树成荫的小径上。随着海拔升高，杉树越来越矮，形成浓密的树荫，将她和整个世界隔离开来。她又回到了学校的舞台上，排演自己的角色，导演朝她大声吼叫着，其他演员站在她身旁——远处，他站在空荡荡的礼堂里，目不转睛地观看着。当他们的眼神旁若无人地交汇在一起——她的步伐越来越慢,她的心跳却不断加速,好像她走得很快一样。小径上怪石嶙峋,越来越陡,她漫不经心地往前走,因为她的心回到了舞台上——他在镇上的两个星期里,他们之间几乎一句话都没有说,没有真正意义上用语言交谈过。他们几乎没有触碰过对方——除了他们跳动的脉搏和令人眩晕的眼神之外……

这时她开始往上爬,但她对此浑然不知,由于打网球和篮球而变得强壮有力的手拉着她向上攀登。她开始喘气,简直透不过气来,心脏怦怦乱撞——几乎要停止跳动。她靠在岩面上,再次回味着那生与死的经历……

那一天,他准备回家。这将是他最后一次出现。这是她最后一次见他。他在她排练的时候一直看着她。最后,其他人都去了走廊里。他站在观众席里抬头看着舞台上的她,低声说:"跳下来!"

他抱住了她的胳膊,她跳了下去。一时间,他牵了她的手。

这时,她靠在岩石上,脸色惨白,她闭上眼睛,用手握住岩架上一处尖锐的凸起,用尽力气紧紧地抓住——就像若干年之后,她的第一个孩子出生时,她用尽力气在痛苦和荣耀的撕裂中坚持一样。

她闭上眼睛,仿佛再次凝视着他的双眼。他的眼睛如此靠近,以至于她迷失在这双眼睛之中。他的眼睛像她的眼睛一样圆睁,惊讶而又恐惧。她十五岁,他十六岁,但是他们不需要任何人告诉他们,是什么将他们紧紧攫住,像狗摇动老鼠一样震动着他们——这是生命。雷声在他们的耳朵里响起,一道锯状闪电从他们的五脏六腑里穿过,他们紧紧抱着对方,不是因为爱——而是因为恐惧——以免他们倒下。

她是如此、如此富有活力，因此房间里死亡的出现令她愤怒——那一刻，在他怀里，她知道她从来没有活过，她是裹在茧里的蛹——她还没有出生。

山崖上方传来女孩儿们的喊声，她们已经爬到了前面，她们呼喊着，探望着，寻找她的影子。"特里杰！特——里——杰！你是死了还是怎么着？"她们喊着，"你再不快点儿，沙格西就要生气了。"

她回过神来。她的手在流血。

她喊道："好的，马上就来！我刚才在系鞋带。"

"噢，是吗？"她们一边笑，一边等着她从杉树丛中出现，沿着空旷的岩石小径往上爬。

她伸展着长腿踏着岩石一路往上爬，没有觉察到手上的伤口在一块块石头上留下了点点血痕。她脑海里想："这有什么关系？这到底有什么关系？他对我来说算什么？我根本不了解他。我们从来都没有约会过。我跟许多男孩都比他熟。他甚至都没有亲吻我。这根本算不上什么。这只是胡思乱想而已。"她的心依然在跳动和颤抖，仿佛一只蜷缩起来的温顺的小动物，一条狗、一只猫或者一匹马。风儿吹来新奇而又野性的气味，它在行经的路上遇见一头外形凶猛、浑身条纹、危险而又华丽的老虎。

她心里清楚，这是生命给她的冲击，尽管她以前包裹在茧里，就像从来没有出生一样，从来没有感受过这种冲击。以前也有男孩触摸她、拥抱他，还有两次亲吻让她依然记忆犹新，但是现在看来，这些只能让人厌弃，他们只是触碰到这层茧的外表。而这一次，这一次，她将永生难忘，这是一次剧烈的冲击，深深刺进了她赤裸裸的毫无反抗的自我。那赤裸而又毫无反抗的机体，在这冲击之下战栗，知道她不知道的东西——它们知道面临的是什么，它们知道，并且用那沉默的无法言表的颤抖告诉了她。

她咬紧牙关，绷紧肌肉，在悬崖表面上飞奔，激情地朝着这茧喊话。"我永远也不要长大。我永远也不要恋爱。它吓到我了。它太沉重了。我无法忍受。我讨厌它。我办不到！"她热情洋溢地往前冲，冲出那裂开的茧，撕裂那破碎的丝线，轻蔑地将它们抛到一边，嘲笑着一直以来束缚她的稚气，然后，等待着她的是这个——！

那一股热烈的冲动过去了。她又感到一阵寒冷。她缓慢地往上爬，停下来吮了一口伤口上的血。"婚姻……"她知道婚姻——哪个家庭都能见到——"婚姻什么都不是——它只会让人感到厌倦！"她想起了那些结了婚的女人的脸，形容枯槁，理想破灭，绝望无助。结婚就是为别人持家，做得不好只会遭到抱怨。她永远也做不到。结婚就得养育孩子。谁知道怎么养育孩子？她永远也不会知道！孩子会以为她无所不知，但她一无所知。她还得给他们喂饭，给他们洗澡。他们还会生病。谁知道他们生病了该怎么办？

这时，她攀上岩石，看到她在餐厅里见过的那对老人坐在那里。

他们没有看见她。她站到大石头另一边喘气的时候，他们只是漫不经心地瞥了一眼。他们看着大湖。

女孩第一次看到那里的风景。金色的夕阳缓缓下沉，夕阳之上，是一带玫瑰色的浮云。湖面就像金箔一样，仿佛锤子打出来的细小半圆形波纹闪闪发光。她深深地吸了几口气，聚精会神地欣赏着。这景色太漂亮了。她心想，这简直像画里一样，粉色的云和天空都被染成火焰的颜色。

  她回头看着岩石另一面的老年夫妇。他们紧紧坐在一起。妻子已经拉起了披风的帽兜，帽兜弄乱了她的头发。几缕头发在她额头上飘动，她并没有伸手整理。她平静的蓝色眼睛看着湖泊。她一脸安详和专注，似乎在边看边听。她的确在听。这时，女孩看到老妇人丈夫的嘴唇在动。他在对她说话。但他并没有看她。他也盯着湖泊，夕阳已经落到蓝色远山的后面。他在说什么？她竖起耳朵听。

    这是美好的黄昏，宁静而晴朗；
    神圣的时刻恬静得犹如修女 ——
    像崇拜之情使得她凝神屏息；
    辉煌的落日平静地沉入大洋；
    海面上的天穹显得温和慈祥。[1]

  她停了下来，感到无比惊奇。这是一首诗。他在给她背诗！
  她的手还在流血。她掏出一方皱了的手帕将手缠起来，然后抬起头，继续听他念道：

    所以，在风静天高的季节里，
    尽管在内陆，离岸很远，

---

[1] 节选自华兹华斯的诗歌《这是美好的黄昏》，黄杲炘译。

> 那把我们送到这儿的不朽海域
> 我们的灵魂能够看见。[1]

夕阳坠得更深。火红的天空由橙色变成淡黄。云彩从玫瑰色变成淡紫色。女孩的眼睛盯着云彩,同时尽力听着老头儿喃喃的声音,这时她又听到他念道:

> 然而,在这林中,在这海边,
> 美丽向我抬起双眼,
> 用清晰的声音吟唱,
> "那些在自家门口见不到我的人
> 永远不会懂我
> 永远不会懂我
> 尽管我一直来来往往……"

温和而缓慢下沉的夕阳,这时已经藏到山峦的后面。日落即将结束。老头儿陷入沉默。女孩看到他握住妻子的手。她没有回头,紧靠到他的肩膀上。他们注视着夕阳落下之后半透明的长长的光线。整个世界已经化作金色。这是最美的一刻。

接下来,火光迅速消失,远处变成蓝色,远山上蒙上一层透明的蓝色面纱。

微风吹来。老头儿转过灰白的头,对着老妇人笑了。

女孩痴痴地盯着他们,看他们相视而笑。哇,他们安全了!

---

[1] 节选自华兹华斯的诗歌《颂诗:忆幼年而悟不朽》,黄杲炘译。

他们经历了一切,经历过风吹雨打、艰难困苦,才抵达这宁静的境界。噢,要么像他们这样安全!——要么,就做一个小女孩!

她转头捂住脸,低下了头。泪水夺眶而出——这是十六岁美好、心碎而又荒谬的泪水——因为她不再是六岁,也不是六十岁。

大学时光

作者 | 詹姆斯·瑟伯

詹姆斯·瑟伯（James Thurber, 1894—1961），美国作家、漫画家。

主要作品：《想我苦哈哈的一生》(*My Life and Hard Times*)、《当代寓言集》(*Fables for Our Time*)等。

大 学 时 光

上大学的时候，别的课程考试我都能通过，但植物学总是无法通过。这是因为植物学课上，所有学生每个星期都得在实验室花上几个小时用显微镜观察植物细胞。我从来不曾在显微镜里看到细胞。我的老师经常为此上火。他在实验室里转悠，看到其他同学进展顺利，画出了各种植物有趣的细胞图，他十分欣慰。等他走到我跟前，情况就变得迥然不同。我干巴巴地站在那里。"我什么都看不见。"我会说。一开始他比较耐心，说别的同学都从显微镜里观察到了，但到了最后他总是变得怒不可遏，说我肯定看到了，只是假装看不到。"这样看，就看不到花儿的美了。"我经常和他争辩。"我们这门课关注的不是花的美。"他会说，"我们只关注花的结构。""噢，"我说，"我什么都看不见。""再试一次。"他会说。我一只眼睛凑到显微镜上，什么都看不见，只是偶尔模模糊糊地看到一些类似牛奶的物质——这是调焦不当造成的现象。本来应该看到清晰逼真、边界清楚的植物细胞。"我看到许多类似牛奶的东西。"我告诉他。他解释说，这是因为我的显微镜没有调好，他会帮我调整好，或者说他会帮他自己调整好。我再看一遍，还是看到牛奶。

最后，我只得延修这门课程，一年之后再修一遍。（我们必须通过一门生物科学课程，否则毕不了业。）这位教授度假回来，皮肤晒得黝黑，目光炯炯有神，急切地向班上的学生讲解细胞结构。"嗯，"我们第一次在实验室里见面时，他高兴地对我说，"这一次我们要观察细胞，好不好？""好的，先生。"我说。右边的同学、左边的同学、前面的同学都观察到了细胞；而且，他们正一声不响地在笔记本上绘图。当然，我还是什么都看不见。

"我们一起来试试，"教授严肃地对我说，"这次我们得尽人类所能调整显微镜。让上天做个见证，我要帮你调，让你通过显微镜观察到细胞，不然我就不教了。我教了二十二年植物学，可——"说着他突然停了下来，浑身开始颤抖，就像莱昂纳尔·巴里摩尔[1]一样，他希望克制自己的脾气，但是一见到我他就来了脾气。

于是，我们尽人类所能调整显微镜。在此期间，我看到的要么是一团漆黑，要么是我经常观察到的乳状物质。令我欣喜和惊讶的是，只有那么一刻，我看到了五花八门的色斑、污点和小点。我迅速将它们画到纸上。老师看到我有了行动，从旁边的实验桌旁走了过来，嘴唇上露出笑意，眉毛也扬了起来，他终于看到了希望。"看到什么了？"他略微提高了嗓门说。"这就是我看到的东西。"我说。"你没看到！你没看到！根本没看到！"他尖叫着，立即就来了脾气，他弯下腰，眯着眼睛朝显微镜里看。他猛然抬起头。"你看到的是自己的眼睛！"他喊道，"你的镜头成了反射模式！你画的是自己的眼睛呀！"

---

[1] 莱昂纳尔·巴里摩尔（1878—1954），美国电影演员。

还有一门课我不喜欢，但还能勉强通过，那就是经济学。上完植物学的课我就去上经济学，但是这对我理解这两门课程毫无裨益，我有时还将两门课混为一谈。不过，我的混乱程度还赶不上另外一位同学，他在经济学课之前上的是物理实验课。他是橄榄球队的后卫，名叫博伦丘茨维克兹。当时，俄亥俄州州立大学橄榄球队在国内名列前茅，博伦丘茨维克兹就是队里的明星球员。要想获得入队资格，他的学习成绩必须跟上，这对他来说难如登天，他的智商不比公牛低，但也高不到哪里去。多数教授都对他宽宏大量，睁一只眼闭一只眼。在回答问题的时候，没有哪个教授像经济学教授一样给他不断提示，或者只挑一些简单得不能再简单的问题发问。这位教授身材瘦削，性格羞怯，名叫巴瑟姆。有一天，我们学的是运输和物流的内容，轮到博伦丘茨维克兹回答问题。"请说出一种交通方式的名字。"教授对他说。这个大块头后卫一点都不开窍。"只要说出一种交通方式就好。"教授说。博伦丘茨维克兹坐在那里看着他。"也就是说，"教授接着说，"从一个地方移动到另一个地方的任何一种媒介、工具或者方法。"博伦丘茨维克兹的表情像是被带进了迷宫一样。"你可以选择蒸汽动力、马拉或者电力驱动的交通工具，"老师说，"我建议你说一种我们在陆地上出行经常使用的交通工具。"班上异常安静，每个人都有些焦虑不安，博伦丘茨维克兹和巴瑟姆先生也包括在内。突然，巴瑟姆先生令人意外地打破了平静。"呼哧——呼哧——呼哧。"他低声说，脸上立即泛起红晕。他哀求的目光在教室里扫视了一圈。当然，全班同学都跟巴瑟姆先生一样，希望博伦丘茨维克兹的经济学成绩能在全班靠前，因为这个赛季最艰难、最重要的一场比赛，对阵伊利诺伊州的比赛，将在一个星期之后打响。"突突,突突,突突突突!"有个学生声音低沉地吼道,我们都满怀希望地看着博伦丘茨维克兹。还有一位同学惟妙惟肖地模仿了火车喷气的声音。巴瑟姆先生也加入了表演。"叮,咚,叮,咚。"他依然充满期待地说。博伦丘茨维克兹这时盯着地板,竭力思考着,粗粗的眉毛皱起来,一双巨大的手揉搓着,脸憋得通红。

"你今年是怎么来到大学的,博伦丘茨维克兹先生?"教授问道,"咔嚓,咔嚓,咔嚓,咔嚓。"

"我父亲让我来的。"橄榄球运动员说。

"怎么来的?"巴瑟姆问。

"我拿到了补助金。"后卫队员用沙哑的声音低声说,显而易见,他觉得很尴尬。

"不,不,"巴瑟姆说,"说交通工具。你坐什么交通工具来的?"

"火车。"博伦丘茨维克兹说。

"回答正确,"教授说,"下一个,纽金特先生,你能告诉我——"

如果说植物学和经济学让我感到苦恼——两者的原因并不相同——那么体育课则更让我头疼。我连想都不敢想。做运动的时候他们不准你戴眼镜,但是取下眼镜我什么都看不见。我会撞到教授,撞到双杠,撞到农科学生,甚至撞到摇摆的铁环。我视力不好,尽管选了课却无法执行。而且,为了通过这门课(只有通过才能毕业)我得学游泳。我不喜欢游泳池,我不喜欢游泳,我不喜欢游泳教练,过了这么多年,我依然是这样。我从来不游泳,但是我通过了体育测试,因为我让另外一个同学戴上我的号码（978号）顶替我。他是个性格安静、和蔼可亲的年轻学生，一头金发，号码是473号，如果可能的话，他肯定会顶替我用显微镜观察细胞，但这个他没法顶替。我不喜欢体育还有一点原因，那就是登记那天得脱掉衣服，脱掉衣服之后回答问题让我感到很不自在。即使这样，我比一个笨拙的农科学生做得还好一点，他在我前面接受盘问。他们询问每个学生来自哪所学院——也就是说，他们是艺术学院、工程学院、商学院还是农科院的。"你是哪个学院[1]的？"老师问我前面的年轻人。"俄亥俄州州立大学。"他脱口而出。

不只是这个农科学生，有许多像他这样的学生都想学习新闻，原因是如果农业不行了，他们还可以在报社找到工作。当然，他没有意识到，这就像是向后仰倒在一套木匠的工具上一样艰难。哈斯金斯似乎不适合学习新闻，他不善与人聊天，也不会打字，但是校报主编让他报道牛棚、羊圈、马厩和畜牧系。这是个巨大的"领域"，因为这个系的占地面积是人文学院的五倍，得到的行政拨款是后者的十倍。这个农科学生对动物十分了解，但他的报道写得索然无味，毫无亮点。他每写一篇报道都要花上一整个下午，在打字机上一个一个寻找字母。他时不时地向别人求教。"C"和"L"两个字母他总是找不到地方。主编最后对这个农科记者十分恼怒，因为他的新闻报道平淡无奇。"你看，哈斯金斯，"有一天他厉声说道，"为什么你从来都写不出一篇有关马厩的有趣的报道？我们学校养了两百匹马——除了普渡大学之外，比加入西部联合会的任何一所大学都多——可是你从

---

[1] "College"一词既可以指"学院"，也可以指"大学"。

未实实在在地报道过它们。你赶快到马厩去,看看能不能挖掘出一些鲜活的材料来。"哈斯金斯蹒跚着走出去,一个小时之后回来,他说他找到题材了。"好吧,那就赶紧动手,"主编说,"写点儿人们喜闻乐见的东西出来。"哈斯金斯投入工作,几个小时之后,他打完了一张纸,放到桌上。这是一篇约 200 字的报道,说马儿患上了一种疾病。开头一句简单而又醒目,写的是:"有谁注意到,畜牧舍里的马头上长了疮?"

俄亥俄州州立大学是一所赠地大学,因此学生必须接受两年军事训练。尽管当时世界大战已经进行得如火如荼,我们仍然拿着古老的斯普林菲尔德步枪操练,学习美国内战时期使用的战术。上午十一点,几千名大一和大二学生经常在校园里进行部署,忧郁地爬上老旧的化学楼。若是应对希洛战役这样的战斗,这种训练还有一定的效果,但那和欧洲正在进行的战争相去甚远。有些人曾经怀疑这种训练背后是由德国人出资赞助的,但是他们根本不敢说出来,否则就有可能会被当作德国间谍关进监狱。我认为这一段时期的思想比较混乱,美国中西部的高等教育出现了衰落。

在练兵打仗方面,我简直一无是处。大部分军训学生都很平庸,而我更是平庸至极。有一次,军训团训练的时候,总司令利特菲尔德将军突然走到我的面前,厉声说:"你就是这所大学的祸害!"我以为他的意思是像我这种类型的学生是大学的祸害,但他这句话可能只是针对我。当然,我的训练成绩十分普通——直到我大四才有所改善。到那时,我的训练时间在西部大学联合会学校里比任何人都长,因为前几年我每次都不及格,不得不重新训练。我是唯一一个到了大四依然穿着军装的学生。

这身军装还新的时候，穿在身上像是城际铁路售票员，等到衣服褪了色、穿起来紧巴巴的，又像是伯特·威廉斯[1]当侍应生的演出服。这极大地削弱了我的士气。尽管如此，经过练习，我在部队演习中表现突出。

有一天，利特菲尔德将军从整个军训团中将我们排抽出来单独训练，他命令我们飞速完成一个又一个动作：向右转、向左转、向右成一路横队、向右散开、向左前成一路横队，等等。大概三分钟后，一百零九名学生朝着一个方向前进，我则一个人跟他们成四十度夹角朝另一个方向前进。"全体，立定！"利特菲尔德将军喊道，"只有这个人是对的！"因为这个成就，我还被擢升为下士。

第二天，利特菲尔德将军将我叫到他的办公室。我进去的时候他正在拍苍蝇。很长一段时间里，我一声不吭，他也一声不吭。我想，他是不是忘记了我在里面，抑或是他忘记了为什么叫我过去，但他不想承认。他又眯着眼睛拍了几只苍蝇，然后将苍蝇拍放到一边。"把你的外套扣上！"他厉声说。现在回想起来，我能看出来，尽管他当时看着苍蝇，他眼里还是有我，但我只是站在那里。又有一只苍蝇飞过来，停在将军面前的一张纸上，它不停地搓动后腿。将军小心翼翼地拿起苍蝇拍。我不安地动了一下，苍蝇飞走了。"你惊到它了！"利特菲尔德将军严厉地看着我，大声吼道。我说对不起。"那有什么用！"将军冷冷地说道。我不知道除了赶几只苍蝇到他面前作为弥补之外，我还能做什么，但我什么都没说。他朝窗户外面看去，远处几个女生正穿过

---

[1] 伯特·威廉斯（1874—1922），美国喜剧演员。

校园朝图书馆走去。最后,他告诉我可以走了。于是我离开他的办公室。要么他不知道我是谁,要么他忘记了叫我过去干什么。他肯定是想为之前把我称作校园里最大的祸害向我道歉,或者他决定表扬我在前一天训练中的出色表现,到了最后一刻又放弃了这个想法。个中缘由我不得而知。事后对此我也没再多想。

绿色隧道

作者 | 阿道司·赫胥黎

阿道司·赫胥黎（Aldous Huxley，1894—1963），英国作家。1939 年获詹姆斯·泰特·布莱克纪念奖。

主要作品：《美丽新世界》（*Brave New World*）、《知觉之门》（*The Doors of Perception*）等。

绿 色 隧 道

"在十三世纪的意大利花园里……"布扎科特先生说到一半停了下来,又盛了一些递到他面前的意大利肉汁烩饭。"这烩饭真是无可挑剔,"他说,"大家都说,要不是米兰土生土长的厨师绝对做不出来。"

"大家都这么说,"托普斯先生用忧伤而又遗憾的声音说,他也加了一些。

"我觉得,"托普斯太太坚决地说,"我觉得所有意大利食物都很难吃。我不喜欢意大利的油——特别是热油。不用了,谢谢。"递到她面前的食物被她拒绝了。

布扎科特先生吃了一口之后放下叉子。"在十三世纪的意大利花园里,"他接着说,一边将他修长、苍白的手弯成一朵花的姿势,然后抓住胡子,"最常见也是最出色的就是绿色隧道。"

"绿色隧道?"神情恍惚的芭芭拉突然打破沉默说。

"对呀,亲爱的,"他父亲说,"绿色隧道。就是拱形的巷子,上面覆着藤蔓或者其他匍匐植物。通常会长得很长。"

听到这里,芭芭拉又不再听父亲解释。绿色隧道——这个词飘进了她的脑海里,激起了她的无限遐想,就像一种奇特的铃声让她吃了一惊。绿色隧道——多么神奇的想法。她可不想继续听她父亲将这么有趣的名词解释得索然无味。他总是把各种东西讲解得毫无兴味,就像一个反向的炼金术士,能将黄金变成铅块。她想象着一座大水族馆里的洞穴,岩石中间修长的景观,以及几乎不会摆动的水草和褪了色的灰白珊瑚;昏暗的绿色通道深不见底,慵懒的鱼儿漫无目的地在其间穿梭游弋。绿脸怪物瞪大了眼睛,嘴巴一张一合。绿色隧道……

"我在那个时期的装饰文稿中见过。"布扎科特先生继续说。他再次抓住尖尖的棕色胡须,用修长的手指梳理着胡须。

托普斯先生抬起头。他抬头的过程中,儒雅的圆形眼镜发出闪光。"我知道你指的是什么。"他说。

"我很想在我这花园里种上一棵。"

"要很长时间才能长起来,"托普斯先生说,"在这种靠海的沙地上,只能种藤蔓。它们长得很慢——非常慢。"他摇摇头,眼镜上的光点闪烁着。他的声音变得消沉,灰色的胡子变得消沉,整个人也变得消沉。然后,突然之间,他振作起来。他的脸上出现腼腆而又愧疚的笑容。他不安地扭动身体。然后,他迅速甩动了一下胡须,念出了一句诗歌:

但是我常常听见在我身后
时间的飞轮正匆匆逼近。[1]

他念得不慌不忙,声音略微有些颤抖。他总是很难说出那些

---

[1] 英国玄学派诗人安德鲁·马维尔(1621—1678)《致羞怯的情人》中的诗句。

经典和不凡的诗句；然而，他的心思里既有许多耳熟能详的经典，又有许多开拓创新的新词！

"倒也不至于长得那么慢。"布扎科特先生信心十足地说。他刚过五十岁，但是看起来像三十五岁一样潇洒帅气。他至少能再活四十年；诚然，他还没有开始思考终结的问题。

"芭芭拉小姐或许会喜欢——你的绿色隧道。"托普斯先生叹了一口气，看着主人的女儿坐在桌子对面。

芭芭拉胳膊放在桌上，双手托着下巴，目光盯着前方。听到自己的名字，她回过神来。她朝托普斯先生的方向转过头，看着对方圆形的凸面眼镜盯着她。在绿色隧道的底部——她盯着那闪光的圆圈——那是鱼儿一双瞪大的眼睛。它们正沿着昏暗的水下隧道不断靠近，漂浮着，越来越近。

面对这么坚定的目光，托普斯先生眼光移向别处。这是多么善于思考的眼睛！在他的记忆里，还不曾见过如此善于思考的眼睛。他想起来，有几幅《蒙塔尼亚的圣母玛利亚》画上的圣母玛利亚的眼睛很像她。一头金发的圣母玛利亚，鼻子略微短平上翘，看起来非常非常年轻。但他老了。尽管有布扎科特在，要等到这些藤蔓长成绿色隧道还得很多年。他品了一口酒，然后不由自主地舔了一下灰色的胡须。

"阿瑟！"

妻子的喊声让托普斯先生吓了一跳，他拿起餐巾擦了擦嘴。托普斯太太不允许他舔胡须。他只是沉浸在自己的思绪中才忘记了这回事。

"普兰波里尼侯爵会过来喝咖啡，"布扎科特先生突然说，"我差点忘了告诉你们。"

"我猜他是意大利的某位侯爵吧。"托普斯太太说,她不是个势利小人,除非是在英国。她猛然抬起下巴。

布扎科特先生朝她向上挥了挥手,"我向你保证,托普斯太太,他的家族非常古老,非常有名。他们的祖先是热那亚人。你还记得他们的宫殿吗,芭芭拉?就建在阿莱西边上。"

芭芭拉抬起头。"噢,我记得,"她心不在焉地说,"阿莱西,我知道的。"她心里想,阿莱西,阿勒颇——那里有戴头巾的恶毒的土耳其人。戴了头巾——她总觉得这很有趣。

"他的好几个祖先,"布扎科特先生继续说道,"都标榜自己是科西嘉总督。他们在镇压反抗方面功勋卓著。很奇怪,对吧?"——他对着托普斯先生插了一句——"大家总是站在同情反抗者的立场上。大家对科西嘉真是大惊小怪!比方说,格雷戈罗维乌斯的那本书。还有一些爱尔兰人、一些波兰人,还有其他人写的书。这些作品对我来说总显得多此一举,十分荒谬。"

"这不是很自然吗?"托普斯羞怯地说。但主人没有在意,继续说了下去。

"现在这位侯爵,"他说,"是当地法西斯党的领导人。他们在这个地区不遗余力地维护法律秩序,让底层人民继续待在底层。"

"啊,法西斯党,"托普斯太太同意地重复道,"在英国人们喜欢这么说。所有这些罢工……"

"他请我向这个组织捐资。当然,我会出些钱。"

"当然。"托普斯太太点头说,"我一个在战争中当了少校的侄子参加了上次的煤矿工人罢工。我知道,他很遗憾罢工最后没有演变成斗争。'安妮姑妈,'我上次见到他的时候他对我说,

'如果发生了战斗，我们肯定已经将他们彻底打垮——彻彻底底打垮。'"

在阿勒颇，戴头巾的恶毒的法西斯党正在棕榈树下战斗。那些丛生的绿色植物是棕榈树吗？

"什么，今天没有冰？*没有冰？*[1]"女仆把桃子蜜饯放在桌上时布扎科特先生问道。

康塞塔道歉说，村里的制冰机坏了。要到明天才有冰。

"太糟糕了，"布扎科特先生说，"*太糟糕了，*康塞塔。"

芭芭拉似乎看到棕榈树下的场景：他们跳来跳去，正在战斗。他们骑着大狗，树上有许多色彩斑斓的大鸟。

"天哪，这孩子要睡着了。"托普斯太太端着装桃的盘子，"我已经把盘子端在你面前好久了，芭芭拉。"

芭芭拉感觉一阵脸红。"对不起。"她喃喃说道，笨拙地接过盘子。

"做白日梦。这是个坏毛病。"

"我们有时候都会做白日梦。"托普斯先生不赞成地插话道，他的头有些紧张地颤抖起来。

"要做也是你做，亲爱的，"他妻子说，"我可不会。"

托普斯先生低头看着盘子，继续吃东西。

"侯爵随时会过来，"布扎科特先生看着手表说道，"希望他不会迟到。可别耽误了我的午睡。意大利这天气真热，"他接着说，话里颇有些哀伤，"再小心都不为过。"

"啊，但是我和父亲在印度的时候，"托普斯太太有些高傲

---

[1] 原文为意大利语，本文以斜体表示。

地说,"他曾是印度平民,你们知道……"

阿勒颇,印度——都有棕榈树、成群的大狗,还有老虎。

康塞塔领着侯爵进来了。大家见面很高兴。会说英语吗?会。这是波基诺。这是托普斯太太。这是托普斯先生,著名的文物收藏家。啊,当然,久仰大名。这是我女儿。长得真漂亮。经常看到小姐在海边游泳,很会潜水,游泳的姿势很漂亮——他的手做了一个长长的抚摸的姿势。英国小姐很擅长运动。棕色的脸,洁白的牙齿,明亮的深色眼睛。她的脸又红了,看着别处,傻笑着。侯爵已经转向布扎科特先生。

"所以说,你已经决定了在我们卡拉拉[1]定居。"

噢,倒不能算定居。布扎科特先生还没说过他将在此定居,这幢房子只是消夏的小别墅。冬季到罗马。人总是不得已到国外来住。英国的税收……很快大家都开始说话。芭芭拉看着大家。除了侯爵之外,大家似乎都半死不活。侯爵说话的时候神采奕奕,看起来朝气蓬勃;她的父亲毫无生气,面色苍白,就像被埋藏许久没有见到光线一样;而托普斯先生总是枯燥乏味;托普斯太太则像被机械发条驱动着一样。他们谈论着社会主义、法西斯党,以及诸如此类的东西。芭芭拉并没有理会他们谈话的内容,而是痴迷地看着他们。

再见,再见。那张生机勃勃的脸上洋溢着笑容,像灯光一样照着一张张脸。这时,灯光照在她的脸上。希望哪天晚上,她能和她父亲,还有托普斯太太一起去——他和他妹妹有时会举办小型舞会,当然,舞会上只有留声机,但这总好过什么都没有。

---

[1] 意大利城市。

这位小姐肯定很会跳舞,他能看得出来——他又笑了一下。他拍了一下她的手。再见。

午休时间到了。

"别忘了放下蚊帐,亲爱的,"布扎科特先生嘱咐道,"疟蚊很危险。"

"好的,爸爸。"她朝门口走去,头也没回地回答说。说起蚊帐,他总是让人厌倦。有一次,他们坐出租车在坎帕尼亚旅行,用临时拼凑的蚊帐把自己包裹起来。阿庇安大道上的古迹看起来像透过新娘的面纱一样模模糊糊。大家都觉得他们好笑。但是,他父亲显然不以为意。他根本没有留意。

"现在那幅可爱的《蒙塔尼亚的圣母玛利亚》在柏林吗?"托普斯先生突然问道,"在这幅画上,捐赠者跪在左下角,仿佛要亲吻圣子的脚。"他的眼镜朝着布扎科特先生的方向发出闪光。

"你怎么问这个?"

"我不知道。我只是想到这个问题。"

"我想你肯定说的是蒙德收藏的那一幅。"

"啊,对,很有可能。在蒙德的藏品中间……"

芭芭拉打开门,走进关了百叶窗的昏暗房间。房间里十分闷热,三个小时之内几乎没法走动。如果谁光着腿或者穿着洗浴之后的短上衣去吃中饭,托普斯太太就会唠叨个没完。"在印度,我们总是衣着得体。一个英国女人在当地人面前必须保持自己的地位,而意大利人无论怎么说都是当地人。"因此,哪怕天气再热,她总是得穿上鞋袜和连衣裙。这个可恶的老太婆!她飞速脱下衣服,感觉顿时好多了。

她站在衣柜门上的镜子前面,很屈辱地发现自己看起来就像是一块烤煳了的面包。棕色的脸、棕色的脖子和肩膀、棕色的胳膊，双腿膝盖以下也是棕色；除此之外都是白兮兮的，一种病态的、女人气的、城市人特有的白色。要是能一丝不挂到处奔跑，最后晒得像那些在滚烫的沙滩上嬉戏奔跑、浑身晒成古铜色的孩子们一样该多好！现在，她看起来就像是烤到一半的面包，真是可笑。她对着自己灰白的身体看了许久。她仿佛看见自己奔跑在沙滩上，浑身上下晒成古铜色；或是奔跑在水仙花和郁金香的花海中间；或是奔跑在绿色的橄榄树下柔软的草地上。她突然惊讶地转过身。在那，在她身后的阴影里……不，当然什么都没有。浮现在她脑海的是她小时候在杂志里看到的一幅恐怖的照片：一个夫人坐在梳妆台前，对着镜子梳头，一只浑身长满毛发的巨大猴子悄悄爬到她身后。她照镜子的时候总是想起这幅景象。这真是荒唐。但是她还是会这么想。她从镜子前转过身，穿过房间，没有放下蚊帐，直接躺到床上。苍蝇在她身边飞舞，不停地落在她脸上。她摇摇头，愤怒地用手使劲拍打。如果她放下蚊帐，就能得到安静。但她想起了透过头纱一样的东西看到的阿庇安大道，她宁愿忍受苍蝇的烦扰。最后，她不得不妥协，苍蝇实在太多。无论如何，她可不是因为害怕疟蚊叮咬才放下蚊帐。

现在，没了苍蝇的烦扰，她一动不动，僵硬地躺在罩着薄纱的床上，就像一个装在玻璃柜里的标本。她又陷入了幻想。她看到一个巨大的博物馆，放着成千上万个玻璃柜，里面装着各种化石、蝴蝶和鸟儿的标本、中世纪调羹、盔甲、佛罗伦萨的珠宝、木乃伊、雕刻象牙和装饰手抄本。但是在其中一个玻璃柜中，装着一个鲜活的人。

突然之间，她变得格外郁闷。"无聊，无聊，无聊。"她低声喊道。无聊永远都不会结束吗？泪水润湿了她的眼睛。一切是多么无聊！或许她这一辈子就要这样度过。从十七岁到七十岁还有五十三年。五十三年的无聊生活呀。如果她能活到一百岁，那还得忍受八十多年。

这种想法让她整个傍晚都十分失落。甚至喝完下午茶之后洗澡也没用。她游到很远，很远的地方，躺在那里，漂在温暖的水面上，时而仰望着天空，时而回望着海岸。海边的别墅掩映在松树丛中，仿佛小巧而又显眼的海滨胜地广告招牌。但是在这些别墅之后，在平原的尽头，是绵延的群山。乱石嶙峋、光秃秃的石灰岩山峰，苍翠的山坡，以及密匝匝的灰绿色橄榄树——在这暮色之中，显得格外亲近，格外清晰。眼前的景色美不胜收。但是，美景只会让人心情失落。雪莱曾经在距离海岸几英里的地方生活过，就在那里，在斯佩齐亚湾的岬角后面。雪莱曾溺毙在这牛奶般温暖的大海之中。想到这里，更加令人心情失落。

夕阳低垂在天空中，海面一片火红。她缓慢地游着。海滩上，托普斯太太闷闷不乐地等着。她知道，以前有个身体强壮的男人，由于在水里待得太久肌肉痉挛，最后像石头一样沉了下去。像石头一样。托普斯太太认识的都是些什么怪人！他们的行为多么荒诞，他们的遭遇多么古怪！

那天的晚餐更加无聊。芭芭拉早早上床睡觉。整个晚上，一只讨厌的知了在松树林间叫个不停，像机械一样发出单调而又规律的叫声。吱吱，吱吱吱。烦人。烦人。这小东西就不会被自己的噪声烦到吗？很奇怪，它没有。但是，她转念一想，没有人会被自己的噪声烦到。就拿托普斯太太来说吧，她从来就不会感到厌烦。吱吱，吱吱吱。知了不停地叫着。

康塞塔七点半钟来敲房门。早晨一如既往地天空晴朗，万里无云。芭芭拉跳起来，从一扇窗看了看山，另一扇窗看了看海；山和海依旧美好。今天早上她的心情也很好。她坐在镜子前面，不再担心房间阴暗角落里会出现一只硕大的猴子。她穿上泳衣、浴袍、拖鞋，头上缠了一条手帕，准备出门。经过一晚的睡眠，昨晚的无聊被她抛到脑后。她跑到楼下。

"早上好，托普斯先生。"

托普斯先生正在花园的藤蔓间散步。他转过身，取下帽子，笑着打了招呼。

"早上好，芭芭拉小姐。"他停了下来。然后，他有些尴尬地继续说话，他的声音变得有些结巴，"真是乔叟式的早晨，芭芭拉小姐。一个五月的早晨——只不过现在是九月。天气清新而又晴朗，在这个梦想花园里至少有一个——"他更加不自在地扭动身体，圆形的眼镜片发出闪光——"这个诗人所谓的'青春年少'的标本。"他朝她鞠了一躬，有些不满意地笑了笑，随即陷入沉默。在他看来，他说的话没有他想象的那么好。

芭芭拉笑了。"乔叟！以前在学校老师们让我们读《坎特伯雷故事集》。但是我总是觉得无聊。你要去洗澡吗？"

"早饭之前我就不去了。"托普斯先生摇摇头，"人上了年纪早上洗不了。"

"人？"为什么上了年纪的人说话的时候总是喜欢用"人"代替"我"？她忍不住笑话他："好吧，我得赶快，不然早餐我又要迟到了，你知道我得赶时间。"

她从花园门冲了出去，穿过沙滩，朝房子前面一间红白条纹的浴室走去。五十码远的地方，她看到普兰波里尼侯爵身上还滴着水，正朝他的沐浴小屋跑去。看到她之后，他朝她笑了笑，敬了个军礼。芭芭拉挥了挥手，然后觉得这个手势太随意——但是一大清早，这么高兴，不做出点儿出格的手势太难——于是又僵硬地鞠了一躬。毕竟，她只是昨天才见到对方。很快，她就游到了海里，嚆！海里到处都是巨大的水母。

托普斯先生慢吞吞地跟在她后面，穿过园门和沙滩。他看着她从浴室出来，像个男孩一样苗条，大步流星地跳跃着。他看着她跳动着溅起水花，进入深水区，一头扎进水里，开始游泳。他一直看着她，直到她游到远处，变作一个小点。

侯爵从沐浴小屋出来，看到他低着头沿着海滩缓慢散步，嘴里还念念有词，仿佛在重复念叨什么，不知是在祈祷还是在自顾自地朗诵诗歌。

"早安，先生。"侯爵跟他握了手，握手的方式比英国人更加热情。

"早安。"托普斯先生一边回答，一边伸出手。他不喜欢自己的思绪被打断。

"布扎科特小姐游得真好。"

"确实。"托普斯先生同意地说，他脸上露出笑容，心想换作是他，会找出什么样的词句来形容。

"好吧。"侯爵很随意地说。他又握了握托普斯先生的手，两人各自走开。

芭芭拉离岸边还有一百码远，她突然听到别墅里传来锣声，声音越来越大，然后逐渐平息。见鬼！她又要迟到了。她加快动作，溅着水花从水里起来，脸上涨得通红，上气不接下气。她心想，这下得迟到十分钟了，至少要十分钟才能扎好头发、穿好衣服。托普斯太太又会大发脾气。天知道,这个老婆子有什么权力教训她。她总是令人讨厌和不快。

她喘着气,从沙滩上跑过去,沙滩上左右两边都空无一人。如果有匹马,沿着海边骑该多好。她可以一直骑到阿尔诺河口,游过河流——她仿佛看见自己蹲在游动的马背上,脚缩在马鞍上,以免脚被河水打湿——然后继续向前,天知道她要骑到哪里去。

到了浴室门口,她突然停了下来。在一块凌乱的沙滩上,她看到一行字,躺在她要经过的路上。大写字母,还算清晰。

噢,克拉拉·伊丽贝丝。

她将这些模糊的字母拼凑起来。她出来的时候地上还没有字。谁写的?……她看了一圈。沙滩上空无一人。这是什么意思?"噢,克拉拉·伊丽贝丝。"她在浴室里穿上浴袍和拖鞋,飞速跑回房子。她感觉十分恐惧。

这是一个闷热得令人头痛的早上,热风吹拂着旗杆上的彩旗。到了中午,雷暴云已经笼罩了半个天空。太阳依然照射着海面,但山顶上已经变成一片乌黑。风暴在头顶上隆隆作响,一家人则喝着午饭后的咖啡。

"亚瑟,"托普斯太太的口气平静得令人痛苦,"请拉上百叶窗。"

她并不害怕,但是她不想看见闪电。房间变暗以后,她开始不停说话,温文尔雅而又喋喋不休。

芭芭拉躺在扶手椅上,心里想着克拉拉·伊丽贝丝。这是什么意思，克拉拉·伊丽贝丝是谁？为什么这个人要写给她看？他——因为写这些字的人别无他人。那闪光的牙齿和眼睛，还有那军礼，她知道她不应该向他挥手。他是在她游泳的时候写的，写完就跑了。她喜欢这一点——只是在沙滩上写下神奇的词眼，就像《鲁滨逊漂流记》里的脚印一样。

"个人而言，"托普斯太太说，"我喜欢哈罗德百货。"

雷声隆隆作响。这声音真是令人兴奋，芭芭拉心想。无论如何，它给人的感觉是有什么事情要发生变化。她想起了某位夫人家楼梯上到一半的地方有间小屋，里面有书架、绿色的窗帘、橙色的灯罩。去年参加舞会的时候，一个白得像蛞蝓的可怕年轻人，要在那里亲吻她。但那不一样——一点都不严肃，而且那个年轻人形容丑陋。今天她看到侯爵跑上沙滩，动作敏捷，身手矫健。一身古铜色皮肤，头发乌黑。他长得十分英俊。可要说恋爱，嗯……这到底是什么意思？或许得等她更加了解他之后再说。这时她觉得她发现了什么。噢，克拉拉·伊丽贝丝。这是多么美妙的诗句。

布扎科特先生用修长的手指梳理着胡须。今年冬天，他心里在想，等到汇率适当的时候他要再投一千购买意大利货币。到了春天，汇率总是会降下来。如果汇率降到七十，他就能收获三百镑资金。三百镑的年收益是十五镑，十五镑可以兑换一千五百里拉。一千五百里拉，想想看，可是六十镑呀。仅仅通过这一个小小的投机，每个星期就能多赚一镑。他突然意识到，托普斯太太正在问他问题。

"对，对，很好。"他说。

托普斯太太继续说下去。她情绪高涨。她是不是觉得雷声已经没那么大声，没那么近？

托普斯先生坐在那里，用白丝巾擦着眼睛。他皱起眼睑，眼神透着失落、游移和不悦。他思考着美。眼睑和太阳穴之间存在某种比例；胸和肩膀之间存在某种比例；存在某种连续的声音。但是又怎么样？啊，问题就在这里——问题就在这里。还有青春，还有纯真。但这都显得十分含混晦涩，还有许多辞藻，很多记忆中的图画和旋律。他似乎萦绕其间。毕竟他已经老了，已经变得没用。

他又戴上眼镜，雾蒙蒙的世界再次清晰起来。关了窗的房间十分昏暗。他能看到布扎科特先生那文艺复兴风格的轮廓，满脸胡须，五官精致。坐在扶手椅里的芭芭拉略显白皙，正在放松地思考。托普斯太太则只剩黑暗中传出的声音。她已经开始谈论威尔士亲王的婚礼。他们最后会给他找个什么样的妻子？

克拉拉·伊丽贝丝，克拉拉·伊丽贝丝。她脑海里清晰地看到自己变成了侯爵夫人。他们会在罗马拥有一套别墅，一处宫殿一般的房屋。她看到自己身处斯帕达宫——那里有可爱的穹顶通道，从院子通向后面的花园。"罗马斯帕达宫普兰波里尼侯爵夫人"——一张大名片上赫然印着。她每天都要骑马去苹丘。"把我的马牵来。"她会对开门的门房说。牵来？这么说对不对？恐怕不对。她得学点儿意大利语，以便和用人们交流。不能在用人面前丢了面子。"*我想要我的马。*"她得身着骑装坐在写字桌旁，头也不回傲慢地说。穿的是绿色骑装，戴着黑色三角帽，有银色装饰。

"*我要在床上用早餐。*"在床上吃早饭这么说对吗？因为她要一直在床上吃早饭。起床后，可以从三折化妆镜两侧观察到自己的身影。她看到自己身体前倾，小心翼翼、科学规范地往鼻子上擦粉。还有没有猴子从后面爬出来？噢！太恐怖了！*我害怕这猴子，这猴子。*

骑行结束之后她要回来吃午餐。或许普兰波里尼会一起吃午餐，暂时她还不想想他的事。"侯爵在哪里？""在餐厅，夫人。"我没等你就开始吃了，我太饿了。干意大利面。你去哪里了，亲爱的？骑马了，宝贝。他们已经习惯了彼此之间这么称呼。每个人似乎都习惯了。你呢？我和法西斯党在一起。

噢，法西斯党！如果他总是出去和手枪、大炮诸如此类的东西打交道，生活还有什么意思？总有一天他们会用担架把他抬回来。她仿佛看见了这一幕。他满脸苍白，浑身血渍。"这位先生受伤了。伤口在胸部。很严重。他死了。"

她如何能够忍受？这太残忍了。太可怕，太可怕了。她的呼吸变成了啜泣。她浑身战栗，仿佛受伤了一样。他死了。他死了。泪水夺眶而出。

她突然被一道闪光惊醒。风暴已经退去，托普斯太太打开窗户。

"雨已经停了。"

芭芭拉正沉浸在死亡造成的悲痛之中，突然被这个陌生的声音打断……她将脸转过去，偷偷地擦干眼泪。大家会看到她，问她为什么要哭泣。她讨厌托普斯太太打开窗户。在光线的刺激下，一种美好的东西已经飞走，一种情感已经消失，无法挽回。这简直是一种亵渎。

布扎科特先生看了看表。"恐怕现在午休已经太晚了，"他说，"我们早点安排下午茶吧。"

"总是吃个没完没了，"托普斯先生声音颤抖地感叹说，"生活似乎就是这个样子——真实的生活。"

"我一直在想，"——布扎科特先生灰绿色的眼睛看着客人——"不管怎样，我或许可以买得起那个精致小巧的五斗橱。可能会让我手头有点儿紧，"他抚弄着胡须，"但还是……"

下午茶结束之后，芭芭拉和托普斯先生沿着海滩散了会儿步。她不怎么想去，但托普斯太太觉得这样对她的身体更好，她只好从命。风暴已经过去，海面上的天空无比澄澈。但是海浪依然不停地拍打着浅滩，激起的浪花一直冲到沙滩上，比风平浪静时的位置高了二三十码。大片的银色浪花进进退退，就像一个巨大机器的钢铁表面不断伸缩。雨后的群山显得格外清晰。山上飘浮着大片云朵。

"卡拉拉山的云朵，"托普斯先生说着，不满意地摇了摇头，晃了晃肩膀，"我有时喜欢想象，伟大的雕塑家的灵魂就栖息在这些大理石山上，是他们无形的双手将云朵雕刻成这些巨大而又美妙的形状。我想象着他们的灵魂，"——他的声音颤抖着——"探索着超人的构思，计划着巨大的组群、饰带和不朽的人物；计划着，构想着，但总是无法实现。看，在那朵下面有黑色阴影的白色云朵中，有米开朗基罗的风格。"托普斯先生指了指，芭芭拉点头说"对，对"，实际上她不确定他说的是哪一朵云。"各种力量和激情都在里面孕育，在里面幽禁。那里，在那一片水汽中——你能看到我说的那一片——有贝尼尼的作品，将所有的激情都在外表上表达出来，捕捉动作最为剧烈的时刻。还有那一朵光滑的白色云朵，那是令人愉快而又荒诞的卡诺瓦的作品。"托普斯先生笑着说。

"你为什么总是谈论艺术?"芭芭拉问,"你在哪里都能看到这些逝者。我怎么知道卡诺瓦或者别的什么人?"他们已经离开人世。她想起了那张黝黑的脸,像灯光一样充满生命。至少他还没有死。她想知道浴室前面的那些字迹是否还在。不,肯定不在了,风雨肯定已经将它们抹除。

托普斯先生陷入沉默。他走路的时候膝盖略微弯曲,眼睛看着地面。他戴着有斑点的黑白草帽。他的心思总是沉浸在艺术中,这就是他的毛病。他就像是一颗古树,大部分都是朽木,只有少许鲜活的纤维维持着生命,让它不至于腐烂。他们一言不发地走了很长一段路。

"我们到河口了。"托普斯先生最终说。

再走几步,他们就到了一条宽阔小溪的岸边,这条小溪缓慢地从平原流向大海。从沙滩往内陆走,两边长满了松树。越过松树可以看到平原,平原的尽头是群山。风暴过后,在这平静的光线照耀下,一切都显得很陌生。与平时相比,颜色变得更深,更加浓烈。尽管一切看起来如此清晰,整个景色却又笼罩着一种神秘的气氛。四下一片静寂,只能听到大海连绵不断的呼吸声。他们站着欣赏了一会儿,然后转身回去。

海滩远处,两个人影在缓慢靠近。一个穿着白色的法兰绒裤子,另一个穿着粉色裙子。

"自然,"托普斯先生晃着脑袋字正腔圆地说,"人总是会回归自然。在这样的时刻,在此情此景下,人就会意识到这一点。人会生活得——或许更加安静,但也更加深奥。深深的水。深深的水……"

人影走得更近。是侯爵吗?是谁跟他在一起?芭芭拉瞪大眼睛看着。

"人一生大多数时间，"托普斯先生继续说，"就是在避免自己思考。我和你父亲，我们收藏绘画，研读逝者。其他人则饮酒、养殖兔子抑或是做些业余木匠活。人们会做各种各样的事情，而不是平静地思考重要的事情。"

托普斯先生陷入沉默。他环顾四周，欣赏着大海、群山、云朵和他的伙伴。一个瘦弱的蒙塔尼亚的圣母玛利亚，再加上大海、夕阳、群山和风暴——这些都是永恒的背景。他已经六十岁，摆在他面前的是既漫长又短暂的日子，是空虚的生命。他想起死亡和美丽的奇迹。在他闪光的圆形眼镜后面，他想要哭泣。

对面的两个人走得越来越近。

"多么滑稽的老海象。"那个夫人说道。

"海象？你的自然史真是糟糕。"侯爵笑道，"他长得这么枯瘦，可不像海象。我觉得他像一只老猫。"

"好吧，不管他像什么，我都为这个可怜的小姑娘感到遗憾。想一想，除了他没人陪她散步！"

"她长得很漂亮，对吧？"

"对，不过太年轻，当然。"

"我喜欢这种天真无邪的样子。"

"天真无邪？亲爱的朋友！这些英国女孩天真无邪？噢，天呐！她们可能看起来天真无邪。但是，请你相信我……"

"嘘，嘘。他们会听到。"

"呸，他们不懂意大利语。"

侯爵抬起头。"这个老海象……"他低声说，然后大声而又高兴地向对方打招呼。

"晚上好,小姐。晚上好,托普斯先生。下了暴雨之后空气特别清新,你们发现没?"

芭芭拉点点头,留托普斯先生回应。来者不是他妹妹,而是一个俄罗斯女人,托普斯太太以前经常说如果和她住在一家酒店会让人蒙羞的那个女人。她已经把脸转了过去,不想参与到对话中来。芭芭拉看着她转过去的脸。托普斯先生谈论着田园交响曲。阳光照耀下,女人脸上的粉显出紫色,看起来十分丑陋。

"噢,再会。"

侯爵对着他们笑了。那个俄罗斯女人从海的方向转过脸来,略微鞠了个躬,慵懒地笑笑。她沉重的白色眼皮几乎闭了起来。她看起来极度无聊。

"他们有些不和谐,"等他们走远之后托普斯先生说,"他们与这时间不和谐,与此情此景不和谐。他们少了一份纯真,无法与这……这……"他扭动身体,颤抖着说出那最珍贵的词眼——"这伊甸园般的景色相协调。"

他侧眼看了芭芭拉一眼,想知道她心里在想些什么。噢,多么可爱而又精致的小东西!他该如何形容死亡、美丽与温柔?温柔……

"所有这一切,"他继续急切地说,"这景色就像是记忆一般,清晰而又平静,跨越了长久的时间。"

但这并不是他想说的话。

"你听懂我的意思了吗?"他怀疑地问道。她没有回答。她怎么可能明白?"这景色如此澄澈,如此纯洁,如此悠远,你需要相应的情感。这些人都已经无法与之协调。他们不够澄澈,不够纯洁。"他的心绪似乎比任何时候都混乱,"这是一种属于老人和年轻人的情感。你能感觉到,我能感觉到。这些人却感觉不到。"他要从纷乱的思绪中理出头绪。他到底要表达什么?"有些诗歌表现了这种感情。你知道弗朗西斯·雅姆[1]吗?我最近一直在回味他的作品。像平常一样,他关注的是艺术,而非生活。但渐渐地,我深陷其中无法自拔。我情不自禁想起雅姆。他写的关于克拉拉·伊丽贝丝的微妙而又美丽的诗句。"

"克拉拉·伊丽贝丝?"她停下脚步盯着他。

"你知道他的诗?"托普斯先生兴奋地笑着说,"这景色让我想起,你让我想起这些诗句。'从前我爱过克拉拉·伊丽贝丝……'可是,亲爱的芭芭拉,你怎么了?"

不知为何,她已经开始哭泣。

---

[1] 弗朗西斯·雅姆(1868—1938),法国诗人,下文提到的诗句引自他的作品《从前我爱过》。

成年

作者 | 舍伍德·安德森

舍伍德·安德森（Sherwood Anderson，1876—1941），美国作家。

主要作品：《小城畸人》（Winesburg, Ohio）、《饶舌的麦克弗森的儿子》（Windy McPherson's Son）等。

成　年[1]

　　这是晚秋的一个傍晚，温士堡县城市集将许多乡下人都吸引到这里。这天天气晴朗，夜幕降临时，天气温暖宜人。在特拉尼恩坡上，来往的马车扬起阵阵灰尘。这里是出城的道路，路两边是浆果田，田里只剩一层干枯的叶子，孩子们蜷缩着躺在马车里的干草上。他们头上满是灰尘，手指又黑又黏。扬尘在田间翻滚着，在夕阳的映照下变成火红。

　　温士堡镇主街上，店铺和人行道上人头攒动。夜幕降临，马儿嘶鸣，店铺的接待员们往来穿梭，走失的孩子大声哭喊，一座美国小镇正自得其乐地忙碌着。

　　年轻的乔治·威拉德从主街的人群中挤过去，一边悄悄登上里菲医生诊所的台阶，一边看着行人。他焦虑不安地打量着店铺灯光映照下流动的脸庞。尽管不愿去想，但情不自禁涌起无限遐想。他在木头楼梯上急不可耐地跺着脚，快速地四处张望。"哎，她一天都要和他待在一起吗？我就这么白等她吗？"

　　乔治·威拉德这个俄亥俄州农村男孩很快就要长大成人了，

---

[1] 本篇目节选自《小城畸人》。

他的脑子里萌生了新的想法。这一整天挤在集市的人流里,他一直感到孤单。他打算离开温士堡,希望能进城到报社里找份差事。他感觉自己已经长大。他现在的心情,只有男人可以理解,男孩无法体会。他感觉自己上了年纪,有些疲惫。他回想起过去。在他心里,成熟的感觉将他撕裂,让他成为一个半悲剧式的人物。他希望有人能理解母亲去世后他的心情。

每个男孩一生中都有那么一刻,在这一刻他第一次开始回顾自己的人生。或许正是从这一刻开始,他迈入了成人的门槛。这个男孩正在镇里的街上行走。他正憧憬着未来,想象着他在世界上扮演的角色。他的心里同时出现了雄心和愧疚。突然之间发生了什么,他在一棵树下停下脚步,仿佛听到一个声音在呼唤他的名字。过去的事情在他脑海里浮现,各种声音向他诉说着人生的局限。本来对未来充满信心的他,变得信心全无。如果他是一个富有想象力的男孩,那么一扇门为他敞开了,他第一次窥见了外面的世界,仿佛看见先人们排着队从他前面走过,他们出身平平,过一世生活,最终湮没无闻。这个男孩已经感受到成长的悲伤。他叹了口气,觉得自己就像街上被风卷起的落叶。他知道,尽管朋友们在一起的时候总是豪言壮语,但他的生命必将像风中的落叶一样飘忽不定,必将像烈日下的谷物一样枯萎凋谢。他浑身战栗,急切地四下张望。他心里急切地想走近另一个人,想触摸对方的手,想让他的手被对方触摸。他但愿这个人是个女人,因为他相信女人是温柔的,女人能够理解。他最需要的就是理解。

乔治·威拉德长大成人之后,遇到了温士堡银行老板的女儿海伦·怀特。他心里清楚,在他长大成人之际,她也长大成人。

他十八岁时的一个夏夜,曾和她一起在乡间道路散步,还在她面前大肆吹嘘了一番,以此显示自己的重要。现在他又想见她,想告诉她他心里新的冲动。他曾经想让对方将自己当作一个成年男人,但那时他对成年男人一无所知。现在,他想和她在一起,让她感受他身上发生的变化。

至于海伦·怀特,她也到了变化的阶段。乔治的心情,已经迈入成年的她感同身受。她再也不是一个小女孩,她已经具有了成年女性的优雅与美丽。她在克利夫兰上大学,这时她从那里回来,逛了一天集市。她也开始回味自己的过去。白天的时候,她和一个年轻男子一起坐在大看台上,男子是大学里的一位老师,是她母亲请来的客人。这个年轻人性格迂腐,她立马就觉得他不是她喜欢的类型。不过在集市上,她很高兴有他在身边陪伴,因为他是个打扮得衣冠楚楚的陌生人。她知道他的出现会给人造成一种印象。白天,她很高兴,但是当夜幕降临,她开始变得焦虑不安。她想让这个老师离开,不想让他伴在左右。当他们一起坐在大看台上,从前的同学们看着他们时,她很在意身旁的男伴,以至于他来了兴致。"学者需要金钱。我要娶一个有钱的女人。"他沉思道。

海伦·怀特心里想着乔治·威拉德,而威拉德心里想着她,正在人群中郁闷地漫步。她记得他们一起散步的那天晚上,她想再和他一起散步。她心想,在城里度过的这几个月,到剧院去的经历,以及在灯光明亮的大街上看到许许多多的人,已经给她带来了深刻的变化。她想让他感受到她身上发生的变化。

这对年轻男子和女子记忆深刻的那个夏夜,现在看来,其实过得很笨拙。他们沿着乡间道路出了小镇,然后走到一块玉米地旁的围栏边。地里的玉米还不高。乔治脱下外套,搭在胳膊上。"嗯,我一直在温士堡待着——对——我还没有离开过,但我已经长大,"他说,"我一直在读书,在思考。我这一生一定要取得一点成就。"

"哎,"他解释说,"重点不在这里。我最好别说了。"

这个困惑的男孩将手放在女孩胳膊上。他声音颤抖。两个人开始回头朝镇上走。绝望之下,乔治大胆地说:"我要做一个伟人,做温士堡最重要的人物。"他声称:"我想让你做点事。我不知道怎么说。或许这跟我没关系。我想让你和其他女人不一样。你明白吗?这不关我的事,我知道。我想让你做一个漂漂亮亮的女人。你明白我的意思吧。"

男孩的声音停了下来,两人一言不发地回到镇上,沿着街道来到海伦·怀特家。到了门口,他想说些不同凡响的话。他的脑海里已经酝酿好词句,但这些话显得不得要领。"我想——我以前以为——我觉得你会嫁给塞思·里士满。现在我知道你不会了。"她进了院门朝门口走去的时候,他只能想出这句话来。

在这个温暖的秋夜,乔治站在楼梯上看着主街上川流不息的人群,想起了他在玉米地旁说过的话,对自己吹嘘的未来感到惭愧。街上的人流往来穿梭,仿佛畜栏里圈养的牲口。马车几乎挤满了大街。一支乐队正在演奏,小孩子们在人行道上追打嬉戏,在大人的腿间穿梭。年轻的小伙子面色红润,牵着姑娘笨拙地行走。在一家店铺的楼上即将举办一场舞会,小提琴手们正在调试乐器。断断续续的乐音、人们低声说话的声音,以及乐队里的号声,从敞开的窗户飘荡出来。这些声音让年轻的威拉德如坐针毡。在他身边的各个地方,各个方向,那拥挤而又躁动的生命在向他逼近。他想一个人跑开，去静静思考。"如果她想和那个家伙待在一起就随她吧。我为什么要在意？这对我有什么区别？"他嘟哝道，沿着主街往前走，穿过赫恩杂货店到了一条小街上。

乔治感到无比孤单，他想流泪，但自尊心驱使他快步向前走，一边走一边挥舞着胳膊。他来到了韦斯特利·莫耶的马厩旁，在阴影中停了下来，听到一群男子在谈论韦斯特利的种马托尼·蒂普下午在集市的比赛上得了奖。马厩前聚拢了一群人，韦斯特利在众人面前昂首阔步地走来走去，嘴里不停地大肆吹嘘着。他手里拿了一根马鞭，时不时地抽打着地面。灯光映照下，地面上扬起一缕缕灰尘。"见鬼，你们别说了，"韦斯特利感叹说，"我一点儿都不担心，我知道我总能打败他们。我一点儿都不担心。"

通常，乔治·威拉德喜欢听骑手莫耶吹牛。但是此时此刻，他感到气愤不已。他转身沿着街道往前走。"大话连篇，"他气急败坏地说，"他为什么总是自吹自擂？为什么不闭上嘴巴？"

乔治来到一片空地，急匆匆地往前赶，在一处垃圾堆上跌了一跤。一只空桶上突出的钉子撕裂了他的裤子。他坐在地上，咒骂起来。他找来一根别针，将撕破的地方别起来，然后起身继续往前走。"我要去海伦·怀特家，我就这么干。我要直接进她家门。我要说我想见她。我要直接走进去，坐下来，我就这么干。"他信誓旦旦地说着，翻过一道篱笆，开始往前跑。

银行老板怀特家的阳台上，海伦正坐立不安，心烦意乱。那位教师坐在母亲和女儿中间。他说的话令女孩感到厌倦。尽管这位教师在俄亥俄州的一个镇上长大，他的言行举止却有了城里人的味道。他想让自己看起来像是大城市里的人。"我很荣幸，有机会了解你们大多数女孩的成长环境,"他说,"感谢您邀请我今天过来。"他面带笑容转向海伦。"你的生活依然和这镇子密不可分吧?"他问,"这里有你牵挂的人吗?"在女孩听来,他的声音显得浮夸而又笨拙。

海伦起身进了屋。经过通往屋后花园的门边,她停了下来,站着聆听。她母亲开始说话。"论家庭出身,镇上没有谁能配得上海伦。"她说。

海伦顺着台阶来到屋后的花园里。黑暗之中,她停了下来,站在那里瑟瑟发抖。在她看来,这世界上总有些人喜欢说些毫无意义的胡话。急切之中,她冲出园门,在银行家的马厩旁转个弯,冲到一条小街道上。"乔治,你在哪里,乔治?"她紧张而又激动地呼喊着。她停止跑动,靠在一棵树上歇斯底里地笑起来。乔治·威拉德从这条黑暗的小街道上走过来,一边走一边还在念叨。"我要直接走进她家里。我要直接走进去,坐下来。"说着走到了海伦面前。他停了下来,傻傻地盯着她。"快。"他一边说一边抓住她的手。他们低着头沿着树荫下的街道往前走,脚下的树叶发出沙沙的声响。现在他已经找到她,乔治心里盘算着该做些什么、说些什么。

在温士堡镇露天市场地势较高的一边,有一个已经衰败的老看台。看台没有上漆,木板都已经扭曲变形。这处露天市场位于一座小山丘上,旁边是温溪山谷,晚上来到看台,能够看到玉米地另一边街上的灯光映照在天空中。

乔治和海伦爬上小山,经过供水水池旁的小径,来到露天市场。见到海伦之后,他一个人在喧闹的街上感受到的孤单的心情,一方面被打破,另一方面又被强化。他的感受也反映在她心里。

人年轻的时候总能感受到两种矛盾的力量在内心里缠斗：轻率热烈不计后果的小动物同深思熟虑和回忆往事的东西相抗争。那种更加成熟的东西支配了乔治·威拉德。海伦感觉到他的心情，满怀敬意地在他身边走着。到了大看台，他们爬到顶棚下面，坐在长凳一样的座位上。

这种经历的确值得纪念：在一年一度的集市落幕后的晚上来到美国中西部一个镇子边缘的露天市场。这种感觉永远都无法忘记。四周都是鬼魂，不是死人的鬼魂，而是活人的幢影。在刚刚过去的白天，镇上和周围乡村的人们蜂拥来到这里。千家万户的农民携着妻小在这些木墙内聚集。年轻姑娘们在这里欢笑，长胡子的男子谈论着他们的生活。这里洋溢着生活的气息。它渴望着生活。但现在到了晚上，这种生活气息已经消散，寂静得几乎令人恐惧。当你静静地站在树旁，你会更容易陷入思考。你会体验到人生毫无意义，与此同时，如果你就生长在这镇上，你会对这里的生活产生强烈的爱恋，你会情不自禁流下泪水。

在黑暗之中，在大看台的顶棚下，乔治·威拉德坐在海伦·怀特身边，感觉自己的生命无比渺小。现在他已经出了城，城里令人生厌的喧嚣芜杂的生活也离他远去。海伦的陪伴让他重新充满了力量。她女性的手让他得以重新调整那生活的机械。他开始思考镇上的人们，他一直对这些人满怀尊敬。他对海伦充满敬意。他想爱她，也想得到她的爱，但他此时不想被她的女性气质所迷惑。黑暗之中，他抓起她的手，当她悄悄靠近他时，他一只手搭在她的肩膀上。风儿吹来，他战栗了一下。他用尽力气，想抓住并领会他此刻的心情。在高处，在黑暗之中，这两个奇怪而又敏感的人类原子紧紧地拥在一起，等待着。两个人的心里想着同样的事情。"我来到了这个孤独的地方，这里有另一个孤独的人。"这就是他们的感觉。

温士堡拥挤的一天逐渐进入晚秋的漫漫长夜。农场的马儿拖着疲惫的人们沿着孤单的乡间道路慢跑。商店店员们从人行道上收回展销的商品，锁上了店门。剧院里，一群人在看一场演出。主街远处，小提琴手们已经调好乐器，大汗淋漓地演奏着，让年轻人的步伐在舞池的地面上飞掠。

黑暗之中的大看台上，海伦·怀特和乔治·威拉德仍然沉默着。他们时不时地打破沉默，转身在昏暗的光线里看着对方的眼睛。他们亲吻对方，但那种冲动并没有继续。在露天市场地势较高的一边，五六个人正在照料下午参加完比赛的马儿。这些人已经生了一堆火，现在正在用水壶烧水。火光映照下，只能看到他们的腿走来走去。风儿吹来，火光在风中疯狂舞动。

乔治和海伦起身走进黑暗之中。他们沿着一块尚未收割的玉米田旁的小路前行。风儿在干燥的玉米叶间低吟。在他们返回镇上的途中，有那么一刻，他们打破了沉默。他们来到供水工程所在的小山旁，在树下停了下来，乔治又将双手放在女孩的双肩上。她急切地拥抱他，然后，他们又迅速从那种冲动中挣脱出来。他们停止了亲吻，分开站着。他们对彼此更加尊重。他们都感到尴尬，为了消除这种尴尬，他们变得像两只年轻的小动物。他们笑呀叫呀，相互拉扯。他们被内心的情绪净化，变得不再是男人和女人，抑或男孩和女孩，而是两只激动的小动物。

他们就这样跑下小山。黑暗之中，他们玩闹起来就像两个天真无邪的小青年。期间，海伦向前飞速跑动的时候，绊倒了乔治。他一边扭动一边大声喊叫，大笑着从山上滚下来。海伦在他身后追着跑。有一个片刻，她在黑暗中停了下来，不知道她的脑海里闪过什么样的女儿家的想法。两人来到山麓的时候，她抓住他的胳膊，静静地依在他身旁。由于某种他们无法解释的原因，两人都从这安静的傍晚得到了自己想要的东西。男人或者男孩，女人或者女孩，他们在这一刻体验了某种东西，这东西让当代世界男女的成熟生活变得可能。